Das Buch

Wie jeder normale kleine Junge sehnt sich auch David nach einer unbeschwerten Kindheit voller Spiel und Spaß. Aber David ist kein normaler kleiner Junge – er ist ein Roboter, hergestellt, um Paaren ihren lang gehegten Kinderwunsch zu erfüllen, und darauf programmiert, seine Eltern zu lieben. Er ist jedoch ebenso fähig, Schmerz zu empfinden, wenn diese Liebe nicht erwidert wird ... In drei seiner »Geschichten aus der Zukunft« erzählt Brian Aldiss von den Abenteuern dieses Roboter-Jungen David und seines Begleiters Teddy in einer Welt, in der die Trennlinie zwischen künstlicher und menschlicher Intelligenz immer mehr verschwimmt. Und er berichtet davon, wie Meisterregisseur Stanley Kubrick von diesen Abenteuern so angetan war, dass er sie als Grundlage eines aufwendigen Filmprojektes verwandte – ein Projekt, das er leider nicht mehr realisieren konnte. Doch nach Kubricks Tod nahm sich mit Steven Spielberg ein weiterer weltberühmter Regisseur Davids Geschichte an und machte daraus den spektakulären und zugleich poetischen Science-Fiction-Film »A. I. – Künstliche Intelligenz«.

Der Autor

Brian Aldiss ist der einflussreichste britische SF-Autor der Gegenwart. Seine Romane – wie »Der lange Nachmittag der Erde«, »Barfuß im Kopf« und die »Helliconia«-Trilogie – wurden mehrfach preisgekrönt und gelten als Klassiker des Genres, und mit »Der Milliarden-Jahre-Traum« legte er ein umfassendes sekundärliterarisches Werk zur Science Fiction vor. Zuletzt veröffentlichte er gemeinsam mit dem renommierten Physiker und Mathematiker Roger Penrose den Roman »Weißer Mars – Eine Utopie des 21. Jahrhunderts« (Heyne SF 06/6350).

BRIAN ALDISS

KÜNSTLICHE INTELLIGENZEN

Geschichten aus der Zukunft

Aus dem Englischen
von Usch Kiausch

WILHELM HEYNE VERLAG
MÜNCHEN

HEYNE ALLGEMEINE REIHE
Nr. 01/20078

Titel der Originalausgabe
SUPERTOYS LAST ALL SUMMER LONG
and Other Stories of Future Time

Redaktion: Alexander Martin

Umwelthinweis:
Dieses Buch wurde auf
chlor- und säurefreiem Papier gedruckt

Deutsche Erstausgabe 10/2001
Copyright © 2001 by Brian W. Aldiss
All rights reserved.
Published by Arrangement with Brian W. Aldiss.
Copyright © der deutschsprachigen Ausgabe 2001 by
Wilhelm Heyne Verlag GmbH & Co. KG, München
Dieses Werk wurde vermittelt durch die
Literarische Agentur Thomas Schlück GmbH, 30827 Garbsen
Printed in Germany 2001
Umschlagillustration: Jürgen Rogner
Umschlaggestaltung: Nele Schütz Design, München
Satz: Leingärtner, Nabburg
Druck und Bindung: Elsnerdruck, Berlin

ISBN: 3-453-19100-5

http://www.heyne.de

Inhalt

Einleitung: Stanley Kubrick, Steven Spielberg
und ein kleiner Roboter   9
Foreword: Attempting to Please

Superspielzeug hält den ganzen Sommer . . .   29
Supertoys Last All Summer Long

Superspielzeug bei Einbruch des Winters . . .   45
Supertoys When Winter Comes

Superspielzeug in anderen Jahreszeiten   60
Supertoys in Other Seasons

Größte Erdferne   79
Apogee Again

III   92
III

Die alte Geschichte   99
The Old Mythology

Kopflos 122
Headless

Rindfleisch 132
Beef

5

Nichts im Leben reicht für alle Zeiten 136
Nothing in Life is Ever Enough

Eine Frage der Mathematik 163
A Matter of Mathematics

Die Pausentaste 188
The Pause Button

Drei Arten von Einsamkeit 194
Three Types of Solitude

   I   Die Kehrseite des Glücks 194
      Happiness in Reverse

   II Der Künstler, den nur eines beschäftigte . 206
      A Single-Minded Artist

   III Sprechende Würfel 211
      Talking Cubes

Steppenpferd 223
Steppenpferd

Kognitive Fähigkeit und die Glühbirne 246
Cognitive Ability and the Light Bulb

Gesellschaft der Finsternis 251
Dark Society

Galaxis Z 288
Galaxy Zee

Wunder der Utopie 299
Marvells of Utopia

Wie aus der Larve ein Schmetterling wird . . . 304
Becoming the Full Butterfly

Ein weißer Mars 341
A Whiter Mars

Einleitung: Stanley Kubrick, Steven Spielberg und ein kleiner Roboter

Die Geschichte *Superspielzeug hält den ganzen Sommer* handelt von einem kleinen Jungen, der es seiner Mutter, was immer er auch unternimmt, niemals recht machen kann. Ihm selbst ist das ein Rätsel, weil er nicht weiß, dass er – genau wie sein einziger Verbündeter, ein Teddybär – ein Androide ist, eine ausgeklügelte Konstruktion künstlicher Intelligenz.

Stanley Kubrick war von dieser Geschichte so angetan, dass er sie gern verfilmen wollte. Nachdem er mich mit einiger Überredung dazu gebracht hatte, ihm die Filmrechte zu verkaufen, arbeiteten wir eine Weile gemeinsam an einem Drehbuchentwurf. Ich empfand Kubrick als ebenso anregend wie anspruchsvoll, was kaum verwunderlich ist, schließlich hatte er sich seine Unabhängigkeit hart erkämpft. Und sich selbst mutete er genauso viel zu wie allen, mit denen er zu tun hatte.

Ein Beispiel dieser Unabhängigkeit erlebte ich selbst mit, als sich die Topleute von Warner Brothers mit Kubrick treffen wollten. Mit der Begründung, er verabscheue das Fliegen, brachte Kubrick die Direktoren – immerhin seine Geldgeber – dazu, ihn in London aufzusuchen. Dort angekommen, luden sie ihn zu einer Besprechung in ihr Hotel in der Innenstadt ein. Kubrick lehnte ab – er habe derzeit zu viel um die Ohren. Also ließen sich die Topleute von Warner Brothers auf eine weitere Reise ein und trafen sich schließlich mit ihm in St. Albans.

Ebenso eigennützig behandelte er auch die Menschen, die für ihn arbeiteten: Er gab Anregungen, stellte aber gleichzeitig höchste Ansprüche. Und es ging ihm dabei nicht nur darum, seine Unabhängigkeit zu bewahren, sondern auch seinen persönlichen Mythos zu pflegen, den Mythos des kreativen, aber exzentrischen Genies, das ein Einsiedlerdasein bevorzugt.

Unser Verhältnis zueinander war freundschaftlich. In der von mir verfassten Geschichte der Science Fiction, *Billion Year Spree* (dt. *Der Millionen-Jahre-Traum*), hatte ich seine drei SF-Filme (*Dr. Seltsam oder wie ich lernte, die Bombe zu lieben; 2001 – Odyssee im Weltraum; Clockwork Orange*) ausdrücklich gelobt und geschrieben, aufgrund dieser drei Werke sei er »*der* große Science Fiction-Autor unserer Zeit«. Kubrick hatte das Buch zufällig gekauft und sich über das Lob gefreut. Irgendwann Mitte der Siebzigerjahre rief er mich an, was mich leicht überraschte, und begann sofort mit einem langen Monolog – vermutlich, um meine Qualitäten als Zuhörer zu testen. Woran es auch gelegen haben mag, ich muss den Test wohl bestanden haben, denn er lud mich anschließend zum Mittagessen ein. Im Juli 1976 trafen wir uns in einem Restaurant in Boreham Wood.

Zu dieser Zeit sah Stanley von Kopf bis Fuß wie Che Guevara aus, er trug entsprechende Stiefel, camouflagefarbene Armeehosen, ein Barett, unter dem die Locken hervorquollen, und hatte einen Vollbart. Wir unterhielten uns über Filme, Science Fiction und scharfe Getränke – ein durchweg angenehmes Gespräch, das sich lange hinzog. Ein Jahr zuvor war Stanleys Film *Barry Lyndon* in die Kinos gekommen, und obwohl dieser Film unvergleichlich schöne Bilder enthält, hatte sich mittlerweile herausgestellt, dass diese glasklare Kälte der Fotografie beim Publikum nicht gut ankam. Vielleicht war sich Kubrick zu jener Zeit nicht recht sicher, welches Filmprojekt er als Nächstes angehen sollte.

Wie gesagt, war unser Verhältnis freundschaftlich, jedenfalls so freundschaftlich, dass wir uns im Laufe der nächsten Jahre noch ein- oder zweimal zum Mittagessen trafen und darüber diskutierten, welche Art von Film Erfolg haben könnte. Ich empfahl ihm *Martian Time Slip* (dt. *Mozart für Marsianer*), einen Roman von Philip K. Dick aus dem Jahre 1964, doch Stanley war daran nicht interessiert. (Später sollte ich mich zwei Jahre meines Lebens um die Verfilmung dieses Romans bemühen: Zusammen mit meinem damaligen Agenten Frank Hatherley entwarf ich ein Drehbuch, das auf diesem Werk basierte.)

Zweimal luden Stanley und seine Frau Christiane, eine Künstlerin, deren leuchtende Ölgemälde an vielen Wänden fröhliche Akzente setzten, meine Frau Margaret und mich zum Mittagessen zu sich ein. Stanley, der Schauspieler mochte und bewunderte, hielt Peter Sellers für ein Genie. Zu den Leuten, auf die er baute, zählten beispielsweise

Sterling, Hayden, Philip Stone, Norman Rossiter und natürlich Sellers. »Man kommt auch ohne diesen kurzen Dialog aus«, sagte er einmal. »Am besten streichen Sie ihn. Ein guter Schauspieler kann das mit einem einzigen Blick vermitteln.«

Während er Stephen Kings Roman *The Shining* verfilmte, war er zwangsläufig viel unterwegs und kaum zu erreichen. Erst im August 1982 ließ er wieder von sich hören. In einem Brief nahm er Bezug auf ein früheres gemeinsames Mittagessen, »das wir weitgehend damit verbracht haben, über *Star Wars* zu reden. Und über die Frage, warum recht blöde Handlungen eine Kunstform darstellen können«. Tatsächlich hatten wir versucht, die Bestandteile zu bestimmen, die für einen erfolgreichen, märchenhaften Science-Fiction-Film notwendig sind. Was musste unbedingt darin vorkommen? Ein junger Bursche aus ärmlichen Verhältnissen, der etwas ungeheuer Böses bekämpfen muss; ein bunt gemischter Haufen von Freunden; diverse Prüfungen, die der Held bestehen muss; der Sieg über das Böse, allen Widrigkeiten zu Trotz; und ein Ende, bei dem dieser Junge eine Prinzessin zur Frau bekommt. Nachdem wir all diese Bestandteile aufgezählt hatten, mussten wir beide lachen: Praktisch hatten wir den Inhalt von *Star Wars* beschrieben.

Stanley ging in seinem Brief auch auf meine Kurzgeschichte *Superspielzeug hält den ganzen Sommer* ein. Auf seine Bitte hin hatte ich ihm einige meiner Bücher geschickt, darunter *The Malacia Tapestry* (dt. *Der Malacia-Gobelin*) und *The Moment of*

Eclipse (dt. *Der Moment der Eklipse*), eine Sammlung meiner von Faber & Faber veröffentlichten Kurzgeschichten, die auch *Superspielzeug* enthält. »Nach wie vor«, schrieb Stanley, »halte ich diese Story für den wunderbaren Anfang einer längeren Geschichte, auch wenn mir leider noch nicht eingefallen ist, wie man sie ausbauen könnte. Allmählich setzt sich der Gedanke in mir fest, dass das gute alte Unterbewusstsein erst dann richtig loslegt, wenn es etwas als seine ureigene Angelegenheit betrachtet ...«

Diese Kurzgeschichte – eigentlich eine Vignette, ein skizzenhafter literarischer Entwurf – war im Dezember 1969 in *Harper's Bazaar* erstmals erschienen. Da ich 1982 einige Probleme mit meiner Einkommensteuer hatte, verkaufte ich *Superspielzeug hält den ganzen Sommer* notgedrungen an Kubrick. Er sicherte sich praktisch alle Rechte daran; ich weiß noch, dass im Vertrag recht häufig die Formulierung »auf unbegrenzte Zeit« vorkam. Im Nachhinein hat sich gezeigt, dass Stanleys Kreativität durch den Erwerb der Rechte an dieser Geschichte nicht wesentlich beflügelt wurde – die Verfilmung klappte trotzdem nicht.

Nach einigem Hin und Her zwischen den jeweiligen Agenten, wurde der Vertrag im November 1982 besiegelt. Danach begann die gemeinsame Arbeit am Drehbuch. Tag für Tag holte mich eine Limousine von meiner Haustür in Boars Hill ab und brachte mich zum *Castle Kubrick*, Stanleys palastartigem Domizil vor den Toren St. Albans. Oft war er die halbe Nacht auf gewesen und in seinen großen, öden, mit Geräten voll gestopften Räumen umhergewandert. Wenn er dann, leicht zerknittert und zerzaust, aus irgendeinem Winkel auftauchte, sagte er oft: »Lassen Sie uns erst einmal ein bisschen frische Luft schnappen, Brian.« Nachdem wir irgendeine Tür nach draußen aufgemacht hatten, zündete sich Stanley gleich eine Zigarette an und qualmte vor sich hin, während wir umherschlenderten. Hatten wir etwa die Hälfte eines Cricketfelds hinter uns gebracht, sagte er meistens: »Genug frische Luft.« Und für den Rest des Tages zogen wir uns ins Haus zurück. All das ähnelte einem amüsanten Ritual und entsprach unserem Verhältnis zueinander, das Frotzeleien und Späße einschloss.

Irgendwann, wir hatten gerade eine neue Figur ins Drehbuch eingefügt, fragte Stanley: »Brian, was machen eigentlich Leute, die weder Filme produzieren noch Science Fiction schreiben?« Er verstand unglaublich viel von seinem Handwerk und ging völlig darin auf. Leider war er aber auch äußerst ungeduldig und ließ weder Auseinandersetzungen zu noch Diskussionen über Handlungsfäden, die ihm nicht sofort einleuchteten. So hatte ich mir ursprünglich überhaupt nicht vorstellen können, wie man aus dieser Vignette einen abendfüllenden Spielfilm machen sollte – bis mir eines Morgens beim Frühstück eine Erleuchtung kam. »Ich hab's!«, sagte ich zu Margaret und rief sofort Stanley an. »Kommen Sie 'rüber«, erwiderte er. Also fuhr ich zum *Castle Kubrick*, erzählte ihm von meiner Idee – und erntete Ablehnung auf ganzer

Linie. Und damit war die Sache gegessen. Nie war er bereit, eine Sache halbwegs zu akzeptieren, um sich später damit auseinander zu setzen und zu überlegen, ob etwas daran sein könnte. Einerseits sprach das zwar für seine Intuition, andererseits verriet diese Haltung aber wohl auch eine gewisse Schwäche.

Zu Beginn unserer Zusammenarbeit gab mir Stanley seltsamerweise eine wunderschön illustrierte Ausgabe von *Pinocchio*. Ich konnte oder wollte keine Parallelen zwischen David, meinem fünfjährigen Androiden, und dem hölzernen Geschöpf sehen, das zum Menschen wird, doch es stellte sich heraus, dass Stanley tatsächlich eine Geschichte vorschwebte, in der David zum Menschen wird und auch die »blauhaarige Fee« aus *Pinocchio* auftauchen sollte. Im Gegensatz dazu vertrat ich die Auffassung, dass man alte Märchen nie umschreiben soll, jedenfalls nicht, wenn man alle sieben Sinne beisammen hat.

Die Zusammenarbeit mit Stanley war auf jeden Fall lehrreich. Für mich war sie deshalb nicht ohne Probleme, weil ich die eigene Unabhängigkeit schon seit dreißig Jahren genoss. Ich war keineswegs begierig darauf, mit jemandem zusammenzuarbeiten, schon gar nicht, wenn dieser Mensch das Sagen haben sollte. Dennoch kamen wir gut miteinander aus. Wenn wir irgendwo festhingen, machten wir meistens einen Spaziergang und schauten bei Christiane vorbei. Sie malte in einem großen, leeren Raum, dessen prächtige Fenster Aussicht auf die Kubrickschen Ländereien boten.

15

Stanley machte es auch Spaß, unser Mittagessen zuzubereiten, das fast immer aus Steak und grünen Bohnen bestand.

Wie bereits erwähnt, war mir anfangs überhaupt nicht klar, wie meine Vignette die Grundlage für einen Spielfilm von normaler Länge bilden sollte. Doch Stanley gab sich alle Mühe, meine Bedenken zu zerstreuen, und versicherte mir, es sei leichter, eine Kurzgeschichte auszubauen als einen Roman für einen Kinofilm zusammenzustreichen. Ein Film bestehe aus höchstens sechzig verschiedenen Szenen, dagegen könne ein Roman Hunderte enthalten, schließlich könne hier eine jede ohne zusätzlichen Aufwand in die nächste übergehen. Außerdem, sagte er, habe er ja auch Arthur C. Clarkes Kurzgeschichte *The Sentinel* (dt. *Der Wächter*), die genau wie *Superspielzeug* zweitausend Worte enthält, als Vorlage für einen abendfüllenden Spielfilm benutzt. Dasselbe könnten wir auch mit meiner Geschichte machen. Erst später erkannte ich den Schwachpunkt dieser Überlegungen: Während Arthurs Geschichte einen Ausblick bietet – den Ausblick nämlich auf das Sonnensystem –, ist *Superspielzeug* ganz nach innen gerichtet.

Nachdem wir ernsthaft mit der Arbeit an dem Projekt begonnen hatten, notierte ich jeden Tag in einem großen roten Buch, wie wir vorankamen. Wenn ich abends nach Hause kam, sprachen Margaret und ich die Fortschritte bei einem Drink durch, und nach dem Abendessen zog ich mich in der Regel in mein Arbeitszimmer zurück, um die

16

Notizen für das Drehbuch aufzubereiten, allerdings ohne jeden Dialog, wie Stanley es gefordert hatte. Danach schickte ich diese Textabschnitte per Fax an Stanley. (Damals war es noch eine Errungenschaft, ein Faxgerät zu besitzen; ohne Fax hätten wir nicht so mühelos zusammenarbeiten können.) Sobald das erledigt war, notierte ich alles, was an diesem Tag geschehen oder auch unterlassen worden war, in mein persönliches Tagebuch. Beispielsweise sah es irgendwann eine Woche lang so aus, als schlittere die Welt in eine Rezession. Stanley, der die Entwicklung äußerst aufmerksam verfolgte, kam in das Zimmer, in dem ich arbeitete, und riet mir mit düsterer Miene: »Brian, an Ihrer Stelle würde ich alle Wertpapiere und Aktien verkaufen und das Geld in Goldbarren anlegen.« Mein erster und einziger Goldbarren hätte wohl die Größe eines Wrigley-Kaugummistreifens gehabt ... Es konnte auch passieren, dass er, wenn wir uns am nächsten Tag zusammensetzten, die Arbeit des Vortages in Bausch und Bogen verwarf – kein Wunder, dass wir so viel rauchten und literweise Kaffee tranken.

Allerdings lief eine Zeit lang alles recht gut. Im Februar 1983 entwarf ich eine mit *Superspielzeug* verknüpfte Episode, die ich *Taken Out* nannte, und faxte sie ihm spät nachts zu. Voller Begeisterung rief er mich an: »Das ist einfach großartig, wirklich toll! Man muss Science Fiction wohl tatsächlich so erzählen, als sei die Geschichte das Normalste von der Welt und bedürfe überhaupt keiner Erklärung.«

»Anders ausgedrückt«, erwiderte ich, »muss man den Leser oder Zuschauer so behandeln, als sei er Teil der zukünftigen Welt, die man beschreibt.«

Darauf Stanley: »Meiner Meinung nach ja. Man lässt sich einfach nicht auf all diese grässlichen wissenschaftlichen Einzelheiten ein.«

Brian: »Je mehr man erklärt, desto weniger vermag man zu überzeugen.«

Stanley: »Offenbar fällt Ihr Schreiben in zwei verschiedene Kategorien, Brian – während ein Teil hervorragend ist, ist der andere nicht so sonderlich gut.«

Wir hatten unsere Reibereien. Nie wieder konnte ich es ihm so recht machen wie mit *Taken Out*. Zwar konnte es passieren, dass wir uns bei der Arbeit vor Lachen regelrecht krümmten, doch wir kamen nicht voran – ein Handlungsfaden nach dem anderen führte in die Sackgasse. Wenn ich hervorhob, wie wichtig der Erzählfluss sei, wehrte Stanley auf ganzer Linie ab und setzte dagegen, ein Film könne höchstens sechzig verschiedene Szenen enthalten und benötige nur rund acht verschiedene »eigenständige Handlungsblöcke«, wie er es nannte (im Laufe unserer Zusammenarbeit schafften wir drei solcher Blöcke, indem wir die Handlung der ursprünglichen Kurzgeschichte durch zwei meiner frühen Storys, *All the World's Tears* und *Blighted Profile*, ergänzten). Dieses Verfahren, mit voneinander unabhängigen Handlungsblöcken zu arbeiten, wird in *2001* sehr gut deutlich. Nicht zuletzt aufgrund der Kontraste

zwischen den grundverschiedenen Handlungsblöcken wirkt der Film so rätselhaft. Am besten hat
sich dieses Verfahren allerdings in *The Shining*
bewährt: Darin weisen eingeblendete Tafeln mit
Aufschriften wie »Ein Monat später« oder auch
nur »Dienstagnachmittag, 16 Uhr« die Zuschauer
darauf hin, dass bald etwas Grässliches geschehen
und Jack Nicholson noch ein bisschen schlimmer
ausrasten wird.

Das bisher größte Verständnis für Kubricks
Arbeitsweise zeigt Thomas Allen Nelson mit seinem Buch *Kubrick: Inside a Film Artist's Maze*. Nelson findet weitgehend überzeugende Erklärungen
für bestimmte Inhalte in *The Shining* (1980), die andere Kritiker wohl als »Ungereimtheiten« bezeichnen würden, indem er diese Inhalte als unerläss-
liche Bestandteile jedes fantastischen Horrorfilms
kennzeichnet. Allerdings wäre es dem Film zugute
gekommen, wenn der Charakter von Wendy Torrance (gespielt von Shelley Duvall) etwas differen-
zierter ausgefallen wäre; meiner Meinung nach
schnattert die Dame einfach zu oft drauflos.

Stanley war ein äußerst verschlossener Mensch,
nie erzählte er von den anderen Projekten, die er
gleichzeitig verfolgte. Einmal fragte er mich, wie
ein von ihm produzierter Film beschaffen sein
müsste, um damit genau so viel wie mit *Star Wars*
zu verdienen, ohne den Ruf, ein soziales Gewissen
zu besitzen, aufs Spiel zu setzen. Bei anderer Gelegenheit wollte er sich, kaum war ich im *Castle
Kubrick* angekommen, nur noch über Spielbergs
E. T. unterhalten. Möglich, dass ihn daran beson-

ders die Kameraführung aus Hüfthöhe, die den Blick eines Kindes suggeriert, beeindruckt hat – auch einige Passagen von *The Shining* sind mit statischer Kamera aus der Perspektive des kleinen Danny Torrance aufgenommen. Außerdem liebte er Science-Fiction-Filme – so haben wir einen Großteil von Ridley Scotts *Blade Runner* mittels Laser-Disk Szene für Szene analysiert.

Stanley war fest davon überzeugt, dass eines Tages die künstliche Intelligenz die Oberhand gewinnen und die Menschheit verdrängen werde – auf die Menschen sei zu wenig Verlass, sie seien nicht intelligent genug. Als wir, wie so oft, wieder einmal einen toten Punkt erreicht hatten, diskutierten wir über den möglichen Zusammenbruch der Sowjetunion. Vielleicht würde der Westen dann vollautomatisierte, ferngelenkte Panzer und Androiden entsenden, um zu retten, was noch zu retten war … Wir stellten uns das Ereignis so dramatisch vor, dass sich unsere Fantasie daran entzündete. Damals, im Jahre 1982, war uns klar, dass ein wirtschaftlicher Zusammenbruch der Sowjetunion durchaus möglich war – aber auf welche Weise würde sich dieser Zusammenbruch vollziehen? Wie würde sich die Situation entwickeln? Nach ein, zwei Tagen ließen wir die Idee fallen. Aber nehmen wir einmal an, wir hätten die Entwicklungen genau durchdacht und wären in der Lage gewesen, die wirklichen Ereignisse des Jahres 1989 – nur sieben Jahre in der Zukunft – bis in alle Einzelheiten darzustellen. Nehmen wir an, wir hätten eine Figur wie Gorbatschow geschaffen und zum Präsidenten der Sowjetunion gemacht; hätten gezeigt, wie Ungarn seine Grenzen für die Ostdeutschen öffnet, so dass sie nach Berlin und in den Westen strömen können, wie eine Bresche in die Berliner Mauer geschlagen wird, wie kommunistische Regierungen sich selbst durch die Abhaltung freier Wahlen entmachten, wie Diktatoren hingerichtet werden, das Ende des Kalten Krieges ausgerufen wird und die europäischen Völker an einem einzigen Tag die größte Veränderung aller Zeiten bewirken – ein einzigartiger Augenblick in der Weltgeschichte. Was wäre geschehen, hätten wir all das 1982 auf Zelluloid gebannt? Kein Mensch hätte uns das abgenommen. Selbst Science Fiction setzt die Kunst voraus, die Dinge plausibel wirken zu lassen. Und darin, so könnten Kritiker geltend machen, liegt auch eine ihrer Schwächen. Es ist das wirkliche Leben, das Züge des Unglaublichen annimmt und damit zur Kunst wird – wie Ende der Achtzigerjahre des 20. Jahrhunderts. Und mit Aufstieg und Erweiterung der Europäischen Union setzt sich diese Entwicklung bis heute fort.

Die Jahre vergingen, ohne dass wir irgendetwas zu Stande brachten, und allmählich verlor Stanley die Geduld. Immer noch sollte die »blauhaarige Fee« aus *Pinocchio* von den Toten auferstehen. Ich selbst hatte das Gefühl, mit Haut und Haar geschluckt zu werden, und bemühte mich gleichzeitig, trotz allem meiner Rolle als Ehemann und Vater gerecht zu werden. Ein Hauptproblem sah Stanley in der Darstellung des kleinen Androiden, des Jungen David. Natürlich hätte im Film ein kleiner Junge die Rolle übernehmen und »so tun können, als ob«, doch als Perfektionist wollte Stanley unbedingt einen tatsächlich künstlich konstruierten Menschen. Das Für und Wider sprachen wir ausführlich durch. Dabei war als erstes ein technisches Problem zu bewältigen: Der kleine Bursche sollte sich möglichst menschenähnlich bewegen, sollte wie ein kleiner Junge gehen, sitzen, sich umdrehen etc. Natürlich hat die Filmtechnik seither wesentliche Fortschritte gemacht – heutzutage könnte man diese Aufgabe mittels Computersimulation mit Leichtigkeit bewältigen.

1987 lief Kubricks Film *Full Metal Jacket* in den Kinos an. Diese späte Verarbeitung des Vietnam-Kriegs schlug vor allem in Japan voll ein – anderswo hatte der Film weit weniger Erfolg. Mit Hilfe von sechsunddreißig aus Spanien importierten Palmen schuf Stanley sein Vietnam in Bauruinen, die mitten im Londoner East End lagen (die Canary Wharf war damals noch nicht gebaut). »Es ist nahezu unmöglich, Ruinen zu schaffen, die glaubwürdig wirken«, erklärte er. »Und im Winter sehen englische Sonnenuntergänge ganz ähnlich wie die in Vietnam aus.« Die spärlich bekleideten Schauspieler agierten in winterlicher Kälte, während – gerade noch außerhalb des Aufnahmewinkels der Kameras – Heizlüfter gegen ihre Gänsehaut anpusteten...

Inzwischen schrieben wir das Jahr 1990 und steckten ziemlich in der Klemme, was zu einem Briefwechsel zwischen Agenten und Rechtsanwälten führte. Stanley und ich arbeiteten unterdessen an einem Entwurf, der New York in den Fluten versinken ließ. Das alles nur zu dem Zweck, die »blauhaarige Fee« aus eben diesen Fluten wieder auftauchen zu lassen. Ich versuchte Stanley dazu zu überreden, einen großen modernen Mythos zu schaffen – einen Film, der es mit *Dr. Seltsam* und *2001* aufnehmen konnte – und auf ein Märchen zu verzichten. Doch das war vergebliche Liebesmüh, denn bald darauf wurde dafür gesorgt, dass ich von der Bildfläche verschwand. Weder verabschiedete sich Stanley von mir, noch äußerte er irgendein unaufrichtiges Wort des Dankes: Er zündete sich nur eine weitere Zigarette an und kehrte mir den Rücken zu. *Superspielzeug* wurde in *A.I.* umgetauft, ohne dass er die Geschichte je verfilmt hätte.

In zweierlei Hinsicht war Stanley ein Genie: Abgesehen von der faszinierenden Vielfalt seiner Filme, hatte er auch die Gabe, die Welt zugunsten seiner Kreativität auf Abstand zu halten und die Legende eines Einsiedlerdaseins zu pflegen. Stets war ihm bewusst, welch knappes Gut die Zeit ist. Geniale Menschen scheren sich nicht um normale Höflichkeitsformen, sie haben andere Dinge im Kopf, und man tut gut daran, dieses ziemlich brutale Verhalten nicht persönlich zu nehmen. Außerdem ist es selbst Arthur C. Clarke, mit dem Stanley bei der Produktion von *2001* zusammenarbeitete, nicht gelungen, meine skizzenhafte Kurzgeschichte zu einem Spielfilm auszubauen. Das müsste uns eigentlich zu denken geben, wenn ich nur wüsste, was …

Es tat gut, wieder mein eigener Herr zu sein, schließlich hatte ich über Jahre als Kubricks verlängerter Arm gedient. Bei irgendeiner Gelegenheit – wir kämpften uns gerade durch das Konzept, das einen tatsächlich künstlich konstruierten David vorsah – behauptete Stanley, die Amerikaner betrachteten Roboter lediglich als Bedrohung und nur die Japaner hätten etwas für Roboter übrig. Folglich würden nur sie jene Hexenmeister der Elektronik hervorbringen, denen die Konstruktion der ersten richtigen Androiden zuzutrauen wäre. Er bestellte Tony Frewin, seine ihm ergebene rechte Hand, zu sich und trug ihm auf, Mitsubishi ans Telefon zu holen (nehmen wir einfach mal an, es sei tatsächlich Mitsubishi gewesen, ich kann mich an den Namen des Unternehmens nicht mehr genau erinnern).

»Mit wem dort wollen Sie denn sprechen, Stanley?«

»Holen Sie mir Mr. Mitsubishi persönlich an den Apparat.«

Bald darauf klingelte das Telefon, Stanley griff nach dem Hörer. Und die Stimme am anderen Ende sagte: »Mr. Stanley Kubrick? Hier spricht Mr. Mitsubishi, was kann ich für Sie tun?«

Jeder Mensch auf diesem Planeten hatte schon von Stanley Kubrick gehört. Wie soll man von einem solchen Menschen erwarten, dass er sich wie der Rest der Menschheit benimmt?

Aber zurück zu *Superspielzeug*. Warum wurde die Geschichte nicht verfilmt? Alle Autoren, die nach mir an dem Drehbuch arbeiteten und sich vergeblich bemühten, die Sache in den Griff zu bekommen, mussten sich an den von Stanley bestimmten Richtlinien orientieren – ob sie wollten oder nicht –, Richtlinien, die meiner Meinung nach, auf falschen Voraussetzungen beruhten. Da Stanley unbedingt an die großen SF-Kinoerfolge der damaligen Zeit anknüpfen wollte, war er wild entschlossen, meine traurige Familiengeschichte in kosmische Sphären zu verlegen. Schließlich war er mit Arthur C. Clarkes Story *The Sentinel* ja ganz ähnlich verfahren und hatte damit großen Erfolg gehabt. Allerdings hat er dabei übersehen, dass *The Sentinel* von Anfang an eine nach außen gerichtete Perspektive hat, ein geheimnisvolles Geschehen an irgendeinem fernen Ort andeutet, während *Superspielzeug* von einem inneren, persönlichen Rätsel handelt: David leidet, weil er nicht weiß, dass er in Wirklichkeit eine technische Konstruktion ist. Darin liegt das wirkliche Drama, das »die rätselhaften Ängste unseres Daseins berührt«, wie Mary Shelley es auch von ihrem *Frankenstein* behauptet hat.

Man könnte sich also eine Verfilmung von *Superspielzeug* vorstellen, in deren Mittelpunkt Davids Auseinandersetzung mit seiner wahren Natur steht. Die Erkenntnis, dass er ein technisches Konstrukt ist, schockiert ihn so sehr, dass seine Funktionen versagen. Vielleicht bringt ihn sein Vater zur Reparatur in eine Fabrik, in der tausend identische Androiden vom Fließband rollen. Löst das bei ihm den Drang zur Selbstzerstörung aus? Die Zuschauer sollten in ein spannendes, bestürzendes, beklemmendes Drama hineingezogen werden, ein Drama, das sie letztlich mit bestimmten Fragen konfrontiert: *Spielt es überhaupt eine Rolle, dass David ein technisches Konstrukt ist? Darf es eine Rolle spielen? In wieweit sind wir alle nur Konstrukte?*

Abgesehen von so verzwickten metaphysischen Fragen, wird eine ganz einfache Geschichte erzählt – die Geschichte, die es Stanley ursprünglich angetan hatte und die von einem kleinen Jungen handelt, der es seiner Mutter nie recht machen kann. Es ist die Geschichte einer Liebe, die nicht erwidert wird.

Als Stanley Kubrick 1999 starb, machte der geheimnisumwitterte Mensch Schlagzeilen. Ich war es bald müde, Fernsehinterviews zur Zusammenarbeit mit Kubrick zu geben, schließlich arbeitete ich gerade an einem neuen Roman. Doch irgendwann kam ich auf die Idee, meine Kurzgeschichte *Superspielzeug hält den ganzen Sommer* noch einmal zu lesen. Und stellte dabei zu meiner Überraschung fest, dass ich plötzlich wusste, wie es weiterging. Dreißig Jahre nach meiner ersten Bearbeitung des Stoffes schrieb ich eine zweite Kurzgeschichte, in der David und Teddy weitere Abenteuer erleben …

Eines Tages meldete sich ein Besucher bei mir an, ein sehr angenehmer Besuch: Jan Harlan, Stanley Kubricks Schwager und Geschäftspartner. Er produzierte gerade einen Dokumentarfilm über Kubricks Leben und wollte, dass ich mich darin zu unserer Zusammenarbeit äußerte. Am Ende des Nachmittags gab ich ihm die neue Kurzgeschichte, *Superspielzeug bei Einbruch des Winters*, und Jan sandte sie Steven Spielberg zu, der mittlerweile das Erbe an Stanleys unvollendeten Werken angetreten hatte.

Inzwischen hatte ich auch persönlich an Spielberg geschrieben und ihm vorgeschlagen, David mit tausend identischen Davids zusammenzubringen. Da Spielberg diese Idee gefiel, bot mir Jan an, den einen Satz, der die Idee enthielt, für Spielberg anzukaufen. Natürlich hat die Vorstellung, einen Satz, einen *einzigen* Satz, zu verkaufen, etwas Reizvolles, Witziges. Allerdings wusste ich zu diesem Zeitpunkt schon, wie der Zyklus der David-Geschichten ausgehen musste, und hatte ihn um eine dritte, abschließende Geschichte ergänzt. Zusammengenommen liefern die drei Geschichten einen Handlungsfaden, der meiner Meinung nach als Drehbuchvorlage für einen Spielfilm normaler Länge ausreicht. Auf ein überflutetes New York und eine »blauhaarige Fee« kann man dabei verzichten. Hier geht es schlicht um eine anrührende, starke Geschichte, die von Liebe und Intelligenz handelt.

Jan sandte Spielberg auch die dritte Geschichte, *Superspielzeug in anderen Jahreszeiten*, die den bereits erwähnten magischen Satz enthält. Aufgrund einer Vereinbarung mit Warner Brothers, die in gegenseitigem Einvernehmen erfolgte, hat Spielberg mittlerweile die Rechte an allen drei *Superspielezug*-Geschichten erworben. Natürlich freue ich mich darüber, zu der kleinen Gruppe von Autoren zu gehören, die ihre Geschichten gleich an zwei großartige Regisseure – Kubrick und Spielberg – verkaufen konnten. Doch mir ist auch klar, dass Spielberg sich vertraglich verpflichtet hat, *Superspielzeug* – inzwischen *A. I.* betitelt – so zu verfilmen, wie es Kubrick vorgeschwebt hatte.

Mit den Dreharbeiten hat Spielberg im Juni 2000 auf Long Island begonnen – es trifft sich gut, dass der Film im Jahre 2001 in die Kinos kommt.

Superspielzeug
hält den ganzen Sommer

In Mrs. Swintons Garten war immer Sommer, die reizenden Mandelbäume standen dort in ewiger Blüte. Monica Swinton pflückte eine safrangelbe Rose und zeigte sie David: »Ist sie nicht wunderschön?«

David blickte zu ihr auf und grinste, ohne Antwort zu geben. Gleich darauf schnappte er sich die Blume, rannte quer über den Rasen und verschwand hinter dem Schuppen, in dem der vollautomatische Rasenmäher geduckt auf seinen Einsatz lauerte, jederzeit bereit, Gras zu schneiden, Gras zu häufeln oder weiter zu rollen, wie es gerade erforderlich war. Monica blieb allein auf ihrem tadellos gepflegten Gartenweg stehen, der mit Kieselsteinen aus Kunststoff gepflastert war.

Sie hatte sich wirklich alle Mühe gegeben, David lieb zu gewinnen.

Als sie sich schließlich dazu aufraffte, dem Jungen nachzugehen, fand sie ihn im Innenhof damit beschäftigt, die Rose im Planschbecken schwimmen zu lassen. Völlig gedankenverloren stand er mitten im Becken, nicht einmal die Sandalen hatte er ausgezogen.

»David, mein Liebling, musst du denn ständig Unsinn machen? Komm sofort ins Haus und zieh dir andere Schuhe und Socken an.«

Ohne Widerworte ging er mit ihr mit, sein dunkler Haarschopf, der ihr bis zur Taille reichte, tanzte dabei auf und ab. Obwohl er erst fünf Jahre alt war, zeigte er keinerlei Angst vor dem Ultraschalltrockner in der Küche. Und noch ehe seine Mutter nach einem Paar Hausschuhe greifen konnte, hatte er sich bereits aus ihrem Griff herausgewunden und war in die Stille des Hauses abgetaucht. Vermutlich hielt er Ausschau nach Teddy.

Monica Swinton, neunundzwanzig Jahre alt, zu deren Vorzügen eine reizende Figur und sanft blickende Augen zählten, ging ins Wohnzimmer hinüber und nahm dort auf anmutige Weise Platz. Anfangs saß sie da und dachte nach – bald saß sie nur noch da. Die Zeit schien ihr quälend langsam, nervtötend langsam zu verrinnen, so langsam, wie es nur Kinder, Geistesgestörte oder Ehefrauen empfinden können, deren Männer damit beschäftigt sind, die Welt zu verbessern. Fast reflexartig streckte sie die Hand aus, um die elektronische Einstellung der Fenster zu verändern. Der Garten verblasste; stattdessen tauchte zu ihrer Linken das Stadtzentrum auf, voller Menschen, Schlauchboote und Gebäude. Sie verzichtete allerdings darauf, den Ton aufzudrehen. Nach wie vor war sie allein: Eine Welt, in der sich Menschenmassen tummeln, ist der ideale Ort, um sich einsam zu fühlen.

Die leitenden Angestellten von Synthank waren gerade dabei, sich ein gewaltiges Festtagsmenü einzuverleiben, schließlich musste der Verkaufsstart ihres neuen Produkts gebührend gefeiert werden. Manche von ihnen trugen die derzeit sehr beliebten Gesichtsmasken aus Plastik. Alle waren von eleganter, schlanker Statur, obwohl sie sich beim Essen und Trinken keineswegs zurückhielten. Auch ihre Ehefrauen waren von eleganter, schlanker Statur, obwohl sie gleichfalls kräftig zulangten. Eine frühere und nicht so aufgeklärte Generation hätte diese Menschen wohl als schön bezeichnet – schön, bis auf die Augen. Ihre Augen wirkten hart und berechnend.

Henry Swinton, Synthanks Geschäftsführer, würde gleich eine Rede halten.

»Schade, dass Ihre Frau das nicht miterleben kann und Ihre Rede verpasst«, bemerkte sein Tischnachbar.

»Monica bleibt lieber zu Hause und befasst sich mit Schöngeistigem«, erwiderte Swinton und lächelte dabei.

»Einer so schönen Frau steht es gut, dass sie sich mit schöngeistigen Dingen befasst«, sagte sein Nachbar.

Schlag dir meine Frau aus dem Kopf, dachte Swinton, bewahrte jedoch sein Lächeln. Gleich darauf erhob er sich von seinem Platz, um, von Applaus begrüßt, mit seiner Rede zu beginnen.

Nach ein paar einleitenden Scherzen stellte er fest: »Den heutigen Tag müssen wir im Kalender rot anstreichen, denn für unser Unternehmen bedeutet er einen wichtigen Durchbruch. Es ist jetzt fast zehn Jahre her, dass wir unsere ersten künstlichen Lebensformen auf dem Weltmarkt eingeführt

31

haben. Sie alle hier wissen, wie erfolgreich sie sich verkauft haben, insbesondere die kleinen Dinosaurier. Doch keine dieser Lebensformen war in irgendeiner Weise intelligent. Es wirkt wie ein Paradox, dass wir heutzutage, in dieser Epoche, Leben schaffen können, aber uns mit der Intelligenz sehr viel schwerer tun. Unsere erste Produktlinie, der Crosswell-Bandwurm, verkauft sich am allerbesten, obwohl dieser Wurm das dümmste ist, was wir anzubieten haben.«

Alle lachten.

»Zwar leiden drei viertel der Menschen unserer übervölkerten Welt unter Hunger, wir jedoch sind in der glücklichen Lage, mehr als genug zu besitzen – dank der Beschränkung der Geburtenzahlen. Unser Problem ist nicht mangelhafte Ernährung, sondern das Übergewicht. Ich nehme an, hier sitzt niemand, in dessen Dünndarm nicht ein Crosswell am Werk ist. Bekanntlich ist dieser Bandwurm ein völlig ungefährlicher Parasit, der es seinem Wirt oder seiner Wirtin erlaubt, bis zu fünfzig Prozent mehr Nahrung als üblich zu sich zu nehmen, ohne dass sich die Figur verändert. Stimmt's?«

Überall zustimmendes Nicken.

»Unsere kleinen Dinosaurier sind fast genauso dumm. Heute jedoch bringen wir eine künstliche Lebensform auf den Markt, die mit Intelligenz ausgestattet ist – einen Butler in voller menschlicher Größe. Er besitzt nicht nur Intelligenz, sondern auch ein *genau begrenztes* Intelligenzniveau, da wir davon ausgehen, dass ein mit voller menschlicher Gehirnkapazität ausgestattetes Lebewesen den

Leuten Angst einjagen würde. Im Schädel unseres Butlers arbeitet ein kleiner Computer. Auf dem Markt gibt es zwar schon Geräte, in denen winzige Computer installiert sind – Plastikapparate ohne wirkliches Leben, Superspielzeug –, aber nun haben wir erstmals eine Möglichkeit gefunden, Computerschaltkreise mit künstlichem Fleisch zu verbinden.«

David saß am großen Fenster seines Kinderzimmers und kämpfte mit Papier und Bleistift. Schließlich hörte er zu schreiben auf und ließ den Bleistift auf der abgeschrägten Tischplatte hin und her rollen. »Teddy!«, sagte er.

Teddy lag auf dem Bett an der Wand, unter einem Buch mit Bildern, die sich bewegen konnten, und einem riesigen Plastiksoldaten. Von der Stimme seines Herrn aktiviert, setzte er sich auf.

»Teddy, ich weiß einfach nicht, was ich schreiben soll!«

Der Bär stieg aus dem Bett, stolzierte mit steifen Bewegungen zu dem Jungen hinüber und klammerte sich an sein Bein. David hob ihn auf und setzte ihn auf dem Schreibtisch ab.

»Was hast du denn schon geschrieben?«

»Ich hab geschrieben«, – David griff nach seinem Brief und musterte ihn scharf –, »ich hab geschrieben: Liebe Mami, ich hoffe, es geht dir gerade gut. Ich hab dich lieb.«

Eine längere Zeit war es still, bis der Bär schließlich sagte: »Das klingt gut. Geh nach unten und gib ihr den Brief.«

Erneut herrschte für einige Zeit Stille.

»Irgendwie trifft's das nicht so recht. Sie wird es nicht verstehen.«

Ein kleiner, im Bär installierter Computer prüfte mögliche Alternativen. »Warum versuchst du's nicht noch einmal, mit Malstiften?«

David starrte aus dem Fenster. »Teddy, weißt du, worüber ich gerade nachgedacht habe? Wie kann man wirkliche und nicht-wirkliche Dinge eigentlich auseinander halten?«

Der Bär ging alle möglichen Antworten durch, die ihm sein Programm bot. »Wirkliche Dinge sind was Gutes.«

»Ich frage mich, ob Zeit etwas Gutes ist. Ich glaube nicht, dass Mami viel von der Zeit hält. Neulich, vor ein paar Tagen, hat sie gesagt, dass die Zeit über sie hinweggeht. Ist Zeit etwas Wirkliches, Teddy?«

»Uhren zeigen die Zeit an. Uhren sind wirklich. Mami hat Uhren, also muss sie Uhren wohl mögen. Sie hat eine Uhr am Handgelenk, gleich neben der Wählscheibe.«

Inzwischen hatte David damit begonnen, ein Flugzeug auf die Rückseite seines Briefes zu malen. »Wir beide, du und ich, sind wirklich, stimmt's, Teddy?«

Die Augen des Bären betrachteten den Jungen, ohne dass sich ihr Ausdruck veränderte. »Klar doch, wir beide, du und ich, sind wirklich, David.« Seine besondere Fähigkeit lag darin zu trösten.

Monica wanderte langsam durchs Haus. Fast war es schon Zeit für die elektronisch übermittelte Nachmittagspost. Über die Wählscheibe an ihrem Handgelenk stellte sie die Verbindung her, doch es ging keine Nachricht ein. Sie würde sich wohl noch ein paar Minuten gedulden müssen.

Blieb die Möglichkeit, sich wieder einmal mit der Malerei zu beschäftigen. Oder Freundinnen anzurufen. Oder darauf zu warten, dass Henry nach Hause kam. Oder nach oben zu gehen und mit David zu spielen …

Sie trat in die Diele und blieb am Fuß der Treppe stehen. »David!« Keine Antwort. Sie rief ein zweites, ein drittes Mal. »Teddy!«, brüllte sie mit schärferem Ton.

»Ja, Mami!« Teddys golden schimmernder Pelzkopf erschien oben an der Treppe.

»Ist David in seinem Zimmer, Teddy?«

»David ist in den Garten gegangen, Mami.«

»Komm sofort herunter, Teddy!«

Teilnahmslos sah sie zu, wie das kleine Plüschtier mit seinen stummelartigen Gliedmaßen Stufe für Stufe bezwang, und als der Teddybär schließlich unten angekommen war, hob sie ihn auf und trug ihn ins Wohnzimmer. Still und stumm in ihren Armen liegend, starrte er unverwandt zu ihr empor. Ganz schwach konnte sie seinen Motor vibrieren hören.

»Rühr dich nicht von der Stelle, Teddy, ich möchte mit dir reden.« Sie stellte ihn auf der Tischplatte ab, wo er, wie verlangt, stehen blieb. Wie immer hielt er seine Arme ausgestreckt, zur Umarmung einladend.

»Teddy, hat David dir aufgetragen, mir zu sagen, er sei im Garten?«

Die Schaltkreise im Schädel des Bären waren für Ausreden nicht komplex genug.

»Ja, Mami.«

»Also hast du mich angelogen.«

»Ja, Mami.«

»Hör auf, mich Mami zu nennen! Warum geht David mir aus dem Weg? Er hat doch nicht etwa Angst vor mir?«

»Nein, er hat dich lieb.«

»Warum können wir uns dann nicht miteinander verständigen?«

»Weil David oben ist.«

Diese Antwort verschlug ihr die Sprache. Warum vertat sie ihre Zeit damit, auf dieses Ding einzureden? Warum ging sie nicht einfach nach oben, nahm David in die Arme und unterhielt sich so mit ihm, wie es eine liebevolle Mutter mit einem liebevollen Sohn tun würde? Das Schweigen des Hauses lastete schwer auf ihr, jeder Raum strahlte eine andere Form von Stille aus. Auf dem oberen Treppenabsatz bewegte sich etwas, fast lautlos: David, bemüht, von ihr nicht entdeckt zu werden ...

Er kam jetzt zum Ende seiner Rede. Die Gäste hörten aufmerksam zu, genau wie die Journalisten, die sich an zwei Wänden des Bankettsaals aufgereiht hatten und Henrys Worte aufzeichneten.

»Unser Butler ist in mehrfacher Hinsicht ein Ergebnis der Informatik. Ohne Kenntnis des menschlichen Genoms hätten wir niemals ein Verständnis der komplexen biochemischen Vorgänge erlangen können, die auf den künstlichen Körper einwirken. Der Butler verkörpert aber auch eine Ausweitung der Computertechnologie, denn in seinem Kopf wird ein Computer arbeiten, ein winzig kleiner Computer, der nahezu jede häusliche Situation bewältigen kann – selbstverständlich mit gewissen Einschränkungen.«

Darauf folgte Gelächter: Viele der Anwesenden wussten, welch hitzige Diskussionen im Besprechungszimmer von Synthank stattgefunden hatten, bis man schließlich beschlossen hatte, den Butler unter seiner makellosen Uniform nicht mit Geschlechtsmerkmalen auszustatten.

»Angesichts all der Triumphe unserer Zivilisation – aber auch angesichts der niederschmetternden Probleme einer übervölkerten Welt – stimmt es traurig, daran zu denken, wie viele Millionen von Menschen immer mehr unter Einsamkeit und Isolation leiden. Unser Butler wird diesen Menschen ein fröhlicher Gefährte sein: Er wird stets antworten, selbst das banalste Gespräch kann ihn nicht langweilen. Zukünftig wollen wir weitere Modelle produzieren, männliche wie weibliche, und ich kann Ihnen versichern, dass einige davon nicht mehr so beschränkt sein werden wie dieses erste Modell. Wir werden Modelle mit ausgeklügeltem Design entwickeln, echte bioelektronische Lebewesen. Und diese künftigen Modelle werden nicht nur mit eigenen Computern ausgestattet sein, mit denen sie ihre eigenen individuellen Programme schreiben können, nein, sie werden auch mit Ambient, dem weltweiten Datennetz, verbunden sein. Auf diese Weise hat jeder Mensch in seinen vier Wänden eine Art Einstein. Damit wird die persönliche Vereinsamung für immer der Vergangenheit angehören.«

Henry nahm wieder Platz, während das Publikum begeistert klatschte. Auch der künstliche Butler, der in einem schlichten Anzug mit am Tisch saß, applaudierte.

David, der seinen Ranzen mitschleppte, schlich sich seitlich ums Haus, stieg auf die schmucke Sitzbank unterhalb des Wohnzimmerfensters und spähte vorsichtig hinein.

Seine Mutter stand mit völlig ausdruckslosem Gesicht mitten im Zimmer, und das machte ihm Angst. Fasziniert beobachtete er sie, ohne sich dabei zu bewegen. Auch sie rührte sich nicht von der Stelle. Es war so, als sei die Zeit stehen geblieben, wie sie im Garten stehen geblieben war.

Als Teddy seine Umgebung musterte, entdeckte er David. Sofort ließ er sich vom Tisch fallen, kam zum Fenster herüber und fummelte mit seinen Pfoten so lange ungeschickt herum, bis er es irgendwann aufbrachte.

Sie sahen einander an.

»Ich tauge nichts, Teddy. Lass uns weglaufen!«

»Du bist ein guter Junge. Deine Mami hat dich lieb.«

Bedächtig schüttelte David den Kopf. »Wenn sie mich wirklich lieb hat, warum kann ich dann nicht mit ihr reden?«

»Sei nicht albern, David. Mami ist einsam, deshalb hat sie ja dich.«

»Sie hat Papi. Ich hab niemanden außer dir, ich bin wirklich einsam.«

Teddy gab ihm einen freundschaftlichen Klaps auf den Kopf. »Wenn es dir so schlecht geht, meldest du dich besser wieder beim Psychiater an.«

»Ich kann diesen alten Psychiater nicht ausstehen. Er gibt mir das Gefühl, nicht wirklich zu sein.« David rannte los, quer über den Rasen. Der Bär sprang aus dem Fenster und setzte ihm nach, so schnell es ihm seine Stummelbeinchen erlaubten.

Monica Swinton war unterdessen ins Kinderzimmer hinaufgegangen. Nachdem sie ein einziges Mal nach ihrem Sohn gerufen hatte, blieb sie dort unentschlossen stehen. Ringsum war alles still.

Auf seinem Tisch lagen Malstifte. Einer plötzlichen Eingebung folgend, ging sie hinüber und zog die Schublade auf. Dutzende von Zetteln quollen ihr entgegen, viele davon hatte David in seiner unbeholfenen Handschrift mit Malkreide beschrieben und dabei für jeden neuen Buchstaben eine andere Farbe benutzt. Keinen der Briefe hatte er zu Ende gebracht.

MEINE LIEBE MAMI WIE GEHT ES DIR DENN SO HAST DU MICH AUCH SO LIEB WIE

LIEBE MAMI ICH HAB DICH UND PAPI
LIEB UND DIE SONNE SCHEINT GERADE

LIEBE LIEBE MAMI TEDDY HILFT MIR
DABEI DIR ZU SCHREIBEN ICH HAB DICH
UND TEDDY LIEB

LIEBSTE MAMI ICH BIN DEIN DICH LIE-
BENDER EINZIGER SOHN UND HAB DICH
SO LIEB DAS ICH MANCHMAL

LIEBE MAMI DU BIST WIRKLICH MEINE
MAMI UND ICH HASSE TEDDY

LIEBSTE MAMI RAT MAL WIE LIEB ICH
DICH

LIEBE MAMI ICH BIN DEIN KLEINER
JUNGE ABER TEDDY NICHT UND ICH HAB
DICH LIEB ABER TEDDY

LIEBE MAMI DIESER BRIF AN DICH
SOL DIR NUR SAGEN WIE SEHR WIE SEHR
SEHR

Monica fielen die Zettel aus der Hand. Sie brach in
Tränen aus. Die Briefe, kreuz und quer in fröhli-
chen Farben bekritzelt, segelten davon und verteilten sich auf dem Fußboden.

In bester Stimmung nahm Henry Swinton den
Schnellzug nach Hause. Hin und wieder wandte
er sich mit einer Bemerkung an den Butler, der
ihn begleitete. Er antwortete stets ohne Verzögerung und mit gleich bleibender Höflichkeit, auch
wenn die Antworten, gemessen an menschlichen
Maßstäben, nicht immer sonderlich gehaltvoll
waren.

40

Die Swintons wohnten in einem der vornehmsten städtischen Wohnblöcke. Ihr Apartment lag inmitten anderer Wohnungen und hatte keine Außenfenster; niemand verspürte Lust, die übervölkerte Außenwelt zu betrachten. Nachdem die Tür sein Netzhautmuster erkannt hatte, ließ sie ihn ein, und als er, den Butler im Schlepptau, in die Wohnung trat, umgab ihn sofort die ebenso freundliche wie künstliche Atmosphäre eines Gartens, in dem ewiger Sommer herrschte. Es war schon erstaunlich, wie Whologram es fertig brachte, auf engstem Raum derart weitläufige Kunstwelten zu schaffen. Hinter den Gartenrosen und Glyzinien stand ihr Haus. Die Täuschung war perfekt: Ein georgianisches Herrenhaus schien ihn willkommen zu heißen.

»Wie gefällt es dir?«, fragte er den Butler.

»Hin und wieder werden Rosen von Mehltau befallen.«

»Diese Rosen haben garantiert keine Mängel.«

»Es empfiehlt sich, Waren mit Garantie zu erwerben, selbst wenn sie etwas teurer sein mögen.«

»Vielen Dank für die Information«, bemerkte Henry trocken. Künstliche Lebensformen gab es erst seit knapp einem Jahrzehnt, die alten, mechanisch konstruierten Androiden noch nicht einmal sechzehn Jahre. Immer noch war man Jahr für Jahr damit beschäftigt, die Mängel in ihren Betriebssystemen zu beseitigen.

Er öffnete die Tür und rief nach Monica. Sofort eilte sie aus dem Wohnzimmer, umarmte ihn und küsste ihn heftig auf Wange und Lippen. Henry war verblüfft.

Als er sich ihr entzog, um ihr Gesicht zu mustern, sah er, welches innere Leuchten, welche Schönheit sie ausstrahlte. Es war Monate her, dass er sie so erregt gesehen hatte. Instinktiv zog er sie enger an sich. »Liebling, was ist passiert?«

»Henry, Henry, mein Liebling, ich war ja so verzweifelt ... Aber dann hab ich die Nachmittagspost abgerufen und ... das wirst du mir nie glauben! Oh, es ist so wunderbar!«

»Um Himmels willen, Monica, was ist so wunderbar?«

Flüchtig konnte er den oberen Teil des Formulars erkennen, das sie in der Hand hielt. Das Empfangsgerät an der Wand hatte es gerade ausgespuckt, es war noch warm. Und trug den Briefkopf des Familienministeriums. Hin und her gerissen zwischen Schock und plötzlicher Hoffnung, merkte er, wie sein Gesicht jede Farbe verlor.

»Monica ... oh ... Erzähl mir bloß nicht, dass unsere Nummer gezogen wurde!«

»Doch, mein Liebling, genau das ist passiert! In der Familienlotterie haben wir diese Woche das große Los gezogen! Jetzt hindert uns nichts mehr daran, ein eigenes Kind zu bekommen!«

Er stieß einen Freudenschrei aus, ergriff sie und tanzte mit ihr durchs Zimmer. Auf diesen Moment hatten Monica und Henry vier Jahre lang gewartet. Der Druck der Überbevölkerung war so angewachsen, dass der Staat sich gezwungen sah, die Zeugung von Nachwuchs strengstens zu regulieren – wer ein Kind in die Welt setzen wollte, brauchte eine behördliche Genehmigung. Außer sich vor

Freude ließen Monica und Henry ihren Tränen freien Lauf. Schließlich schnappten sie nach Luft, blieben mitten im Zimmer stehen und blickten sich lachend an. Jeder freute sich über die Freude des anderen.

Als Monica aus dem Kinderzimmer gekommen und nach unten gegangen war, hatte sie die Fenster auf Transparenz gestellt, so dass sie jetzt Ausblick auf den Garten boten. Der künstliche Sonnenschein überzog den Rasen mit langen, goldenen Streifen. Und David und Teddy starrten zu ihnen herein.

Beim Anblick ihrer Gesichter wurden Henry und seine Frau wieder ernst.

»Was sollen wir nun mit *denen da* machen?«, fragte Henry.

»Mit Teddy gibt's keine Probleme, er funktioniert ganz ordentlich.«

»Und David?«

»Sein Sprach- und Kommunikationszentrum macht ihm immer noch zu schaffen. Meiner Meinung nach muss er bald noch einmal zur Reparatur.«

»In Ordnung. Wir warten mal ab, wie er sich macht, bis das Baby zur Welt kommt. Was mich daran erinnert, dass ich ja eine Überraschung für dich habe: eine Hilfe, und sie kommt genau zur rechten Zeit. Komm mit in die Diele und sieh dir an, was ich mitgebracht habe.«

Während die beiden Erwachsenen aus dem Zimmer verschwanden, ließen sich der Junge und der Bär unter den genau genormten Rosenbüschen nieder.

»Teddy, Mami und Papi sind doch wirklich, oder nicht?«

»Du stellst echt dumme Fragen, David«, erwiderte Teddy. »Niemand weiß, was *wirklich* tatsächlich bedeutet. Lass uns ins Haus gehen.«

»Erst muss ich noch eine Rose pflücken!«

David riss eine leuchtend rosa Blüte ab und nahm sie mit ins Haus. Wenn er zu Bett ging, würde er sie auf sein Kopfkissen legen. In ihrer sanften Schönheit erinnerte sie ihn an Mami.

Superspielzeug
bei Einbruch des Winters

Mit dem ewigen Sommer in Mrs. Swintons Garten war es vorbei. Sie hatte sich gemeinsam mit David und Teddy in die übervölkerte Stadt begeben und eine Videodisk mit dem Titel »Eurowinter« gekauft. Jetzt hatten die Mandelbäume ihre Blätterpracht verloren, und auf ihren Ästen lag Schnee, der nicht schmelzen würde, so lange die Disk lief. Auch der Schnee an den Mauervorsprüngen der simulierten Wände und Fenster des simulierten Anwesens würde haften bleiben, und die Eiszapfen an der Dachrinne würden nicht schmelzen, so lange die Disk lief.

David und Teddy spielten am zugefrorenen Zierteich. Ihr Spiel war simpel: Sie glitschten von gegenüberliegenden Seiten her so über die Eisfläche, dass sie einen Zusammenstoß gerade noch vermieden. Das brachte sie jedes Mal zum Lachen.

»Diesmal hab ich dich fast erwischt, Teddy!«, schrie David.

Monica sah vom Wohnzimmerfenster aus zu. Da das ewig gleiche Spiel der beiden sie langweilte, blendete sie das Fenster aus und wandte sich ab, woraufhin der künstliche Butler aus seiner Nische schlurfte und sich mit gewichtiger Miene erkundigte, ob er irgendetwas für sie tun könne.

»Nein, danke, Jules.«

»Es tut mir Leid, dass Sie immer noch so schwer an Ihrem Kummer tragen.«

»Es geht schon, Jules, ich werde darüber hinwegkommen.«

»Möchten Sie vielleicht, dass ich Ihre Freundin Dora-Belle herüber bitte?«

»Das ist nicht nötig.«

Henry hatte den Butler kürzlich mit einem neuen Programm aufgerüstet. Allerdings hatte das seine Motorik etwas in Mitleidenschaft gezogen, so dass sein Gang jetzt weniger sicher war als früher. Da er nun aber tatsächlich wie ein alter Mann wirkte, hatten sie darauf verzichtet, den Schaden zu beheben. Er sprach jetzt auch eher wie ein Mensch. Monica mochte ihn so viel lieber.

Über Ambient setzte sie sich mit Henry in Verbindung. Gleich darauf erschien sein lächelndes Gesicht auf der Halbkugel.

»Monica, hi! Was gibt's? Sieht so aus, als ob die Übernahme klappen wird. In neun Minuten Erdstandardzeit soll mein Gespräch mit Havergail Bronzwick stattfinden. Wenn's klappt, wird der Geschäftsabschluss Synthmania zum größten Hersteller künstlicher Produkte auf diesem Planeten machen, größer als alle anderen in Japan oder in den USA.«

Monica hörte aufmerksam zu, obwohl sie merkte, dass ihr Mann die einstudierte Rede von sich gab, die er gleich vor Bronzwick halten würde.

»Wenn ich daran denke, wie wir mal angefangen haben, Monica… Wenn dieser Abschluss klappt, werde ich – werden wir – um drei Millionen Mondos reicher sein. Ich hab schon große Pläne für uns. Wir werden an einen besseren Wohnort ziehen, David und Teddy verkaufen, uns ein paar Modelle aus der neuen Serie künstlicher Produkte anschaffen, eine Insel erwerben …«

»Kommst du bald nach Hause?«

Die Frage ließ Henry in seinem Redestrom innehalten. »Du weißt doch«, sagte er vorsichtig, »dass ich diese Woche auswärts beschäftigt bin. Ich hoffe, dass ich Montag zurück sein kann …«

Sie brach die Verbindung ab.

Während sie mit gefalteten Händen in ihrem Drehstuhl saß, bemerkte sie aus dem Augenwinkel heraus eine Bewegung. Immer noch rutschten David und Teddy über den Teich und gaben Freudenschreie von sich. Vielleicht würden sie ewig so weitermachen. Sie stand auf, aktivierte das Fenster und rief: »Kommt jetzt herein, Kinder. Geht nach oben spielen.«

»Machen wir, Mami!«, schrie David zurück. Er kletterte aus dem zugefrorenen Teich, wandte sich um und half seinem ungeschickten Freund über den Plastikrand.

»Allmählich werde ich wirklich dick, David«, erklärte Teddy und lachte.

»Du warst schon immer recht dick, Teddy. Das mag ich an dir«, erwiderte David. »Dadurch bist du ein echter Schmusebär.«

Sie tollten durch die Eingangstür, die hinter

ihnen zukrachte, und gingen, einander neckend, tatsächlich nach oben. »Ich lauf mit dir um die Wette!«, rief David Teddy zu. Ihr Verhalten ähnelte so sehr einem echten kindlichen Spiel, dass Monica die Fersen der beiden mit einer gewissen Melancholie hinter dem Treppengeländer verschwinden sah.

Als die Uhr ihres Ambient fünf schlug und sich das Gerät einschaltete, wandte sie ihre Aufmerksamkeit dem weltweiten Netz zu. Rund um den Planeten begannen Menschen, vor allem Frauen, religiöse Fragen zu erörtern. Manche übermittelten ihre elektronisch aufgezeichneten Überlegungen an die übrigen Teilnehmerinnen, so dass sie, auf Papier ausgedruckt, auch bei Monica eintrafen. Andere stellten selbst entworfene Fotomontagen vor.

»Ich brauche Gott, weil ich so oft allein bin«, erklärte Monica der Diskussionsgruppe. »Mein Baby ist gestorben. Aber ich weiß nicht, wo Gott ist. Vielleicht kommt er nicht in die Städte.«

Antworten strömten herein.

»Sind Sie wirklich so verrückt anzunehmen, dass Gott ein Leben auf dem Lande führt? Falls ja, vergessen Sie's. Gott ist überall.«

»Gott ist nur ein Gebet entfernt, wo immer Sie auch leben mögen. Ich werde für Sie beten.«

»Selbstverständlich sind Sie allein. Gott ist nur eine Vorstellung, die ein unglücklicher Mensch ersonnen hat. Doch blasen Sie nicht Trübsal, Liebes, und befassen Sie sich mal mit den Neurowissenschaften.«

»Gerade deswegen, weil Sie glauben, allein zu sein, kann Gott nicht zu Ihnen vordringen!«

Zwei Stunden lang ging sie die Antworten durch und speicherte sie ab, dann schaltete sie das Ambient aus und blieb still sitzen. Auch oben herrschte Stille.

Irgendwann, das hatte sie sich fest vorgenommen, würde sie alle Mitteilungen, die sie bis jetzt empfangen hatte, gründlich analysieren. Eine Auswertung könnte sich als sinnvoll erweisen. Sie würde eine Amb-Production der Ergebnisse erstellen und damit bekannt werden. Dann würde sie sich, begleitet von einem Leibwächter, auf die Straßen der Stadt begeben, und die Menschen würden sagen: Du meine Güte, das ist ja Monica Swinton …

Mit Gewalt löste sie sich aus dem Tagtraum. Warum war David so still?

David und Teddy hatten sich auf dem Fußboden ihres Zimmers ausgestreckt, betrachteten ein Vidbuch und kicherten über die Possen der dort dargestellten Tiere. So fiel ein rundlicher kleiner Elefant in Schottenhosen immer wieder über eine Trommel, die eine Straße hinunter, auf einen Fluss zu rollte.

»Früher oder später fällt er bestimmt hinein«, sagte Teddy zwischen zwei Lachanfällen.

Beide sahen auf, als Monica ins Zimmer trat. Sie bückte sich, griff nach dem Buch und ließ es zuschnappen. »Habt ihr denn noch immer nicht genug davon?«, fragte sie. »Ihr habt das Buch doch schon drei Jahre und müsstet langsam

49

wissen, was dem blöden kleinen Elefanten zu-
stößt.«

David ließ den Kopf hängen, auch wenn er es
gewohnt war, dass er es seiner Mutter niemals
recht machen konnte. »Uns gefällt das einfach, was
gleich passieren wird, Mami. Ich könnte wetten,
dass Elly, wenn wir das nächste Mal hingucken,
direkt in den Fluss rollt. Das ist wirklich lustig.«

»Aber wir gucken's nicht an, wenn du was dagegen hast«, ergänzte Teddy.

Ihre unbeherrschte Reaktion tat Monica unterdessen Leid; schließlich wusste sie, dass die beiden
ihre Grenzen hatten. Während sie das Vidbuch
zurück auf den Teppich legte, seufzte sie: »Ihr werdet wohl nie erwachsen werden.«

»Ich versuche ja schon, erwachsen zu werden,
Mami. Heute Morgen hab ich mir ein Wissenschafts-
programm über Naturgeschichte angesehen.«

»Sehr schön«, sagte Monica und fragte David,
was er davon behalten habe.

»Ich hab was über Delphine erfahren«, erklärte
er. »Wir sind Teil der Natur, stimmt's, Mami?«

Als er die Arme hochstreckte, um sie zu umar-
men, wich sie zurück. Der Gedanke daran, dass er
auf immer und ewig ein Kind bleiben, sich niemals
weiterentwickeln, der Kindheit niemals entfliehen
würde, erstickte all ihre Gefühle …

»Mami hat bestimmt unheimlich viel zu tun«,
sagte David zu Teddy, nachdem Monica gegangen
war.

Die beiden blieben sitzen, wo sie waren, verstän-
digten sich mit einem Blick und lächelten.

Henry Swinton aß mit Petrushka Bronzwick zu Abend; zwei ansehnliche Blondinen leisteten ihnen am Tisch Gesellschaft. Sie befanden sich in einem Restaurant, in dem ein Quartett wie in alten Zeiten Livemusik spielte. Synthmanias Übernahme der Havergail-Bronzwick-Aktiengesellschaft – eine Übernahme in gegenseitigem Einvernehmen – kam gut voran; bis übermorgen sollten die jeweiligen juristischen Vertreter alle schriftlichen Unterlagen zum Abschluss vorbereiten.

Schauplatz: ein Restaurant, das den Reichen vorbehalten war. Sein besonderer Vorzug: ein echtes Oberlichtfenster, das sommerliches (aufgrund der Umweltverschmutzung allerdings leicht gedämpftes) Tageslicht hereinließ. Petrushka, Henry und ihre Tischdamen verspeisten gerade zwei kleine Spanferkel, die neben dem Tisch auf Drehspießen brutzelten und vor Saft nur so trieften, und mit Jahrgangssekt spülten sie das alles hinunter.

»Oh, das schmeckt wirklich köstlich!«, lobte die Blondine, die sich Bubbles nannte, und tupfte ihr Kinn mit einem Batisttuch ab. Bubbles gehörte zu Petrushka Bronzwick. »Ich könnte ewig so weiteressen, ihr nicht auch?«

Messer und Gabel fest im Griff, beugte sich Henry vor und sagte: »Wir müssen der Konkurrenz auch weiterhin eine Nasenlänge voraus sein, Pet. Jeder Kubikzentimeter der menschlichen Großhirnrinde enthält fünfzig Millionen Nervenzellen. Genau damit haben wir's zu tun, wie Sie ja wissen. Die künstlichen Gehirne sind inzwischen völlig überholt, nach denen kräht kein Hahn mehr. Mittlerweile arbeiten wir mit echten Gehirnen.«

»Genau«, bestätigte Petrushka, lehnte sich zur Seite, um ein weiteres Stück Bauchfleisch abzusäbeln, und winkte den herbei eilenden Kellner wieder fort. »Kellner sind immer so geizig mit den Portionen.« Ihr silberhelles Lachen war berühmt, an manchen Orten auch gefürchtet. Sie war erst Anfang zwanzig, doch bereits von Preservanex abhängig und gespenstisch dünn. Sie hatte kurzes, bunt gesträhntes Haar, blaue Augen und ein leichtes Nervenzucken in ihrer linken, grell geschminkten Wange. »Und wir reden hier von hundert Millionen Nervenzellen. Aber seitdem wir Silikon eingemottet haben, sind wir dabei, uns durchzusetzen. Was bleibt, Henry, ist die Frage der Finanzierung.«

Ehe er antwortete, schob er sich einen saftigen Brocken in den Mund. »Synthmanias Crosswell-Bandwurm«, sagte er dann, »wird diesen kleinen Posten schon abdecken. Sie haben die Zahlen ja selbst gesehen, die stellen das Bruttosozialprodukt etwa von Kurdistan weit in den Schatten. Und die Produktion ist in diesem Jahr sogar noch gestiegen, um vierzehn Prozent! Damals, als wir noch Synthank hießen, war Crosswell unser erster großer Verkaufsschlager. Crosswell hat die westliche Welt erobert, die Pille ist nichts dagegen.«

»Stimmt, ich hab auch einen Crosswell in mir«, bemerkte Angel Pink und deutete neckisch auf

52

ihren Schoß. Angel Pink war diejenige, auf die Henry ein Auge geworfen hatte. Um ihren Worten Nachdruck zu verleihen, fügte sie hinzu: »Der steckt die ganze Zeit in mir drin.«

Henry beugte sich zu ihr hinüber, gewährte ihr ein Augenzwinkern und einen seiner Lieblingssprüche: »Drei viertel dieser Welt, unserer übervölkerten Welt, leidet unter Hunger. Doch wir sind in der glücklichen Lage, mehr als genug von allem zu besitzen, dank der Begrenzung der Geburtenzahlen. Unser Problem ist nicht die mangelhafte Ernährung, sondern das Übergewicht.«

»Da haben Sie mehr als Recht«, seufzte Bubbles, während sie mit ihren knallroten Lippen und perlweißen Zähnen auf einer goldenen Kruste Schweinebauch herumkaute.

»Gibt es überhaupt einen Menschen, in dessen Dünndarm nicht ein Crosswell am Werk ist?«, fragte Henry und schüttelte gleichzeitig den Kopf. »Jim Crosswell war ein genialer Nanobiologe. Ich bin derjenige gewesen, der ihn entdeckt und ihm Arbeit gegeben hat. Dieser völlig ungefährliche Bandwurm sorgt dafür, dass jeder bis zu hundert Prozent mehr Nahrung zu sich nehmen kann, ohne zuzunehmen.«

»Natürlich, der Crosswell gehört zu den großen Erfindungen der Vergangenheit«, gab ihm Petrushka Recht, wirkte dabei aber ziemlich gehässig. »Unser Senoram wirft ähnlich viel Gewinn ab.«

»Kostet aber auch mehr«, sagte Bubbles, deren

Bemerkung allerdings unterging, da Angel Pink in ihre hübschen kleinen Hände klatschte. »Wir werden einen Riesenreibach machen!«, rief sie und hob das Glas: »Auf Sie beide, auf zwei clevere Menschen!«

Während Henry den anderen zuprostete, fragte er sich, woher sie das Recht nahm, von *wir* zu sprechen. Für diesen Irrtum würde sie büßen, dafür würde er schon sorgen.

Monica wollte Skifahren. Der Butler begleitete sie zu der im Eingangsbereich installierten Kabine, wobei er ihr höflich den Arm bot, den sie dankbar annahm. Ihr gefiel diese kleine ritterliche Geste, denn sie beschwor eine ferne, fast vergessene Kindheit herauf, in der irgendetwas, irgendjemand … Sie konnte sich nicht erinnern, wer oder was es gewesen war. Vielleicht ein liebevoller Vater?

Sobald sie in der Kabine war, schaltete sie das Gerät ein und wählte die Simulation »Bergschnee«. Sofort ging ein wahrer Schneesturm auf sie nieder, so dass sie kaum noch etwas erkennen konnte. Mühsam kämpfte sie sich den Hügel hinauf. Einer der wenigen Bäume war vom Weiß völlig eingehüllt. Als sie schließlich die Hütte erreicht hatte, trat sie, nach Atem ringend, hinein, um sich, ehe sie die Ski anlegte, noch ein wenig auszuruhen. Sie hatte sich der Herausforderung – der Kälte, den unbarmherzigen Elementen – gestellt und sie gemeistert. Der Schneesturm legte sich nach und nach. Sie setzte die Skibrille auf, und während der großartigen, belebenden Schussfahrt behauptete sich ihr Körper gegen die stürmische, wilde, unerträgliche Atmosphäre. Vor unschuldiger Freude kreischte sie laut auf. Wie frei man sich fühlte, wenn man sich ganz und gar der Schwerkraft überließ!

Dann war es vorbei. Allein und nackt stand sie in der geschlossenen Kabine. Nachdem sie wieder angezogen war, trat sie hinaus. Vielleicht war es jetzt Zeit, sich einen kleinen Wodka zu genehmigen. Am liebsten mochte sie den Wodka der Vereinigten Molkereibetriebe, der als fertiges Milchmixgetränk geliefert wurde.

David und Teddy standen beklommen herum. »Wir haben wirklich nur gespielt, Mami«, erklärte David.

»Und wir haben überhaupt keinen Krach gemacht«, ergänzte Teddy. »Jules hat den Krach gemacht, als er hingefallen ist.«

Monica drehte sich um, und sah Jules auf dem Fußboden liegen. Sein linkes Bein bewegte sich langsam hin und her. Beim Fallen hatte er Hilfe suchend um sich gegriffen und Monicas Kussinski-Druck heruntergerissen. Den Druck, auf den sie so stolz war, dass sie ihrer Freundin Dora-Belle bei jeder Gelegenheit davon erzählte. In tausend Scherben zersplittert, lag das Bild nun neben dem Kopf des Butlers, der aufgeplatzt war, so dass die Gehör- und Sprachvorrichtungen zu erkennen waren.

»Das macht doch nichts, Mami«, sagte David, als Monica neben dem Körper auf die Knie fiel. »Wir haben gerade gespielt, als er umgefallen ist. Er ist ja nur ein Androide.«

»Ja, er ist nur ein Androide, Mami«, wiederholte Teddy. »Du kannst dir ja einen neuen kaufen.«

»Oh, Gott. Das ist doch Jules! Armer Jules! Für mich war er ein Freund.« Sie schlug die Hand vors Gesicht, doch es kamen keine Tränen.

»Du kannst uns ja bald einen neuen kaufen, Mami«, versuchte David sie zu trösten und berührte sie zaghaft an der Schulter.

Sie wandte sich zu ihm um. »Und für was hältst *du* dich? Du bist doch selbst nur ein kleiner Androide!«

Sie bereute die Worte, sobald sie ausgesprochen waren, denn nun stieß David ruckartig Schreie aus und unzusammenhängende Worte: »Nein… kein Androide… ich bin wirklich… so wirklich wie Teddy… wie du, Mami… nur hast du mich nicht lieb… mein Programm… hast mich nie lieb gehabt…« Er rannte im Kreis herum, beschrieb lauter kleine Kreise und lief, nachdem er keine Worte mehr fand, schreiend auf die Treppe zu.

Teddy folgte ihm. Als von den beiden nichts mehr zu sehen war, rappelte sich Monica auf, blieb zitternd neben dem Körper des Butlers stehen und legte die Hände über die Augen. Aber ihre Verzweiflung konnte sie nicht so einfach aussperren.

Von oben war mehrmals lautes Krachen zu hören. Monica ging vorsichtig hoch, um nachzusehen, und fand Teddy mit ausgestreckten Armen

56

auf dem Teppich liegen, während David über ihm kniete. Er hatte Teddys Bauch geöffnet und untersuchte gerade die komplizierten Mechanismen in seinem Innerem.

»Ist schon in Ordnung, Mami«, erklärte Teddy, als er Monicas erschrockenen Blick bemerkte. »Ich hab's David erlaubt. Wir versuchen herauszufinden, ob wir wirklich sind oder nur... örrrp...«

David hatte oben in Teddys Brustkorb einen Steckkontakt gelöst, der nahe beim Stabilisator lag – etwa an jener Stelle, an der sich beim Menschen die linke Herzkammer befand. »Armer Teddy! Jetzt ist er tot! Er war wirklich eine Maschine. Und das bedeutet...« Beim Reden wedelte David unkontrolliert mit den Armen hin und her. Gleich darauf fiel er um und schlug sich dabei das Gesicht auf, so dass die darunter liegenden Kunststoffapparaturen zum Vorschein kamen.

»David! David! Sei nicht traurig! Das können wir doch reparieren...«

»Hör auf zu reden«, brüllte er mit aller Kraft, während er aufsprang, an ihr vorbei sauste und die Treppe hinunter stürmte. Über den Bär gebeugt, der sich nicht mehr regte, blieb sie stehen und hörte dem Krach zu, den David unten machte. Ja natürlich, dachte sie, er kann seinen Blick auf nichts mehr konzentrieren, sein armes kleines Gesicht löst sich auf.

Mit klopfendem Herzen ging sie auf die Treppe zu. Sie musste Henry anrufen, er musste nach Hause kommen und ihr helfen.

Ein von aufflackernden Blitzen begleitetes Knistern war zu hören, das laute Zischen freiliegender Stromleitungen. Blendend helles Licht. Und dann plötzliche Dunkelheit.

»David!«, rief sie im Fallen.

David hatte die Steuerzentrale des Hauses erwischt, als er die Leitungen in maßlosem Schmerz, in maßloser Verzweiflung aus der Wand gerissen hatte, und alle Betriebssysteme gaben den Geist auf. Das Haus verschwand, genau wie der Garten. David stand inmitten der skelettartigen Konstruktion eines verdrahteten Stützgewebes, das an manchen Stellen in Leichtbetonblöcken verankert war. Beißender Rauch trieb am Boden entlang, der aus losem Schotter bestand.

Nachdem er einige Zeit wie erstarrt dagestanden hatte, machte er sich auf den Weg, stapfte dorthin, wo das Haus gewesen war, dann hinüber, wo sich der verschneite Garten befunden hatte, in dem er so oft mit seinem Freund Teddy gespielt hatte.

Schließlich erreichte er eine schmale Gasse, eine unbekannte Welt. Seine Füße traten auf schmierige alte Pflastersteine, zwischen denen Unkraut wucherte. Vor ihm lag der Schutt einer früheren Epoche. Er kickte eine zusammengedrückte Dose vor sich her, auf der »oka-col« zu lesen war.

All das war in schummriges Licht getaucht; der Sommertag neigte sich dem Ende zu. Zwar konnte er nicht mehr klar sehen, doch fiel der Blick seines rechten Auges auf eine angekränkelte Rose, die an einer zerfallenen Steinmauer rankte. Er ging hinüber und pflückte sich eine Knospe.

Ihre sanfte Schönheit erinnerte ihn einmal mehr an Mami.

»Ich bin ein menschliches Wesen, Mami«, erklärte er, über ihren Leichnam gebeugt. »Ich hab dich lieb und ich bin traurig, genau wie ein wirklicher Mensch. Also muss ich doch ein menschliches Wesen sein … Oder nicht?«

Superspielzeug
in anderen Jahreszeiten

Die Stadt der Ausgemusterten lag nicht weit vom Zentrum der großen Metropole entfernt. Dorthin brach David auf. Sein Führer war ein riesiger Greifer-Schleifer mit einer Unzahl von Händen und Armen verschiedener Größe, die er eng an seinen verrosteten Rückenpanzer gedrückt hielt. Er spazierte auf ausfahrbaren Spinnenbeinen einher und überragte David um mehrere Längen.

Während sie nebeneinander her gingen, fragte David: »Warum bist du denn so groß?«

»Die Welt ist groß, David. Also bin ich auch groß.«

Nach kurzem Schweigen erwiderte der Fünfjährige: »Die Welt kommt mir erst groß vor, seit meine Mami gestorben ist.«

»Maschinen haben keine Mamis.«

»Ich möchte ausdrücklich klarstellen, dass ich keine Maschine bin.«

In die Stadt der Ausgemusterten gelangte man über einen steilen Abhang; eine hohe Mauer aus Leichtbeton schirmte sie zum größten Teil vor dem ab, was in der Welt der Menschen geschah. Die Straße, die in diese Stadt des Abfalls hineinführte, war breit und mühelos zu begehen. Drinnen herrschte ein buntes Chaos: Seltsame Gestalten waren hier das Normalste von der Welt. Viele von ihnen bewegten sich, konnten sich zumindest bewegen oder würden sich möglicherweise irgendwann bewegen. Sie kamen in den unterschiedlichsten Farben daher, manche trugen riesige Buchstaben oder Ziffern zur Schau. Rostbraun zählte zu den beliebtesten Farben, und zu den besonderen Merkmalen dieser Gestalten gehörten Kratzer, tiefe Dellen, zersprungenes Glas, aufgerissene Schutzverkleidungen. Sie standen in Lachen herum, denn aus ihnen leckte der Rost.

Dies war die Heimat der Abgenutzten. Hierher kamen – falls sie nicht einfach dort abgeladen wurden – alle möglichen ausrangierten Automaten, Roboter, Androiden und andere technische Konstruktionen, die der viel beschäftigten Menschheit nicht mehr von Nutzen waren. Hier war alles vertreten, das früher einmal irgendwie funktioniert hatte – von Toastern und elektrischen Messern bis hin zu Kränen und Computern, die nur bis unendlich minus 1 zählen konnten. Der arme Greifer-Schleifer hatte eine seiner Baggerschaufeln eingebüßt und würde wohl nie wieder eine Tonne Zement befördern können.

Es war tatsächlich eine Art Stadt. Alle ausgemusterten Maschinen halfen einander. Jeder veraltete Taschenrechner etwa konnte noch irgendetwas Nützliches berechnen, und wenn es nur die Breite des Durchgangs war, der zwischen zwei Abstellplätzen für Schrottautos freigelassen werden sollte, damit Rollstühle und Mähmaschinen ungehindert hindurchfahren konnten.

Ein müdes altes Supermarktfaktotum nahm David unter seine Fittiche. Sie teilten sich das Gehäuse einer durchgeschmorten Gefrieranlage.

»Bei mir bist du gut aufgehoben, solange deine Transistoren funktionieren«, versicherte das Faktotum.

»Das ist sehr nett von dir. Ich wünschte nur, Teddy wäre bei mir.«

»Was war denn so Besonderes an ihm?«

»Teddy und ich haben immer miteinander gespielt.«

»War Teddy ein Mensch?«

»Er war so wie ich.«

»Also nur eine Maschine, wie? Dann vergisst du ihn am besten.«

Teddy vergessen?, dachte David, ich hab Teddy wirklich lieb gehabt. Allerdings war es in der Gefrieranlage eigentlich recht gemütlich.

Eines Tages fragte das Faktotum: »Wer hat eigentlich für dich gesorgt?«

»Ich hatte einen Papi, der hieß Henry Swinton. Aber war er fast immer auf Geschäftsreisen.«

Henry Swinton war auf Geschäftsreise. Gemeinsam mit drei weiteren Vorstandsmitgliedern hatte er sich in einem Hotel auf einer Südseeinsel eingemietet, und die Suite, in der sie sich gerade versammelt hatten, bot Ausblick auf das Meer und einen goldenen Sandstrand. Unter dem Fenster wuchsen Tamarisken. Ihre Wedel schwankten leicht in der vom Meer kommenden Brise, die der tropischen Hitze das Drückende nahm. Vom Rauschen der Wellen, die sich am Ufer brachen, war durch das Sicherheitsglas allerdings nichts zu hören.

Henry, dieser wunderschönen Aussicht den Rücken zugewandt, hatte genau wie seine Geschäftspartner Mineralwasser und Notizblock vor sich. Mittlerweile hatte er sich die Karriereleiter hinaufgekämpft und war jetzt Vorstandsvorsitzender von Worldsynth-Claws. Sein Rang war also höher als der aller anderen am Tisch. Von diesen hatte sich vor allem eine der beiden Frauen, Asda Dolorosaria, zur Sprecherin der Opposition gemacht.

»Sie haben die Zahlen ja selbst gesehen, Henry«, sagte sie. »Die von Ihnen vorgeschlagenen Investitionen auf dem Mars werden sich in hundert Jahren nicht rechnen. Nehmen Sie doch bitte Vernunft an und lassen Sie dieses verrückte Vorhaben fallen!«

»Was zählt, ist nicht nur Vernunft, sondern auch ein feines Gespür, Asda«, erwiderte Henry. »Sie wissen selbst, wie stark wir uns in Zentralasien engagiert haben, einem Flecken der Erde, der dem Mars am Nächsten kommt. Und dennoch ist es uns gelungen, diesen Flecken mit einem perfekten Kommunikationsnetz zu überziehen. Dort gibt es nicht eine einzige Maschine, die nicht aus unseren Fabriken stammt. Ich habe in Zentralasien investiert, als alle anderen es nicht einmal mit der Kneifzange angefasst haben. Was den Mars betrifft, müssen Sie mir also wohl einfach vertrauen!«

»Samsavvy lehnt Ihr Vorhaben ab«, warf Mauree Shilverstein trocken ein. Samsavvy war der Supersoftputer MK V, der Worldsynth-Claws im Grunde leitete. »Tut mir Leid. Sie sind ein glänzender Geschäftsmann, aber wissen Sie, was Samsavvy dazu gesagt hat?« Sie schenkte ihm ein bemühtes Lächeln. »Er hat gesagt, Sie sollen die Finger davon lassen.«

Henry legte die Fingerspitzen anneinander, sodass sie einen Bogen bildeten – die symbolische Geste klugen Abwägens.

»Ja, ich weiß. Aber Samsavvy verfügt nicht über meine Intuition. Und meine Intuition sagt mir, dass unsere künstlichen Helfer die Anlage betreiben können, die da oben eine Atmosphäre schafft, wir müssen sie nur unverzüglich auf den Mars verfrachten. Es wird nicht lange dauern – sagen wir fünfzig Jahre –, bis Worldsynth *Eigentümer* der Atmosphäre ist und damit würden wir praktisch den Mars selbst besitzen. Ehe die Menschen sonst was unternehmen können, müssen sie erst einmal atmen können, stimmt's? Geht das euch denn gar nicht in den Kopf?« Er trommelte auf die garantiert echte Holztischimitation. »Man braucht Intuition! Ich habe das ganze Unternehmen auf der Basis von Intuition aufgebaut!«

Der alte Ainsworth Clawsinski – er repräsentierte den »Claws«-Teil der Firma Worldsynth-Claws – hatte sich bislang herausgehalten und damit begnügt, Henry mit wütender Miene anzu-

64

starren. Der Stöpsel in seinem linken Ohr wies darauf hin, dass er mit Samsavvy ständige Verbindung hielt. Jetzt ergriff er von seinem Ende des Tisches aus das Wort: »Ich scheiß auf Ihre Intuition, Henry.«

Dadurch ermutigt, stimmten die beiden Frauen mit in den Chor ein. »Aktionäre denken nicht in halben Jahrhunderten«, erklärte Mauree Shilverstein, die ursprünglich ein offenes Ohr für Henrys Argumente gehabt hatte. Und Asda Dolorosaria fügte hinzu »Investitionen auf dem Mars lohnen sich nicht, das ist inzwischen erwiesen. Man hat Arbeitskräfte aus Tibet dorthin verfrachtet, die kommen billiger und man kann ihren Verlust verschmerzen. Anstatt Ihre Gedanken auf andere Planeten zu verschwenden, Henry, sollten Sie sich lieber auf den zweiprozentigen Rückgang unserer Gewinne konzentrieren, den wir letztes Jahr auf der Erde zu verzeichnen hatten.«

Henrys Gesicht lief rot an. »Lassen Sie die Vergangenheit aus dem Spiel. Offenbar hat keiner von Ihnen begriffen, was die Uhr geschlagen hat! Die Zukunft liegt auf dem Mars! Ainsworth, mit allem nötigen Respekt: Sie sind einfach zu alt, um sich in irgendeiner Weise mit der Zukunft zu befassen! Wir verschieben die Diskussion und treffen uns um 15.30 Uhr wieder. Aber ich muss Sie warnen: Ich weiß genau, was ich tue! Und ich will den Mars auf dem Silbertablett!« Er griff nach seinem Notizblock und stapfte aus dem Zimmer.

David hatte inzwischen festgestellt, dass es in der Stadt der Ausgemusterten einen *Wir-reparieren-alles*-Shop gab. Durch das Gewirr von Schneisen, die kreuz und quer durch den Rost führten, bahnte er sich einen Weg zu dieser Werkstatt. Sie war in einem nicht mehr benutzten Wassersammelbecken untergebracht, das auf dem Kopf stand und an dessen Seite man mit einem Schweißbrenner einen Eingang herausgeschnitten hatte. Innerhalb dieses Schutzraums, in dem jedes Geräusch laut widerhallte, waren fleißige kleine Maschinen am Werk, die flickten, sägten, durchgerissene Teile wieder zusammenfügten, noch funktionsfähige Schaltanlagen ausschlachteten, Motoren reparierten. Altes wurde wieder jung, während Ur-Altes in noch nützliches Altes verwandelt wurde.

In dieser Werkstatt ließ sich David sein lädiertes Gesicht zusammenflicken. Und hier war es auch, wo er den tanzenden Teufelchen begegnete.

Als im Bein des männlichen Teufels eine Gelenkpfanne herausgesprungen war, hatte die Wegwerfgesellschaft ihn fallen gelassen, zumal die schnellen Tanznummern, die er gemeinsam mit seiner Partnerin vorführte, ohnehin nicht mehr in Mode waren. Und da die Tanzteufelchen kein großes Geld mehr einbrachten, waren sie auf dem Müll gelandet.

Kaum aber war die Gelenkpfanne gerichtet, kaum waren die Batterien neu aufgeladen, konnte Teufelchen M wieder mit Teufelchen W

tanzen. Sie nahmen David in ihre winzige Bruchbude mit und führten ihm wieder und wieder
ihren blitzschnellen Tanz vor. David sah ihnen
begeistert zu, er konnte sich gar nicht satt sehen.

»Sind wir nicht großartig, Liebes?«, fragte ihn
Teufelchen W.

»Ich würd's noch mehr genießen, wenn Teddy
bei mir wäre.«

»Ob Teddy nun dabei ist oder nicht, Junge, für
den Tanz spielt das keine Rolle.«

»Ihr wisst einfach nicht, was ...«

»Ich weiß, dass unser Tanz eine tolle Sache ist,
selbst wenn keiner zuschaut. Früher haben uns oft
Hunderte echter Menschen beim Tanzen zugesehen. Aber damals war alles anders.«

»Heute ist alles anders«, gab David zurück.

Henry Swinton streifte die Sportschuhe ab, ließ
sie am Strand liegen und spazierte am Rande des
Wassers entlang. Er befand sich in einem Zustand
völliger Verzweiflung. Nach dem katastrophalen
Ausgang der morgendlichen Konferenz war er in
die Hotelbar gegangen und hatte sich eine große,
nachhaltig wirkende Wodkamilch genehmigt, *das*
Getränk des Jahres – *Wodkamilch, so weich wie
Samt* –, während seine Kollegen einen weiten Bogen um ihn gemacht hatten. Dann hatte er den
Fahrstuhl zum obersten Stock genommen, wo
sich sein Penthouse befand.

Peaches war ebenso verschwunden wie ihre
Koffer.

67

Noch immer hing ihr Duft in der Luft, die Klimaanlage hatte ihn noch nicht vertrieben.

»Lies die Post auf deinem Ambient!!! Tut mir Leid. Und tschüss! P.«, hatte sie mit Lippenstift auf den Spiegel gemalt.

»Die macht wohl Witze«, dachte Henry laut, obwohl er es besser wusste. Peaches machte niemals Witze.

Im Ambient war bereits der Privatkanal von Worldsynth eingestellt. Henry ging zur Kugel hinüber und schaltete sie ein.

NACHRICHT AN HENRY SWINTON, DRINGLICHKEITSSTUFE 1.

DIE AKTIONÄRE NEHMEN IHR RISKANTES SPIEL MIT DEM MARS NICHT LÄNGER HIN. BEI UNSEREN KÜNFTIGEN VORHABEN MÖCHTEN WIR DAHER AUF IHRE MITARBEIT VERZICHTEN.

BITTE NEHMEN SIE HIERMIT UNSEREN DANK ENTGEGEN. AB SOFORT RUHEN ALL IHRE ÄMTER UND AUFGABEN. WIR KÖNNEN GEWISSE FINANZIELLE REGELUNGEN IN GEGENSEITIGEM EINVERNEHMEN TREFFEN, FALLS SIE KEINEN WIDERSPRUCH GEGEN DIESEN BESCHEID EINLEGEN. SIEHE ARBEITSRECHTLICHE REGELUNG 21066 A, ABSATZ 16-21. ALLES GUTE.

Das Meer, das, vom Hotel aus gesehen, so herrlich schimmerte und so sauber aussah, hatte Plastikflaschen und tote Fische an den Strand gespült.

Henry warf sich erschöpft in den Sand. In letzter Zeit hatte er trotz des Crosswell-Bandwurms zugenommen und war an Spaziergänge nicht gewöhnt.

Keine Möwe hatte diese Insel je besucht, dafür gab es umso mehr Schwalben. Sie kreisten über seinem Kopf und schnappten gelegentlich im Flug nach Insekten. Sobald ein Insekt erwischt war, kehrte der Vogel damit zum Dachgesims des Hotels zurück, um den im Nest piepsenden Nachwuchs zu füttern. Danach war er gleich wieder zur Stelle, um über dem Moder zu gleiten, den das Meer an Land trug. Nie schienen diese Vögel zur Ruhe zu kommen.

Aus Henrys Blickwinkel, vom Boden aus, wirkte das Hotel irgendwie heruntergekommen. Auf Sand gebaut, hatte sich ein Teil des Gebäudes nach und nach gesenkt, und nun ähnelte es einem riesigen Schiff aus Beton, das in einem sepiabraunen Meer in Seenot geraten war. Plötzlich packte ihn die Wut, ein Hass auf alle Menschen, die er kannte, auf jeden, der seinen Weg gekreuzt hatte. Das leise Geräusch von Plastikflaschen, die aneinander stießen, gab die passende Hintergrundmusik dazu ab.

Kurz dachte er daran, Ainsworth Clawsinski umzubringen. Schon seit geraumer Zeit war dieser im Vorstand sein Gegner Nummer Eins. Doch es dauerte nicht lange, und seine Wut richtete sich gegen sich selbst. Was habe ich denn eigentlich geschaffen?, dachte er. Was habe ich dargestellt? Womit habe ich mich beschäftigt? Eine tolle Leistung, das muss ich schon sagen. So toll, dass sie überhaupt nicht zählt. Ich hab nichts anderes getan, als Dinge zu verkaufen, bin nichts anderes als ein Verkäufer. Besser gesagt: *war* nichts anderes. Spezialisiert auf An- und Verkauf. Mein Gott, ich wollte sogar den *Mars* kaufen, einen ganzen Planeten... Verrückt vor Habgier. Ich *bin* verrückt – krank, sterbenskrank. Was hat mir je am Herzen gelegen, wirklich am Herzen gelegen? Ich bin nie kreativ gewesen, obwohl ich mich für kreativ hielt. Ich bin auch nie ein Wissenschaftler gewesen, sondern nur ein Klugscheißer. Was versteh ich schon von den Maschinen , die ich verkaufe... Mein Gott, was bin ich doch für ein Versager, ein hoffnungsloser Versager. Und nun bin ich endgültig zu weit gegangen, warum hab ich das nicht früher erkannt? Warum habe ich Monica vernachlässigt? Monica, meine Liebste... Monica, ich habe dich wirklich geliebt. Und trotzdem hab ich dich mit einem Spielzeugkind abgespeist. Mit Spielzeugkindern: mit David und Teddy. Ha, zumindest hat David dich lieb gehabt. David, das arme kleine Spielzeug, dein einziger Trost. Mein Gott, was mag aus David geworden sein? Vielleicht...

Über ihm kreischten die Schwalben.

Ein städtischer Lastwagen kam langsam die breite Straße hinuntergefahren, die zur Stadt der Ausgemusterten führte. Nachdem das wuchtige Fahrzeug das Tor passiert hatte, bog es links ab und rollte auf den Platz, der allgemein als »Müllhalde«

bekannt war. Gleich darauf kippte die hintere Ladefläche in die Schräge, und mehrere veraltete Roboter, die der Gesellschaft lange Jahre gedient und im U-Bahnnetz gearbeitet hatten, glitten vom Lastwagen hinunter und stürzten krachend zu Boden. Den letzten Roboter, der sich am hinteren Trittbrett festgeklammert hatte, streifte der Wagen im Anfahren einfach ab.

Der Sturz hatte einige der Maschinen böse mitgenommen: Eine lag auf dem Gesicht und schwenkte hilflos den Arm, bis eine andere ihr aufhalf. Gemeinsam verschwanden sie in den Tiefen der rostzerfressenen Alleen.

David rannte vor, um zu sehen, was dort Aufregendes geschah. Die Tanzteufelchen unterbrachen ihre Vorführung und gingen ihm nach.

Einer der Roboter war sitzen geblieben, nachdem die anderen Neuankömmlinge verschwunden waren. Er saß mitten im Müll und stieß mit seinem Arm vor und zurück, denn darauf war er programmiert. David ging gerade so nahe heran, wie er sich traute, und fragte: »Warum tust du das?«

»Ich funktioniere noch, oder? Funktioniere ich etwa nicht mehr? Ich funktioniere auch im Dunkeln, allerdings ist meine Lampe kaputt. Meine Lampe funktioniert nicht mehr. Ich bin mit meiner Lampe gegen einen der oberen Längsträger gestoßen. Da oben war ein Längsträger. Ich bin mit meiner Lampe dagegen gestoßen. Der Zentralrechner hat mich hierher geschickt, aber ich funktioniere noch.«

71

»Wo hast du gearbeitet? Warst du bei der U-Bahn?«

»Ich habe gearbeitet. Seit man mich gebaut hat, habe ich immer gut gearbeitet. Ich funktioniere noch.«

»Ich habe noch nie gearbeitet. Ich habe immer nur mit Teddy gespielt. Teddy war mein Freund.«

»Hast du irgendwelche Aufträge für mich? Ich funktioniere doch noch, oder nicht?«

Während dieser Unterhaltung war eine schnittige schwarze Limousine in die Stadt der Ausgemusterten gerollt. Auf dem Fahrersitz saß ein Mann, der nun das Fenster hinunterkurbelte, den Kopf herausstreckte und etwas fragte. Er fragte: »David? Bist du David Swinton?«

David ging zu dem Wagen hinüber. »Papi? Ach, Papi, bist du wirklich gekommen, um mich abzuholen? Ich gehöre hier ja auch gar nicht hin.«

»Steig ein, David. Wir werden dafür sorgen, dass du wieder ganz sauber wirst – das hätte Monica gewollt.«

David sah sich um. Ganz in der Nähe standen die beiden Tanzteufelchen. »Auf Wiedersehen!«, rief David ihnen zu, doch die Tanzteufelchen blieben einfach stehen, wo sie waren. In ihrem Programm war keine Verabschiedung vorgesehen. Zwar waren sie es gewohnt, sich nach dem Schlussapplaus zu verbeugen, aber das war doch etwas anderes. Und während David zu seinem Vater in den Wagen stieg, begannen sie wieder damit, ihren

72

Tanz aufzuführen. Es war ihr Lieblingstanz, der Tanz, den sie schon hunderttausend Mal aufgeführt hatten.

Mit Henry Swintons Wohlstand war es vorbei. Beruflich hatte er ausgespielt, und mit Frauen gab er sich nicht mehr ab. Auch sein Ehrgeiz hatte ihn gänzlich verlassen.

Was er jedoch hatte, war Zeit.

Er saß in seiner schäbigen Wohnung am Flussufer und unterhielt sich mit David. Das Apartment war uralt und abgenutzt, und an einer Wand machte sich bisweilen ein Wackelkontakt bemerkbar: Dann zeigte die Wand einen falschen Fluss, dessen Wasser tiefblau war und auf dem altmodische, mit Fahnen geschmückte Radschaufeldampfer hin und her pendelten. Gelegentlich führte die Wand aber auch einen Werbespot für *Preservanex* vor, der darin bestand, dass ein recht betagtes Paar – die Hundert hatte es mit Sicherheit überschritten – zu kopulieren versuchte.

»Wie sollte ich etwas anderes sein als ein Mensch, Papi?«, sagte David gerade. »Ich bin nicht so wie die Tanzteufelchen oder die anderen, denen ich in der Stadt der Ausgemusterten begegnet bin. Ich kann glücklich oder traurig sein. Und es gibt Menschen, die ich lieb habe. Also bin ich ein Mensch, oder nicht?«

»Du wirst das wohl nicht verstehen, David, aber ich bin ein gebrochener Mann. Ich hab mein ganzes Leben vermasselt. Menschen tun das manchmal.«

»Mein Leben war schön, als wir mit Mami in dem Haus gewohnt haben.«

»Ich habe ja gesagt, du würdest es nicht verstehen.«

»Aber ich versteh's doch, Papi! Können wir da nicht wieder hinziehen?«

Henry blickte den Fünfjährigen traurig an, der sich mit einem zaghaftem Lächeln auf dem narbenübersäten Gesicht vor ihm aufgebaut hatte, und erwiderte: »Man kann niemals zurück.«

»Wir könnten die Limousine nehmen und da hinfahren.«

Henry griff nach dem Jungen, drückte ihn fest an sich und umschlang ihn mit den Armen. »David, du warst ein frühes Produkt meiner ersten Firma Synthank. Seitdem haben sich die Modelle verbessert. Du *glaubst* nur, glücklich oder traurig zu sein. Du *glaubst* nur, dass du Teddy und Monica geliebt hast.«

»Hast du Monica denn geliebt, Papi?«

Henry seufzte schwer. »Zumindest hab ich's geglaubt.«

Henry verfrachtete David ins Auto. »Wenn du wirklich ein Mensch wärst«, sagte er, »würde man deine zwanghafte Vorstellung, ein Mensch zu sein, als Neurose bezeichnen. Es gibt Menschen, die unter solchen Krankheiten leiden. Nur äußert sich ihre Krankheit darin, dass sie sich für Maschinen halten. Ich möchte dir etwas zeigen.«

Von Henry Swintons einstigen beruflichen Erfolgen war ihm kaum etwas geblieben. Eine Sache allerdings schon: In einer heruntergekommenen Gegend am äußersten Rande der Stadt stand immer noch die Fabrikationsanlage von Synthank, Henrys erstem Unternehmen. Zwar waren Henrys Träume zunehmend zu Größenwahn geworden, doch diese Fabrik war davon verschont geblieben. Er hatte die finanzielle Kontrolle über Synthank behalten, ohne deren Produkte anzutasten. Mit einer Fabrikation auf niedrigem Niveau, die Henrys alter Kumpel, Ivan Shiggle, überwachte, schlugen sie sich so durch. Shiggle sorgte dafür, dass Synthanks Produkte vor allem in Entwicklungsländer exportiert wurden, wo man sie, so einfach sie auch konstruiert waren, als zusätzliche Arbeitskräfte schätzte.

»Wir könnten ihnen bessere Gehirne einsetzen, dann wären sie eher auf dem heutigen Stand der Technik. Aber wofür wäre das gut?«, sagte Henry, als sie in den Innenhof der Fabrik einbogen.

»Vielleicht hätten sie Freude daran, bessere Gehirne zu besitzen«, gab David zu bedenken, worauf Henry nur lachte.

Shiggle kam heraus, um sie zu begrüßen. Während er Henry die Hand schüttelte, blickte er auf David. »Ein frühes Modell«, bemerkte er. »Was hat Monica davon gehalten?«

Henry ließ sich mit der Antwort Zeit. Erst als sie ins Gebäude gingen, erwiderte er: »Weißt du, Monica war im Grunde eine recht kalte Frau.«

»Aber du hast sie trotzdem geheiratet? Hast sie trotzdem geliebt?«, sagte Shiggle und warf ihm

75

dabei einen mitleidigen Blick zu, während sie einen Gang hinuntergingen und durch eine gläserne Schwingtür traten. Lampen leuchteten auf. Fromm wie ein Lämmchen zuckelte David ihnen nach.

»Oh ja, ich habe Monica geliebt, doch nicht so, wie es nötig gewesen wäre. Vielleicht hat auch sie mich nicht so geliebt, wie es nötig gewesen wäre, ich weiß es nicht. Irgendwann ist mein Ehrgeiz mit mir davon galoppiert – sie hat es bestimmt nicht leicht gehabt mit mir. Und jetzt ist sie tot, weil ich sie vernachlässigt habe. Mein Leben ist völlig im Eimer, Ivan.«

»Da bist du nicht der Einzige. Was habe ich schon mit meinem Leben angefangen? Das frage ich mich oft.«

Henry gab seinem Freund einen Klaps auf die Schulter. »Zumindest bist du immer ein guter Freund. Du hast mich nie ausgetrickst oder die Seiten gewechselt.«

»Dafür ist es ja noch nicht zu spät«, erwiderte Shiggle, und sie mussten beide lachen.

Inzwischen hatten sie die riesige Halle erreicht, wo die fertige Produktion auf Verpackung und Versand wartete. Mit großen Augen drängte David nach vorne und blickte sich um.

Und er sah Tausende von Davids. Alle identisch. Alle waren gleich gekleidet. Alle standen mit gleicher Habt-Acht-Haltung da. Alle schwiegen und hatten den Blick geradeaus gerichtet. Tausend Kopien seiner selbst. Leblose Kopien.

Zum ersten Mal begriff David wirklich. Genau das war er: ein Produkt, nichts weiter. Sein Mund klappte auf, er blieb wie angewurzelt stehen und konnte sich nicht mehr bewegen. Dann versagte das in seinem Körper installierte Gyroskop, und er fiel rückwärts zu Boden.

Irgendwann am Nachmittag des folgenden Tages lächelten Shiggle und Henry, mit hochgekrempelten Ärmeln nebeneinander stehend, einander an und schüttelten sich die Hände.

»Ich weiß immer noch, wie man arbeitet, Ivan! Ist schon erstaunlich! Vielleicht gibt es doch noch Hoffnung für mich.«

»Wir kommen doch gut miteinander aus, also kannst du hier wieder anfangen. Vorausgesetzt natürlich, dass das Neuronenhirn bei deinem Sohn auch funktioniert.«

Immer noch verkabelt, lag David auf der Pritsche und wartete auf seine Wiedergeburt. Seine Kleidung war ausgewechselt, sein Gesicht fachgerecht in die alte Form gebracht. Und sie hatten ihm den neueren Gehirntyp eingesetzt und mit den früheren Erinnerungen gespeist.

Er war tot gewesen, und nun war es an der Zeit zu prüfen, ob er wieder lebensfähig war – lebensfähig mit einem Gehirn, das in der Vielfalt seiner Funktionen das alte weit in den Schatten stellte. Die beiden Männer beugten sich schweigend über den ausgestreckten Körper. Dann wandte sich Henry dem Roboter zu, der neben ihnen stand und seine Arme zur typischen Geste liebevoller Begrüßung vorgestreckt hatte.

»Bist du so weit, Teddy?«

»Ja, ich freue mich sehr darauf, wieder mit David zu spielen«, erwiderte der Bär. Er gehörte zum alten Bärenbestand der Fabrik und war mit einem Speicher ausgerüstet, der es ihm ermöglichte, Erinnerungen des früheren Teddy abzurufen. »Ich habe ihn sehr vermisst. Wir hatten immer so viel Spaß miteinander.«

»Bestens. Also, dann wollen wir David mal wieder zum Leben erwecken, ja?«

Doch noch zögerten die beiden Männer. Schließlich hatten sie alles eigenhändig installiert – was normalerweise von Maschinen ausgeführt wurde.

Nur Teddy strahlte. »Hurra! Da, wo wir früher gewohnt haben, war immer Sommer. Bis zum Ende. Dann kam der Winter.«

»Na ja, jetzt haben wir Frühling«, stellte Shiggle fest. Henry bediente den Schalter, und ein Ruck ging durch Davids Körper. Automatisch löste seine rechte Hand das Verbindungskabel. Gleich darauf öffnete er die Augen, setzte sich auf und griff sich verblüfft an den Kopf. »Papi! Was habe ich nur für seltsame Dinge geträumt! Es ist das erste Mal, dass ich überhaupt etwas geträumt habe ...«

»Willkommen daheim, David, mein Junge.« Henry drückte David an sich. Und nachdem er ihn von der Pritsche gehoben hatte, starrten David und Teddy einander verblüfft an. Dann fielen sie sich in die Arme.

Fast so wie Menschen.

Größte Erdferne

Ich weiß ja nicht, ob Sie mir das glauben werden, aber es hat einmal eine Zeit gegeben, in der ich in einer anderen Welt gelebt habe. Ähnlich wie unsere, aber doch ein ganz klein wenig anders.

Anders war nicht zuletzt das Verhalten der Frauen. Allerdings hatten sie auch Flügel und konnten fliegen, wie wir es schon immer für möglich gehalten haben. Mit Engelsflügeln hatten diese Flügel jedoch nichts gemein, ihr zartes Gefieder ähnelte eher bunten Pfauenschwänzen. In den Federn fing sich das Licht der Sonne, und ihre Farben spiegelten es gleichzeitig zurück. Außerdem waren die Flügel riesig. Ach, wie reizend diese Frauen aussahen, wenn sie alle so nackt dahinflogen. Der Anblick war so schön, dass manch junger Mann an dem Schock sogar gestorben war, wie man sich erzählte.

Da sich die Frauen nur von ganz bestimmten Dingen ernährten, war das, was sie zu Boden fallen ließen, sehr leicht und schwebte so sanft zur Erde hinab, als trotze es der Schwerkraft. An dieser Stelle sollte ich erwähnen, dass die Frauen auf hohen Säulen lebten, die innen hohl waren. Niemand wusste, wie alt diese Säulen tatsächlich waren, und hätte es jemand gewusst, hätte man ihm nicht geglaubt. Bei diesen Säulen handelte es sich um Bauten, die als Träger hoch gelegener Terrassen dienten. Die Frauen, junge wie alte, flogen von einer riesigen Himmelsterrasse zur nächsten – und auf keiner waren Männer zugelassen! Natürlich kamen die fliegenden Frauen zu bestimmten Anlässen auch hinunter auf die Erde, aber davon später. Manche gingen sogar Ehen mit Männern ein. Am Hochzeitstag oder am Tag, an dem sie ihre Unschuld verloren – je nachdem, was zuerst kam –, ließen ihre Flügel Federn. Anschließend schrumpelte das Flügelgerippe zusammen und starb ab. Und von diesem Tag an blieb der verheirateten Frau nichts anderes übrig, als die eigenen Füße zu benutzen, wenn sie irgendwo hinwollte. Und sich wie ein ganz normaler Mensch zu benehmen, der ja im Traum nicht daran denkt, sich in die Lüfte zu heben.

In der Zeit, von der ich hier erzähle – eine Zeit, in der es dunkler in der Welt wurde und die Sonne zusammenschrumpfte –, sagten die Männer oft: »Hätte die Lichtgöttin gewollt, dass wir fliegen können, dann hätte sie uns ganz bestimmt nicht Hoden angehängt.«

Die Männer, die am Boden lebten, glaubten an gar nichts. Selbst die Vorstellung, es könne so etwas wie eine Lichtgöttin geben, stammte ursprünglich von den Frauen. Die Perspektive der Männer reichte nur von einem Tag zum anderen. Und das bedeutete, dass sie sich kaum etwas vorstellen konnten, was sie nicht direkt vor Augen hatten. Doch die Frauen glaubten an etwas, wenn dieser Glaube auch recht abstrus war und vor bizarren Vorstellungen nur so strotzte. Wenn sie beteten, berührten sie ihre Geschlechtsteile und rezitierten: »Ich glaube, dass unser kurzes Leben nicht alles ist. Ich glaube, dass die Dunkelheit leben wird, wenn wir sterben müssen. Ich glaube, dass fliegende Drachen kommen und uns alle fressen werden. Mit Haut und Haar werden sie uns verschlingen. Selbst die nützliche Vorrichtung, die wir in diesem Moment berühren, werden sie nicht verschonen.«

Köstliche Schauer überliefen sie, während sie dieses Mantra herunterleierten, was einmal am Tag bei Einbruch der Dämmerung geschah. Denn einerseits glaubten sie daran, andererseits hatten sie aber auch gewisse Zweifel. Sich fliegende Drachen auszumalen, war ja auch ... na ja, irgendwie rührend und grotesk.

Selbstverständlich beschäftigten sich die Frauen auch mit vielen anderen Dingen. Singen hatte praktisch den Stellenwert einer Kampfeskunst. Viel Zeit nahm das Putzen des Gefieders in Anspruch. Flügelschlagen gehörte zur täglichen Gymnastik. Angeblich kam es auch vor, dass sich am Abend zwei Frauen zusammentaten, um sich auf einen arglosen Mann zu stürzen und mit ihm zur Himmelsterrasse zu fliegen, wo sie ihn gemeinsam vernaschten. In diesem Fall starben ihre Flügel nämlich nicht ab.

Wenn die Frauen in den Lüften vor Glück laut sangen, konnten es die Männer manchmal schwach aus der Ferne hören. Manche Männer waren so sehr in diese Musik verliebt, dass sie an dieser Liebe starben. Inzwischen hatte jemand große Ver-

81

stärker aus Blech erfunden, so dass die Musik jetzt deutlicher zu hören war. Es war ein ganzes Gewerbe entstanden, das Gewerbe der Tonverstärker, die mit solchen Geräten handelten. Wenig Aussichten bot dagegen der Beruf des Heizers: Niemand hatte das Feuer erfinden können, da Flammen sich nicht mit unserer komplexen Atmosphäre vertrugen. Von allen Gewerben, die am Boden unseres Planeten betrieben wurden, war das der Hochhinausmänner am beliebtesten. Die Hochhinausmänner waren damit beschäftigt, künstliche Flügel herzustellen. Ihren Kunden dienten die Flügel dazu, zu den Himmelsterrassen hinaufzufliegen, falls sie so weit kamen. Kein Preis war zu hoch, sich eine der geflügelten Schönheiten zu schnappen! Bislang war es allerdings nur dem jungen Dedlucki gelungen. Andere hatten es zwar bis zu den Himmelsterrassen geschafft, jedoch nichts ausrichten können. Denn die Frauen hatten sie immer wieder mit Stangen weggestoßen, bis sie, erschöpft vom ständigen Flügelschlagen, zur Erde gestürzt und dort den Tod gefunden hatten.

Und so blieb alles, wie es war: Während die Frauen frei umherflogen und sich im leichten Wind wiegten, rackerten sich die Männer ab oder versorgten ihre Herden. Aber der türkisblaue Himmel, an dem die Frauen frei umherflogen, nahm von Tag zu Tag, von Monat zu Monat, ein immer tieferes, Unheil verkündendes Grau an, das sich bald in ein mattes Rot verwandelte. Gleichzeitig schwand die Wärme, es wurde kalt.

Hochhinaus-Wissler war ein Mann, der sich in solchen Dingen ein wenig auskannte. Wissler war es auch, der eine Versammlung einberief und erklärte, es handele sich um eine *globale Erkaltung*, ja, so drückte er sich aus. Es nahe eine Zeit, sagte er, in der die Atmosphäre gefrieren werde, wenn nicht ... wenn nicht *Was?* Diese Frage löste heftige Diskussionen aus.

Schließlich wurde beschlossen, die Frauen in dieser Angelegenheit um ihren Rat zu ersuchen. Die Männer richteten die großen Blechverstärker in die Lüfte und wandten sich vom Boden aus mit folgenden Worten an die Frauen: »Ihr Schönen, in unserer Welt erleben wir derzeit entsetzliche Veränderungen. Die Sonne zieht sich immer weiter zurück. Noch ehe sie die größte Erdferne erreicht hat, wird sich unsere Luft zu einem Meer verflüssigen, wie die weisen Männer prophezeien. Die weisen Männer erzählen auch von Drachen, die die Welt verschlingen. Wie können wir unserer Welt die Wärme zurückgeben? Nur durch die Wärme unserer Körper. Deshalb bitten wir euch untertänigst, einigen unserer schönen jungen Männer zu gestatten, die in euren Säulen verborgenen zweitausend Stufen zu erklimmen und eure Terrassen zu betreten. Dort werden sie euch beiwohnen, ihre Pegos in eure wunderbaren Larse stecken und somit begatten. Die Reibung wird unserer mit Elend gestraften Welt die Wärme zurückgeben. Wir bitten euch flehentlich, auf diesen Vorschlag einzugehen.«

Silberhelles Gelächter drang aus der oberen Welt hinunter. Höhnische Stimmten überschütteten die

Männer mit Spott, manche riefen: »Das habt ihr euch ja fein ausgedacht, ihr Dummbeutel! Uns könnt ihr damit aber nicht hinters Licht führen!« Andere schrien: »Auf gar keinen Fall lassen wir euch zu uns herauf!«

Also machten sich die Männer wieder daran, ihre Kühe und Schafe zu weiden.

Doch die Atmosphäre, die hauptsächlich aus vier unterschiedlichen Gasen bestand, kühlte immer weiter ab. Schließlich geriet das Gas, das wir Aspargo nannten, in heftige Bewegung, seltsame Stürme kamen auf. Obwohl man Aspargo für sich genommen nicht atmen kann, musste es uns das Atmen wohl erleichtert haben. Denn als es höher stieg, wurde das Atmen auf Bodenhöhe immer mühsamer. Und je kälter es wurde, desto höher stieg das Aspargo!

Was die Frauen in der Welt der Lüfte betraf, so litten sie schwer unter ihrer Blöße. Ihre schönen Flügel verloren jeden Glanz, und bald darauf büßten sie auch Federn ein, bis die meisten nicht mehr fliegen konnten. Als das Himmelsrot gar nicht mehr weichen wollte und sich ein seltsamer Nebel ausbreitete, flog schließlich eine Alte, die noch Flügel besaß, zur Erde hinab, wo sie Hochhinaus-Wissler und einige weitere Männer zusammenrief.

»Ich spreche für die Mehrheit der Frauen«, begann sie ihre Rede an die Versammelten. »Es ist uns nicht entgangen, dass die Luft immer kälter wird und das Atmen immer mühsamer. Deshalb bieten wir euch an, in eure Niederungen hinabzusteigen und unsere Larse euren Pegos zur Verfügung zu stellen. Beim Verkehr so vieler Paare wird die Wärme entstehen, die nötig ist, damit auf unserem Planeten wieder Glück und Zufriedenheit einziehen. Wir wissen zwar, dass es nicht gerade eine angenehme Lösung ist, sehen aber keinen anderen Ausweg. Eure jungen Männer sind aufgerufen, der Gattung zuliebe ihre Pflicht zu tun.«

Als die jungen Männer diesem Vorschlag bereitwillig zustimmten, war der Alten keine Überraschung anzusehen. Viele traten vor, um sich als Freiwillige anzubieten, und bekannten dabei, ihre Pegos warteten nur darauf, der Pflicht Genüge zu tun.

Sie beeilten sich, einen Tag festzulegen, denn mit zunehmender Kälte drohte eine schreckliche Bewegungslosigkeit um sich zu greifen. Die Sonne war inzwischen kaum noch größer als ein zu Frost erstarrter, vom Lid finsterer Wolken verhangener Augapfel, und zum Entsetzen der Männer waren einige der Tiere, von denen ihr tägliches Leben abhing, bereits in eine merkwürdige Starre gefallen, aus der sie, wie sich herausstellen sollte, nicht mehr zu wecken waren.

Am vereinbarten Tag stiegen die Frauen die zweitausend Stufen der hohen Säulen hinunter, denn fliegen konnte keine mehr. Ihre jetzt nutzlosen Flügelgerippe schabten beim Abstieg an den Wänden entlang. Von den großen Stufen über ihren Köpfen hingen riesige schneckenartige Gebilde herab, die aufschreckten, als die Frauen vorüberzo-

gen. Eines, vielleicht waren es auch zwei, streckte
sogar munter ein paar Fühler aus, die hin und her
schwenkten, als wollten sie die abwärts schrei-
tende Prozession sondieren.

Den Frauen kam es unten auf der Erde so dunkel
vor, dass sich manche fürchteten. Zur Begrüßung
hatten die Männer Fackeln mitgebracht, Behälter
mit Glühwürmchen darin, doch es fiel auf, dass die
Fackeln längst nicht mehr so hell funkelten wie
früher einmal. Immerhin reichten die trüben Fun-
zeln dazu aus, die Frauen in den großen Versamm-
lungssaal zu geleiten. Dort standen vierzig grob
gezimmerte Betten mit farbenfrohen Überdecken –
zwanzig auf jeder Seite des schmalen Mittelgangs,
den die Männer freigelassen hatten, damit jeder
ungehindert seinen vorgesehen Platz einnehmen
konnte.

Die meisten Frauen hatten sich in Tücher gehüllt,
um sich gegen die Kälte zu schützen. Während sie
sich aus ihren Hüllen schälten, legten auch die
Männer hastig ihre plumpen Gewänder ab und
stellten sich ihren Partnerinnen vor. Manche Pegos
waren schon einsatzbereit, andere brauchten noch
ein wenig Ermutigung. Auf einen Gongschlag hin,
der leicht scheppernd klang, stiegen die Paare in
die Betten, legten sich nebeneinander, küssten sich
und berührten sich gegenseitig an den entscheidenden Stellen.

Auf einen weiteren Gongschlag hin begann die
Massenkopulation: Achtzig Hintern gerieten gleich-
zeitig in Bewegung, und von überall her war ein
Schmatzen und Schnaufen zu hören. Natürlich

86

wurde bei all der Erregung viel Hitze erzeugt, es ging so heftig zur Sache, dass der Oberaufseher hinterher voller Ehrfurcht bemerkte: »Mit dem Samen hätte man genügend Milchflaschen füllen können, um alle Kühe auf diesem Planeten zu säugen.«

Schließlich gegen Ende dieser tagesfüllenden Veranstaltung, waren die Männer der Meinung, der Bewegung sei jetzt Genüge getan. Aufgrund eines neuroleptischen Effekts hielt ein Hinterteil nach dem anderen in seiner Beschäftigung inne und wurde so starr wie ein Holzschnitt. Gleich darauf lösten sich die Frauen von den Männern, rappelten sich mühsam hoch – denn auch sie neigten inzwischen zur Untätigkeit –, stiegen über die starren Körper der Männer hinweg und verließen den Kopulations- und Zeugungssaal. Ihren schon halb zugefallenen Augen bot sich draußen ein seltsamer Anblick: Ein tiefblauer Nebel, zähflüssig wie Sirup, hüllte den Boden kniehoch ein und stieg weiter und weiter empor. Dichte Schneeflocken wirbelten durch die Luft, durch die gleichzeitig seltsame Töne drangen, manche rau, andere melodisch. Die Atmosphäre eilte ihrem Tod entgegen.

Einander stützend, bahnten sich die Frauen ihren Weg zurück zu den Säulen. Bei vielen hatten sich die schützenden Hüllen gelöst und flatterten nun hinter ihnen im Wind. Mit aller Kraft kämpften sie sich bis zu den Eingängen vor und ein paar Stufen hoch, ehe eine seltsame Starre sie lähmte. Die Frau, die zuletzt hereingekommen war, warf einen Blick zurück, und als die Wolke am Himmel ein wenig aufriss, sah sie, dass die einst so freundliche Sonne nur noch ein ferner Funke war.

»Wir haben es nicht begriffen«, sagte sie, nach Luft ringend. »Es liegt an der Lichtgöttin!«

Auch der Mond steuerte nun immer schneller auf den Punkt größter Erdferne zu, als würde es bis zum nächsten Perihel, seiner größten Sonnennähe, nicht Abertausende von Jahren dauern. Und schließlich ging er einfach aus, so als hätte man am gemarterten Himmel eine Lampe ausgeknipst. Er hörte schlicht zu leuchten auf, erlosch in seiner Umlaufbahn. Der Schnee wirbelte jetzt nicht mehr in dichten Flocken, sondern mit langen Ruten auf die Erde nieder, während der tiefblaue Nebel immer dunkler und zur Flüssigkeit wurde. Es dauerte nur wenige Stunden, bis der große Saal, der Schauplatz der Massenkopulation, im Hochwasser ertrank und nur noch sein Dach zu sehen war – bis dieses ebenfalls von trüben Wellen überspült wurde. All das geschah, ohne dass irgendein Schrei zu hören war: Die Männer hatten sich liebeserfüllt mit der Dunkelheit, den Wellen und der unersättlichen Stille der Unendlichkeit vereinigt. Immer noch regnete es. Und die Flut stieg an den Säulen hoch.

Und wie erging es den Frauen im Inneren der Säulen?

Der grundlegende Wandel der Atmosphäre setzte ihre Lebensenergie so sehr herab, dass sie mitten auf den großen Stufen in Katalepsie fielen. Sie rollten sich zusammen und erstarrten, wurden zu Festkörpern. Ihre Lungen stellten die Arbeit ein, die Herzen hörten zu schlagen und das Blut zu kreisen auf. Ihre Schöße versteinerten zu Porzellan. Doch innerhalb dieser Kammern aus Porzellan befanden sich winzige, geduldige Leben, nicht mehr als Zellhaufen, darauf eingestellt, über Jahrhunderte der Kälte und Dunkelheit hinweg darauf zu warten, dass Planet und primärer Himmelskörper erneut auf eine Phase der Nähe zusteuerten.

Die schneckenartigen Gehäuse, die über diesen zu Mumien erstarrten Leibern guter Hoffnung von den Stufen herunterhingen, gerieten nach und nach in Bewegung. Innen rührte sich etwas, erwachte aus einem langen phylogenetischen Traum, in dem Tag und Nacht noch nicht voneinander geschieden waren und alle Dimensionen im Hodensack eines winzigen Meeresbewohners Platz gefunden hatten.

Jetzt wurden diese Meerestiere wachgerüttelt und, immer noch halb dösend, durch die Flut die Hohlräume der Säulen nach oben getragen, wo sie schließlich in ihr auf wunderbare Weise zum Leben erwachtes natürliches Milieu hinausstürzten – ein Milieu, das ihnen erquickendes Espargo zum Atmen bot. Das Espargo, das einen äußerst niedrigen Gefrierpunkt hatte, wurde von Winden über ein großes, aufgewühltes Meer getragen, das Gischt aufwarf, wenn es sich an den Himmelsterrassen brach.

Tief unter ihnen waberte der Ozean der alten Atmosphäre, hoch über ihnen leuchteten die Sterne so prächtig am Himmelszelt, als werde die Galaxie von einer neu entzündeten Flamme erhellt. Ursprünglich war es ja auch ein Feuer gewesen, das sich nach und nach in Diamanten verwandelt hatte...

Als sie diese Umwelt erblickten und rochen, sprossen ihnen die Schnurrhaare und ihre Körper dehnten sich wie elastische Strümpfe aus. Ihre Beinchen – und sie hatten jede Menge davon – wuchsen in die Höhe, entwickelten Muskeln und setzten sich in Bewegung. Wellenartig breiteten sich an ihren hohlen Körpern farbige Muster aus. Quietschvergnügt rannten sie herum und freuten sich über das Privileg, am Leben, mit Bewusstsein begabt – und *Wesen der Luft* zu sein. Denn während sie noch rannten, blühten an ihren Körpern Flügel auf, breiteten sich aus, flatterten auf und nieder und trugen ihre zarten Körper ins heitere, dunkle Espargo.

Und als ihre Körper emporschwebten, hoben sich auch ihre Lebensgeister. Das Espargo begann zu leuchten, so schnell huschten sie in ihren bunten Farben hin und her.

So schwebten sie dahin, Angehörige einer aus der Katastrophe geborenen Spezies, unbelastet von jeder Kenntnis, Erfahrung oder Einsicht. Ihre einzige Weisheit bestand darin, auf den Winden über das Meer zu gleiten – besser gesagt: über jene Atmosphäre, die nun für Tausende von Jahren einen Ozean bilden sollte – und ihren Samen in großen Duftströmen in die eisigen Winde zu ergießen, die ihn überall verteilten. Und das würde nicht eher ein Ende haben, bis die Sonne wieder erwachte, um erneut ihrer Pflicht nachzukommen, für die Geschöpfe unterhalb der ozeanischen Atmosphäre zu sorgen. Doch noch schlummerten diese Geschöpfe im Verborgenen.

Keine Spezies wusste von der anderen. Das Glück der einen war das Pech der anderen. Und für jede Spezies war die andere nur ein Traum.

Ich sagte ja schon: Diese Welt war so ähnlich wie unsere, nur ein ganz klein wenig anders.

III

Guten Abend! Sie sehen und hören mich hier als Vertreter von III, der früheren Verflüssigungsgesellschaft San Mondesancto, heute rechtmäßiger Besitzer des Mondes Europa, des wertvollsten Grundbesitzes im Jupiter-Bereich unseres Sonnensystems.

Die illustre Geschichte unseres Unternehmens reicht weit in die Vergangenheit zurück. Sicher ist Ihnen bekannt, dass San Mondesancto im Jahre 1990 auf der Erde gegründet wurde. Stets hat sich unser Unternehmen durch große Integrität und die Philosophie des Freihandels ausgezeichnet. Bei unserer Gründung – wir übernahmen damals die Banken Schanghais und des Fernen Ostens – hatte die sich anbahnende weltweite Krise in der Wasserversorgung noch kaum »Schlagzeilen gemacht«, wie wir das damals nannten. Selbstverständlich war diese Verknappung der Wasservorräte vielen Regierungsstellen in den Industrieländern bekannt. Und wir stimmten unsere Planungen darauf ab.

In dieser frühen Phase machte die NASA eine bemerkenswerte Entdeckung. Die Abkürzung NASA stand, wie ich Ihnen in Erinnerung rufen möchte, für *National Aeronautics and Space Administration*, die Nationale Luft- und Raumfahrtbehörde, der Vorläufer von III, unserer Internationalen Interplanetarischen Industrievereinigung. Bei ihrer Schürfmission auf dem Mond also entdeckte die NASA an dessen Polen Millionen Tonnen von Eis.

Allerdings war damals die Technik noch nicht so weit entwickelt, dass es eine Möglichkeit gegeben hätte, diese Eisvorkommen auszubeuten. Genau an diesem Punkt erwies sich San Mondesanctos Genialität. Durch wohlüberlegte Investitionen, die wir über diverse Holdinggesellschaften tätigten, stellten wir eine kleine Flotte ferngesteuerter Raumfähren auf. Da diese Fähren keine Menschen befördern mussten, waren sie vergleichsweise billig zu betreiben. Es dauerte nicht lange, bis sie über den beiden Polen des Mondes installiert waren. Sofort nahmen Pumpstationen ihre Arbeit auf und bohrten bis in Tiefen von dreiundzwanzig Metern.

In der Zwischenzeit hatte die Verknappung von Frischwasser auf der Erde bereits Wirkung gezeigt: In vielen Gebieten ehemals fruchtbarer Länder herrschte oder drohte ein Dürrekatastrophe. Wichtiger war jedoch, dass auch die Industrie der reichen Länder litt.

San Mondesancto bot den G7-Nationen an, sie im Austausch für Pumprechte in den Wasserentsalzungsanlagen der übrigen Welt als ersten Schritt wöchentlich mit zwei Millionen Tonnen frischen, vorsintflutlichen Wassers zu versorgen, das in fester Form geliefert werden sollte. Mittels einer Reihe ehrgeiziger geschäftlicher Transaktionen erwarb unser Unternehmen außerdem die Kontrolle über die ursprünglichen Wasserreservoirs der Erde.

Mittler hierbei war unsere Tochtergesellschaft, die Tubulability AG. Und über eine weitere Tochtergesellschaft, die Aerial Irrigations, haben wir die Strategie der Wolkenionisierung verfolgt – mit derartigem Erfolg, dass wir schließlich einundneunzig Prozent des Luftniederschlags kontrollierten. Ein Sieg der frühen Tage war damit die Möglichkeit, den jährlichen Monsunregen zu verhindern, was bei den betroffenen Ländern wüstenähnliche Bedingungen herbeiführen konnte – wenn es nicht dadurch abgewendet wurde, dass wohlhabende Länder wie etwa Indien die lächerlich geringe Jahresgebühr von einigen Millionen Rupien an uns entrichteten.

Obwohl San Mondesancto ungewöhnlich behutsam vorging und sich streng an die Grundsätze der kapitalistischen Demokratie hielt, erlangte der Konzern gegen Mitte des letzten Jahrhunderts tatsächlich die Kontrolle über sämtliche klimatischen Bedingungen der Erde. Allerdings hatte San Mondesancto noch wesentlich ehrgeizigere Pläne. Auf unsere Weitsicht sind wir immer stolz gewesen.

Als wir nämlich unsere Operationen auf dem Mond begannen, war uns sofort klar, dass das dort eingeschlossene Eis gewaltige Möglichkeiten für die künftige Erschließung des Sonnensystems bot. Der Konzern San Mondesancto, der dort unter dem Namen Internationale Interplanetarische Industrievereinigung operierte, hat von Anfang an zu den Pionieren der Entwicklung gezählt. Viele der fähigsten jungen Leute und Androiden sind stolz darauf gewesen, zu den Mitarbeitern von San Mondesancto zu gehören.

Als man merkwürdige lebende Organismen, manche davon Vielzeller, in den Eisgebieten des Mondes entdeckte, wurden sie zwar stillschweigend vernichtet, so dass Fortschritt und Entwicklung davon nicht beeinträchtigt wurden, doch einigen unserer Topwissenschaftler war aufgegangen, dass diese Spuren außerirdischen Lebens auf die Möglichkeit weiterer Lebensformen auf anderen Himmelskörpern hindeuteten. Und sie schlossen nicht aus, dass man solche Lebensformen bei weiteren Unternehmungen als Nahrungsquelle würde nutzen können.

Durch Hydrolyse wurde das H_2O des Mondes in Sauerstoff und Wasserstoff aufgespalten. Während der Wasserstoff wesentliche Voraussetzung des Raketenantriebs war, sorgte der Sauerstoff in den mit zwei Personen besetzten Raumschiffen für eine atembare Atmosphäre. Diese Schiffe, die den Planeten Mars sozusagen als Katapult nutzten, brachten die weite Strecke von der Erde bis zum Jupiter hinter sich. Wir sind immer stolz darauf gewesen, dass es die Raumschiffe San Mondesanctos gewesen sind, die als Erste auf dem Jupiter-Mond Europa landeten. Übrigens stammt aus dieser Zeit unser Werbespruch *San Mondesancto war zuerst da*. Zwar gab es, wie Sie wissen werden, auch Verluste – so ist eine unserer Besatzungen im Treibeis verschollen –, doch die beiden anderen haben die Operation überstanden und die Schlappe wieder wettgemacht.

Eine erste Erkundung dieses Mondes bestätigte, dass sich unterhalb der zerklüfteten Eisoberfläche ein riesiger Ozean befand, und Messungen mit dem Echolot ließen darauf schließen, dass dieser Ozean an manchen Stellen fünfzehn bis achtzehn Kilometer tief war. Außerdem hatte der Gravitationseffekt des großen streifenförmigen Gasplaneten, der am Himmel Europas aufragte, eine beträchtliche Erwärmung des Ozeans herbeigeführt.

Risse und Spalten im Treibeis offenbarten, dass es dort von planktonartigen Lebensformen, deren Länge in der Regel nicht mehr als zwei Millimeter betrug, nur so wimmelte. Nachdem unsere Männer dieses Plankton gekocht und vorsichtig davon probiert hatten, stellte sich heraus, dass es durchaus genießbar, wenn auch nicht sonderlich schmackhaft war.

Noch während des Testessens brach ein großer schnauzenförmiger Kopf durch die Eisdecke, der neben einem dicken weißen Pelz bewegliche rosafarbene Nüstern und lange Schnurrhaare besaß. Insgesamt wirkte das Tier wie eine Kreuzung aus Delphin und Katze. In einem Protokoll dieses Vorfalls – es wurde übrigens nie veröffentlicht, da sein Wahrheitsgehalt nicht verbürgt war und es nur Unruhe ausgelöst hätte – heißt es, dass dieses Geschöpf auf die Eisfläche trommelte, als wolle es den Männern bestimmte Zeichen geben. Allerdings verschwand es gleich darauf wieder, da es in der sauerstofflosen Atmosphäre schnell den Tod gefunden hätte. Doch die Neugier der San Mondesancto-Leute war damit geweckt. Einer der Männer wagte sich, natürlich bewaffnet, aufs Eis hinaus, um sich das Tier näher anzusehen. Aber ehe er es schnappen konnte, verschwand es in einem Wasserstrudel. Sie tauften es auf den Namen *Kopftaucher*, und dabei ist es dann auch geblieben.

Auf diesen Vorfall gründen sich die bescheidenen Anfänge der Unternehmungen, die schließlich unseren marktbeherrschenden Konzern Konquistador hervorbrachten. Innerhalb von fünf Jahren entwickelte sich Konquistador zum größten Konservenproduzenten im ganzen Sonnensystem. Und heute sind die Kopftaucher ein Begriff, auch wenn sie inzwischen ausgestorben sind. Leider wurden zu viele von ihnen abgefischt, wie auch die anderen Tiefseebewohner des Mondes Europa. Immerhin haben Kopftaucher und Plankton sichergestellt, dass die kühnen Erforscher fernster Bereiche unseres Sonnensystems genügend zu essen hatten, – und nicht zu vergessen auch die Fabrikarbeiter auf dem Mars.

Dennoch geriet San Mondesancto in dieser Zeit bei großen Teilen einer schlecht informierten Öffentlichkeit in Verruf. Und um die Akzeptanz in der Öffentlichkeit wiederherzustellen, haben wir den Namen unseres Stammunternehmens daraufhin geändert und firmieren seitdem unter der inzwischen geläufigen Bezeichnung III, Internationale Interplanetarische Industrievereinigung.

Erst nach der Landung auf dem Triton, dem Mond des Neptun, wurde eine weitere Nahrungsquelle entdeckt, wiederum von III. Es lässt sich nicht leugnen, dass die so genannten *Schwabbel* eine Art Sprache besaßen und mit uns zu kommunizieren versuchten, auch wenn ihr Intelligenzquotient als ziemlich niedrig galt. Erst später stieß man übrigens auf ihre seltsame Stadt, heute als *Stadt an der äußersten Grenze* bekannt. Ob sie nun Intelligenz besaßen oder nicht, sei dahingestellt, jedenfalls schmeckten die Schwabbel hervorragend und kamen der Menschheit sehr zugute – dank des mächtigen Subunternehmens der Internationalen Interplanetarischen Industrievereinigung Konquistador.

Heute nun bricht das erste Sternenschiff unserer Unternehmensgruppe von der Umlaufbahn des Pluto zu einer Reise jenseits der Grenzen des Sonnensystems auf. Es wird die Errungenschaften der menschlichen Zivilisation und den glorreichen Namen III weit in die Galaxie hinaustragen – bis hinauf zu den Sternen.

Meine Damen und Herren, ich danke Ihnen für Ihre Aufmerksamkeit.

Die alte Geschichte

Sie stürzten aus ihren Löchern und hasteten an den hohen Seitenmauern der städtischen Wabenbauten entlang nach unten. Hunderte, Tausende der Flitzer blieben jedoch gleich darauf stehen, um voller Entzücken, Neid oder auch dumpfer Teilnahmslosigkeit auf das strahlende Gesicht der Frau zu starren, das von den fensterlosen Mauern leuchtete. Der ganze Bienenstock der Stadt wurde von den Augen, der kecken Nase, dem rosa Zahnfleisch und den makellosen Zähnen DoraDeen Englastons überstrahlt, die jetzt verkündete: »Bald werde ich *Day* heißen, schlicht und einfach *Day*! Ich bin ganz aus dem Häuschen wegen der Sache und meinem unverschämten Glück. Da schreiben wir den allerersten Tag des wunderbaren Zweiundzwanzigsten Jahrhunderts, und ich Glückspilz gewinne den ersten Preis in diesem Wettbewerb! Und der besteht darin, dass ich mit dem ZSP, dem phantastischen Zeitsprung-Projektor, vorübergehend in eine andere Zeit versetzt werde – Wahnsinn!« *Zoom*, *zoom* rückte das Auge der Kamera vor, bis es sich an die beredte Kehlklappe heftete und sich fast zwischen diesen sanften roten Lippen verlor. »Sobald ich mich für eine bestimmte Persönlichkeit in einer bestimmten Epoche entschieden habe, versetzt mich der ZSP einfach an den entsprechenden Ort und in die entsprechende Zeit zurück. Ist das nicht völlig verrückt? Gerade schaltet sich das Gerät ein.«

DoraDeen hatte als Schauspielerin in einer Supersoap mitgewirkt, daher war an ihrem Körper kaum noch etwas so, wie Mutter Natur es geschaffen hatte. Als der ZSP hochgefahren wurde, begann sich dieser Körper zu winden.

»Oh Mann, das ist vielleicht ein seltsames Gefühl! Jetzt geht's tatsächlich los…« Die Ereignishorizonte vergangener Zeiten huschten an ihr vorbei. »Oh ja… Du meine Güte, da verschwindet gerade das britische Empire. Und… Menschenskind, die Römer! Und Griechenland! Nanu, wer sind die denn? Die Zythianer? Nie von gehört…«

Ihre Stimme war jetzt nur noch schwach zu hören, und ihr Konterfei an den Mauern des Wabenbaus wurde kleiner und kleiner. »Ach, ich bin ja so froh, dass ich die grässlichen Dinge meines eigenen Jahrhunderts hinter mir lassen kann – all das kommerzielle Denken, die Schießereien, die Haarfärbemittel, die Drogen und vor allem dieses miese Familienleben. Deshalb gehe ich ja auch zurück in die Vorgeschichte, in die Zeit, als die Welt noch jung war und wir sie mit all unseren hektischen Aktivitäten noch nicht verschandelt hatten. Ich möchte zu einer ganz normalen, anständigen Steinzeitfamilie gehören, zu einer Familie mit gütigem Vater und liebevollen Geschwistern. Vor mir liegt ein ganz neuer Horizont… auf mich warten Liebe und jede Menge simple, altmodische Familienwerte…«

DoraDeens Stimme verklang. Unten begannen die Menschen wieder, hektisch durch die Gegend zu rasen.

In alle Richtungen erstreckte sich ein riesiger Wald. Niemand wusste, wie groß er wirklich war. Die hohen Bäume führten weiter und weiter, bis sie irgendwann einmal das Meer erreichten.

Hier und da waren kleine Siedlungen entstanden. In einer dieser Siedlungen wühlten angepflockte Schweine den Boden auf und grunzten. Sie fristeten ihr Leben genauso kärglich wie die Schweinehalter und machten kein Hehl daraus, wie wenig ihnen dieses domestizierte Dasein gefiel.

Heute verlaufen an der Stelle, wo sich vor Zeiten diese Lichtung befand, stark befahrene Autobahnen, gesäumt von Tankstellen und den riesigen Wabenbauten der Städte. Mit den kleinen blauen Blumen sind auch die Schmetterlinge verschwunden. Vieles ist heute anders als damals – allerdings nicht das Familienleben, von dem sich DoraDeen so viel versprach.

Harmon putzte sich für das Festmahl heraus, das, wie seine Söhne angekündigt hatten, zu Ehren seiner Macht stattfinden sollte. Mit Hilfe einer scharfen Muschelkante stutzte er sich den Backenbart, salbte seine Schultern mit jenem Öl ein, das durch Zerstampfen eines seltenen Krautes gewonnen wurde, steckte sich eine bunte Feder ins Haar, legte ein neues Gewand an und band es so, dass es seinen Bauch und die unteren Regionen bedeckte. Vom Scheitel bis zur Sohle wirkte er wie ein Herr und Gebieter.

Dann machte er sich mit steifen Schritten auf den Weg. Am Himmel hingen dichte Wolken. Der Tag war gerade erst angebrochen, und der Sonnengott hatte Nebelschwaden ausgebreitet, die nahe über dem Boden waberten und auseinander stoben, als Harmon auf den Versammlungsort schnitt. Das ständige Vogelgezwitscher verstummte kurz, als ein Jagdhorn erklang.

In der Mitte der Lichtung stand ein hölzerner Thron. Harmons drei Töchter – alle noch jung, alle nur spärlich bekleidet – waren gerade dabei, sich dekorativ rechts und links des Thrones aufzustellen. Während sie alle im sorgfältig arrangierten Kopfhaar orangefarbene Blumen trugen, war das Schamhaar der einen mit kleinen blauen Blüten, das der zweiten mit kleinen roten Blüten und das der dritten, Day, mit einem Lorbeerzweig geschmückt. Die dunkelhaarige Tochter hieß Via, die blonde Roa. Mit höflicher Geste baten sie ihren Vater zu sich. Die brünette Day tat es ihnen gleich, allerdings etwas unsicher, denn früher einmal war sie DoraDeen gewesen – aber das war so lange her, dass es ihr wie ein Märchen vorkam.

Harmon blieb stehen. Da er Gefahr witterte, griff er fester nach seinem Stab, drohte seinen alten struppigen Kopf von rechts nach links und sondierte die Umgebung, ohne dass er einen Grund zur Besorgnis entdecken konnte. Dann ging er langsam auf den Thron zu und küsste die drei Mädchen auf die Wangen, zuerst Roa, dann Via und zuletzt Day, was alle drei ungerührt hinnahmen. Nur Day dachte bei sich: »Das macht echt Spaß! Wow, zurück in der Steinzeit, noch dazu mit nagelneuen Schwestern! Ich bin schon dabei, mich in meine neue Rolle einzufühlen.« Sie hatten Harmon die Gesichter zugewandt, um die stacheligen Küsse des Alten über sich ergehen zu lassen. Als das erledigt war, drapierte Harmon sein Gewand um sich und nahm auf dem Thron Platz, der bis vor kurzem nichts anderes als ein Baumstamm gewesen war. Erneut erklang das Jagdhorn. »Wo ist das Festmahl, das mir meine Söhne versprochen haben?«, fragte er seine Töchter mit leichter Ungeduld.

»Warte noch ein bisschen, Vater«, erwiderte Roa. »Versuche, Geduld zu bewahren.«

»Du wirst bald alles bekommen, was dir zusteht, Vater«, erklärte Via.

»Gleich wird hier irgendwas abgehen«, dachte Day und wackelte leicht mit den Hüften.

Aus verschiedenen Teilen des Waldes tauchten drei junge Männer auf. So als wollten sie Geschenke bringen, hatten sie die Arme vor sich ausgestreckt und boten ein Schwert, einen Dolch und eine Axt dar.

Der mit dem Schwert hieß Woundrel.

Der mit dem Dolch hieß Cedred.

Und der mit der Axt hieß Aledref.

Die drei hatten nicht mehr an als Lendenröckchen und gehörnte schwarze Lederhelme. Nur

Aledref hatte sich noch ein Jagdhorn über die Schulter geschlungen. Diese jungen, wilden Männer, stets auf der Hut, waren Harmons Söhne.

Sie näherten sich ihrem Vater, legten die Waffen allerdings nicht vor ihm, sondern zu ihren eigenen Füßen nieder und neigten ihre Häupter, was er huldvoll entgegennahm.

»Also, meine Söhne, ich heiße euch willkommen«, knurrte er, wobei seine ärgerliche Miene die Worte Lügen strafte, »obwohl ihr spät dran seid. Was ist das überhaupt für eine Feier? Ich dachte, ihr würdet mir hier ein Festmahl bereiten. Wo sind die Speisen, wo die Weinkrüge? Warum wollt ihr mir Waffen überreichen, wo es mich doch nach einer zarten Jungfrau gelüstet? Und warum mutet ihr mir den Anblick so freudloser Mienen wie der euren zu?«

»Wir sind gekommen, dich zu töten, Vater«, erklärte Aledref.

»Die Waffen haben wir nicht zu deinen Ehren, sondern zu deiner Vernichtung mitgebracht«, erklärte Cedred.

»Aber zuerst wollen wir hören, was du zu sagen hast«, erklärte Woundrel.

»Zu sagen? Zu sagen gibt es nichts!«, brüllte Harmon. »Wagt es bloß nicht, mir mit dem Tod zu drohen! Ich bin euch stets ein guter Vater gewesen, euch und den Mädchen. Habe euch ernährt, euch die dreckigen kleinen Hintern abgeputzt, als ihr noch Babys wart, euch auf meinem Rücken getragen, als ihr im Krabbelalter wart. Habe euch beigebracht, wie man rennt und wie man kämpft.

Habe euch Geschichten aus meiner Jugend erzählt, auch davon, wie ich den Drachen getötet habe.«

»Ach was, nie im Leben hast du einen Drachen getötet«, gab Cedred zurück. »Das hast du erfunden.«

»Sohn, du hast keine Ahnung, was nackter Mut bedeutet! Bei Jarl, was für ein Leben habt ihr mir aufgezwungen, was wart ihr doch für verdammte Blagen! Habt mir den Schlaf geraubt, meine Mittagsruhe gestört, von meinem Liebesleben ganz zu schweigen. Selbst, wenn ich's mal geschafft hatte, eure Mutter flachzulegen und ...«

»Wir wollen das nicht hören!«, brüllte Aledref.

Harmon deutete mit zitterndem Finger in seine Richtung: »O, du kannst noch so blöde grinsen, Aledref, aber du warst der Schlimmste von allen, ein dummes, eingebildetes Kind! Und doch habe ich Jahre für dein Wohlergehen geopfert.«

»Uns geht es nicht darum, was du getan oder gelassen hast, Vater, sondern um das, was du bist«, erklärte Aledref kühl.

»Ach ja? Und was bin ich deiner unmaßgeblichen Meinung nach?«

»Du bist ein Nichts, Vater«, erwiderte Cedred genauso kühl wie sein älterer Bruder. »Das hassen wir am meisten an dir. Und deshalb wollen wir dich umbringen.«

»Ich? Ein Nichts? Ohne mich wärst du Idiot doch gar nicht am Leben. Meine Kriegskünste sind weit und breit bekannt. Lache und weine, blute und pisse ich nicht voller Kraft und Herrlichkeit, mal ganz abgesehen von vielen anderen Dingen? Ein Nichts, wie? Einen solchen Blödsinn habe ich noch nie gehört. Im Übrigen bin ich keineswegs der Meinung, dass aus euch dreien besonders viel geworden ist! War nicht ich es, der die Flugmaschine erfunden hat?«

»Die ist abgestürzt, Vater«, bemerkte Aledref.

»Aber nur, weil du nicht schnell genug mit den Flügeln geschlagen hast.«

»Genug der Worte, Vater«, unterbrach Cedred und warf Aledref einen Zustimmung heischenden Blick zu. »Du spuckst mal wieder große Töne, wie du es ja immer tust, und nun ist es an der Zeit, dir für immer das Maul zu stopfen.«

»Lass Vater dem Sonnengott ein letztes Opfer bringen«, fuhr Woundrel dazwischen.

»Scheiß auf den Sonnengott«, brüllte Harmon. »Ich schlag euch mit meinem Stab die Schädel ein, solltet ihr es wagen, näher zu kommen!«, und an seine Töchter Via, Roa und Day gewandt, sagte er: »Was, glaubt ihr, würde wohl eure arme tote Mutter sagen, wenn sie diese Unverschämtheiten mit anhören könnte, Mädels?«

Via lachte. »Ach, wahrscheinlich würde sie nur sagen, der Apfel fällt nicht weit vom Stamm, nehme ich an.«

»Du hast ja immer alles auf die leichte Schulter genommen, du kleines Miststück«, erwiderte Harmon und wandte sich Roa zu. »Hast du ein gutes Wort für mich einzulegen, meine liebe Roa? Du weißt, dass du mir von der ganzen Bande immer die Liebste warst.«

»Ach ja, Vater? Und trotzdem hast du meinen Geburtstag Jahr für Jahr vergessen. Wenn ich dich brauchte, warst du nie da. Und wenn ich krank war, wolltest du nie in meine Nähe kommen ...«

»Du warst eben immer schon ein kränkliches kleines Ding.«

»Kränklich? Nein, unterernährt! Stets hast du diese drei Gierschhunde von Jungs vorgezogen und mich dazu angehalten, sie von hinten und von vorn zu bedienen und ihnen alles nachzuräumen, obwohl selbst dir nicht entgangen sein kann, dass ich weitaus mehr Verstand besitze. Wer war's denn, der zuerst die Idee hatte, das Fleisch zu braten und mit Kräutern zu würzen? Meine Güte, niemand anderer als ich!«

»Mutter hatte die Idee mit den Kräutern«, stellte Day fest und gratulierte sich selbst zu dieser Zwischenbemerkung.

»Mutter!«, rief Roa in angewidert. »Mutter – was hat die jemals geleistet? Zu gar nichts hat sie getaugt! Ich persönlich bin ja der Meinung, dass du, Vater, dich gerade deswegen mit ihr zusammengetan hast, weil sie so dumm war. Um jeden Preis hast du jemanden gebraucht, der noch blöder war als du selbst. Kein Wunder, dass dabei solche Trottel von Söhnen herausgekommen sind!«

»Das sagt genau die Richtige!«, ereiferte sich Aledref. »Wer hat sich versehentlich auf eine

Python gesetzt? Wer hat die Kleidung erfunden? Wer ist als kleines Mädchen in den Fluss gefallen und musste gerettet werden?«

»Ich bin ja nur deshalb hineingefallen«, gab Roa wütend zurück, »weil du mit voller Absicht meine Hand losgelassen hast, als ich mich über die Böschung beugte. Und bei welcher Gelegenheit war das? Als ich dir beibringen wollte, wie man eine Forelle anlockt! Aber nein, dir und deinen vertrottelten Brüdern fehlte dazu der nötige Grips, wie ihr ja auch nie gelernt habt, mit einer Angelschnur zu fischen. Und was …«

»Hört auf!«, brüllte Harmon. »Haltet sofort die Klappe, ihr alle! Immer müsst ihr streiten, immer schon habt ihr euch stritten, und das wird auch niemals aufhören. Ihr geht mir auf die Nerven, allesamt! Allesamt habt ihr mir das Leben vermiest. Ich habe nur deswegen nie wieder geheiratet, weil eure ganze Bande stets im Weg war.«

Und so stritten sie weiter, ohne dass ein Ende abzusehen war. Blass und ausgezehrt erhob sich der Sonnengott von seinem Lager, während die Familie ihren alten Groll in allen Einzelheiten wieder aufwärmte. Nur kurz war es still, als sich die Kinder des Harmon ins feuchte Gras legten, um sich weitere Kümmernisse der Vergangenheit ins Gedächtnis zu rufen und neue Munition zu sammeln.

Schließlich seufzte Harmon tief, klopfte sich den Schmutz vom Gewand und sagte: »Nun ja, ich bin zwar alt, aber jetzt gehe ich fort und überlasse euch eurem Schicksal. In meinen letzten Jahren möchte ich noch etwas vom Leben haben.«

Sofort griff Aledref nach der Axt, die den ganzen Morgen über zu seinen Füßen gelegen hatte. »So leicht kommst du uns nicht davon, Vater! Du würdest garantiert irgendwo in der Nähe herumlungern und uns das Leben schwer machen. Keine leeren Versprechen mehr. Seid ihr so weit, Jungs?«

Woundrel streckte abwehrend die Hand hoch. »Nein, lass uns nichts überstürzen, Aledref. Wenn man es recht bedenkt, ist an dem, was Vater über unser ständiges Zanken sagt, etwas dran, finde ich. Ich frage mich, ob …«

»Stimmt ja gar nicht, dass wir ständig streiten«, ereiferte sich Cedred. »Du bist derjenige, der immerzu damit anfängt. Wann habe ich je herumgezankt? Ich halte doch immer nur die Klappe, weil Aledref mich sonst schlägt.«

»Ich habe dich seit Jahren nicht mehr geschlagen!«

»Aber du hast schon was von einem Raufbold an dir, machen wir uns doch nichts vor!«

»Das ist nicht wahr. Im Gegenteil, ich beschütze dich. Wer hat dir denn letzte Woche den Pavian vom Leib gehalten?«

»Ich habe doch nur versucht, ihn zu zähmen.«

»O Jarl! Ihr Dummköpfe, alle beide!«, mischte sich Woundrel wieder ein. »Roa hat Recht. Wir benehmen uns wirklich wie Trottel. Sie hat mehr Verstand als wir, abgesehen davon, dass sie auch besser aussieht.«

109

Roa hauchte Woundrel einen Kuss zu. »Komm heute Nacht wieder in mein Bett, süßer Bruder«, sagte sie neckisch.

»Also, das reicht jetzt«, rief Harmon. »Ich erkläre die Versammlung für geschlossen. Es ist bald Zeit fürs Mittagessen, lasst uns gehen. Via, bereite eine Mahlzeit zu, mach dir aber nicht zu viele Umstände. Nicht wieder so was wie diesen mit Lerchen gestopften Leguanrachen. Lasst uns alle einen angenehmen Nachmittag genießen. Ihr könntet doch gemeinsam zum Fluss hinunter gehen – in aller Freundschaft, ohne jedes Gezänk.«

Unverzüglich griff Aledref nach seiner Axt, gleichzeitig packte Cedred seinen Dolch. »So kommst du uns nicht davon! Wir werden dich vernichten, du Nichts! Und zwar sofort!«

In diesem Moment sprang Via vor, stellte sich vor ihren Vater, sah ihre Brüder herausfordernd an und rief: »Wartet! Ich weiß, dass Vater für all die schrecklichen Dinge, die er getan hat, den Tod verdient. Vielleicht auch wegen all dem, was er an guten Dingen zu tun versäumt hat – zum Beispiel hat er sich, zumindest in meinem Fall, einen Dreck um Erziehung und Ausbildung geschert. Dennoch könntet ihr so freundlich sein, ihn auf anständige Weise umzubringen. Schluss mit dem Gerede, er sei ein Nichts – schließlich sind wir auch nichts Besseres. O ja Aledref, warum würden wir sonst noch immer in diesem grässlichen Wald dahinvegetieren? Und warum habe ich keine anständigen Blumen für mein Haar?«

»Wir sind wohl wirklich etwas primitiv«, warf Day mit nervösem Lachen ein. Die anderen schenkten ihr keinerlei Beachtung.

»Bei Jarl, was drischt das Mädchen für Sprüche!«, sagte Aledref und grinste Via dabei hämisch an. »Geh aus dem Weg, Süße, sonst wirst du selbst noch umgebracht.«

»Falls du heute Nacht in mein Bett willst, hörst du dir besser an, was ich zu sagen habe«, entgegnete Via. Mit stolzem Hüftschwung drehte sie sich um und legte ihrem Vater gönnerhaft einen Arm um die Schulter. »Vater, diese blöden Jungs können dir nicht mal sagen, warum sie dich töten wollen, ihre analytischen Fähigkeiten versagen dabei. Deshalb werde *ich* es dir sagen. Tatsächlich geht es darum, dass deine bloße Gegenwart sie bei allem, was sie tun, erdrückt. Solange du da bist, können sie nicht wie mündige Menschen leben. Ob du wirklich ein Nichts bist oder nicht, sei dahingestellt, jedenfalls hindert sie die Tatsache, dass du am Leben und auf dieser Welt bist, daran, ein eigenständiges Leben zu führen.«

Inzwischen hatte Harmon, der sich angesichts der Drohungen seiner Söhne auf dem improvisierten Thron zusammengekauert hatte, seine Fassung zurückgewonnen. »Nein«, widersprach er seiner Tochter in einem gelassenen, ruhigen Tonfall, »tatsächlich geht es nicht darum, ich erdrücke sie gar nicht. Dieses Gefühl, erdrückt zu werden, ist nur Ausdruck ihrer eigenen Unzulänglichkeit. Mit mir hat das kaum zu tun. Im Gegenteil, auf meiner Existenz beruht ja ihre Zuversicht, was die Zukunft anbelangt – die Zuversicht von euch allen, die von Aledref, Cedred, Woundrel, Roa, Day und auch deine, meine liebe Via. Denn wenn mich die Pfeile des Sonnengottes durchbohren, wenn ich aus dieser Welt scheide und mich die Arme des Sonnengottes aufnehmen, werdet ihr merken, dass sein Blick fortan *euch* gilt. *Ihr* seid die nächste Generation, die abtritt. Solange ich noch hier bin, herumspaziere, mich betrinke, schwitze, den Frauen nachstelle, fluche und scheiße – was immer es auch ist, das ihr an meiner Person am meisten verabscheut – könnt ihr euch in Sicherheit wiegen. Sobald ich jedoch nicht mehr da bin – nun ja, dann werden diese goldenen Pfeile auf *eure* elenden, selbstsüchtigen Herzen zielen.«

Als sie begriffen, was er da gesagt hatte, wurde es plötzlich still. Selbst Aledref senkte seinen grimmigen Blick und versuchte nachzudenken. Es war so, als spürte er bereits, wie sich der goldene Bogen spannte und der todbringende Pfeil auf seine lebenswichtigen Organe zielte.

Day nahm allen Mut zusammen und ergriff das Wort. »Wir können Vater doch nicht einfach so umbringen, ihm steht eine ordnungsgemäße Gerichtsverhandlung zu. Außerdem – was würde Mutter von uns denken? Wisst ihr, es kann ja sein, dass sie uns von … na ja, von einer anderen Sphäre aus beobachtet. Vielleicht blickt sie sogar in diesem Augenblick auf uns … Meine Theorie ist, dass sie sich einfach in ein Reh verwandelt hat und in den Wald entschwunden ist.«

Roa lachte spöttisch. »Wenn schon, dann wohl eher in ein Flusspferd!«

Doch Day ließ sich nicht beirren und gab zu bedenken, dass bei, was sie »dieses blöde Geschwätz vom Umbringen« nannte, auch ein spiritueller Aspekt zu beachten sei. Sie müssten sich bewusst sein, dass ihr Vater, sollten sie ihn tatsächlich töten, ihnen später womöglich noch schwerer auf Geist und Seele lasten werde als jetzt. Schließlich sei nicht auszuschließen, dass er als Geist wiederkehre, um sie zu verfolgen. Was, wenn dieser Geist das Wasserloch verseuchte oder ihren Hütten eine Invasion von Küchenschaben bescherte?

Woundrel erklärte ihr hochmütig, die Evolution habe bislang noch keine Küchenschaben hervorgebracht. Was da herumkrabbele, seien Triboliten, urweltliche Krebstiere. Und als eines vorbeihuschte, stampfte er darauf.

Day hatte den Eindruck, hier gewisse Dinge ohne viel Aufwand verbessern zu können. Da sie gerade bei der Wohnungsfrage waren, warf sie ein, es sei sehr ungesund, mitten in der Hütte ein Holzfeuer brennen zu haben. Denn damit sei unvermeidlich eine gewisse Rauchentwicklung verbunden und Rauchen gefährde die Gesundheit. In einem lehrerhaften Ton fragte sie ihre Brüder, warum sie eigentlich noch keinen Ofen und Schornstein gebaut hatten, statt den ganzen Tag herumzulümmeln.

»Wir sind müde«, erklärte Cedred. »Das liegt an der mangelhaften Ernährung.«

»Ich kann mir einen Schornstein gar nicht recht vorstellen«, erklärte Woundrel.

»Ich trage mich mit dem Gedanken zu heiraten«, erklärte Aledref.

Harmon betrachtete unterdessen seine Zehennägel. »Ich habe nie mehr geheiratet«, sagte er. »Ständig hing eure Saubande irgendwo herum, um dumme, abschätzige Bemerkungen zu machen. Gemeckert habt ihr, immerzu habt ihr gemeckert. Doch nun überlasse ich euch dem eigenen Schicksal. Meine letzten Lebensjahre möchte ich in Freiheit verbringen.«

»Du meine Güte, Menschenskind noch mal!«, wetterte Day. »Geht ihr immer so brutal miteinander um? Da kommt einem das Zweiundzwanzigste Jahrhundert ja wie die reine Idylle vor. Wie komm ich bloß dahin zurück?«

Via knallte ihr eine – weil sie so blöde daherrede, sagte sie. Darauf brach Day in Tränen aus – mit der Folge, dass die anderen lachten.

»Also gut, ich habe meine Meinung kundgetan, jetzt muss ich los«, erklärte Harmon seufzend, während er sich von seinem Platz erhob.

Doch Aledref versperrte ihm den Weg. Solange er am Leben sei, sagte er, werde er immer irgendwo in der Nähe herumlungern und ihnen das Gefühl von Minderwertigkeit vermitteln. Dann wandte sich Aledref seinen Brüdern zu und fuhr sich mit dem Finger über die Kehle, eine eindeutige Geste.

Woundrel forderte ihn auf, noch ein wenig zu warten, schließlich sei an dem, was ihr Vater über ihr ständiges Zanken gesagt habe, etwas dran. Cedred bestritt, dass sie ständig zankten. »Außerdem bist du derjenige, der immer damit anfängt.«

»Wann habe ich je herumgezankt?«, fragte Woundrel wütend. »Wenn ich meine Klappe nicht halte, schlägt mich Aledref.«

Das stritt Aledref ab. Er habe Woundrel seit Jahren nicht geschlagen. Cedred erwiderte, er sei trotzdem ein Raufbold. Auch das wies Aledref von sich. Habe er Cedred neulich nicht sogar beschützt? Habe er ihm nicht den Pavian vom Leib gehalten, und das erst vor einer Woche?

»Du hast ihn verscheucht, stimmt«, sagte Cedred. »Dabei habe ich nur versucht, ihn zum Haustier zu zähmen. Ständig mischst du dich in mein Leben ein.«

Woundrel, der auf dem Rücken lag und versuchte, mit Füßen und Zehen einen Kranz aus Gänseblümchen zu binden, sah seine Brüder verächtlich an. »Ihr zwei seid wirklich Dummschwätzer. Roa hat schon Recht gehabt, als sie uns Trottel nannte. Wir benehmen uns tatsächlich wie Trottel. Roa hat weitaus mehr Verstand, als wir je besitzen werden. Abgesehen davon, dass sie auch besser riecht und aussieht.«

Roa hauchte Woundrel einen Kuss zu und lud ihn ein, nach Einbruch der Nacht das Bett mit ihr zu teilen.

»Haben wir das alles nicht schon einmal durchgekaut?«, fragte Day verunsichert. Das Gedächtnis der Anwesenden kam ihr bedenklich kurzlebig vor.

Harmon klatschte in die Hände und erklärte die Versammlung für geschlossen. Darauf wandte er sich Day zu und trug ihr auf, eine der von ihm so geschätzten Delikatessen zuzubereiten, etwa eine gebratene Echse, deren Rachen sie mit Drosseln stopfen könne. Schon beim bloßen Gedanke daran wurde Day speiübel. Sie griff sich ein Blatt und schnaubte hinein.

Als Harmon aufstand und nervös von einem Fuß auf den anderen trat, griff Aledref nach seiner Axt und Cedred nach seinem Dolch. Sie näherten sich ihrem Vater, nannten ihn ein Nichts, das sie unverzüglich aus der Welt schaffen würden. »Wartet!«, rief Via und stellte sich einmal mehr schützend vor ihren Vater. »Ich weiß, dass Vater nur verdient, was er bekommt. Nicht nur wegen der schrecklichen Dinge, die er getan hat, sondern auch wegen all dem, was er an guten Dingen zu tun versäumt hat. Beispielsweise hat er mich nicht in Astronomie unterwiesen oder mir sonst etwas beigebracht. So habe ich keine Ahnung, was zweimal zwei ist. Aber schließlich stellen wir selbst ja auch nichts dar, wir sind der letzte Abschaum der Evolution.«

»Oh nein, das stimmt nun nicht«, warf Day ein. »Zumindest glaube ich nicht, dass es stimmt. Meiner Einschätzung nach gehört ihr zur Gattung *Homo erectus*. Mag ja sein, dass das eine Sackgasse der Evolution ...«

»Red keinen Unsinn«, unterbrach Aledref und stieß sie zur Seite. »Ich weiß ja nicht, was mit euch Mädchen ist, jedenfalls bin ich die Weiterentwicklung eines Menschenaffen – ein höher entwickelter Menschenaffe. Aus dem Weg, Kinder, sonst geht ihr noch mit drauf.«

Via trat ihn gegen das Schienbein. »Falls du heute Nacht wieder in mein Bett willst, hörst du mir besser zu.« Sie wandte sich ihrem Vater zu, streckte beide Hände aus und gestikulierte heftig, um sich seine Aufmerksamkeit zu sichern. »Vater«, sagte sie, »deine blöden Söhne wagen es nicht einmal, sich über die wirklichen Gründe ihrer Mordgelüste auszulassen, also werde ich es dir sagen. In Wirklichkeit geht es darum, dass deine bloße Gegenwart sie erdrückt. Ihrer Meinung nach können sie erst wie mündige Menschen leben, wenn du unter der Erde bist.«

Diese Worte brachten Harmon zur Weißglut. Selten habe er einen solchen Unsinn gehört, rief er. Nie habe er versucht, irgendjemanden zu erdrücken – hingegen habe sein eigener Vater stets alles daran gesetzt, *ihn* zu erdrücken. In Wahrheit suchten sie nur Entschuldigungen für die eigene Unzulänglichkeit. Dabei beruhe ihre Zuversicht, was die Zukunft anbelangt, doch einzig und allein auf seiner Existenz.

»Wie bitte?«, ereiferte sich Day. »Spielt die Religion denn gar keine Rolle? Ihr hängt doch bestimmt irgendeiner Religion an.«

Harmon befahl ihr, den Sonnengott aus dem Spiel zu lassen. »Und jetzt muss ich los!«, er-

117

klärte er dann und machte Anstalten aufzubrechen.

»Nein, bitte warte noch, Vater«, bat Woundrel, trat vor und legte seinem Vater die Hand auf den Arm. »Ich sehe die Sache nicht ganz so wie Via. An dem, was sie sagt, ist zwar was dran, aber sie ist ja auch nur ein Mädchen, und Mädchen haben es nun mal leichter.«

»Glaub das bloß nicht!«, schrie Roa. »Du Schwein!«

Doch Woundrel ließ sich davon nicht beirren und fuhr gelassen fort: »Weißt du, solange du hier immer noch herumkommandierst, können Aledref, Cedred und ich nicht, na ja … Wir sind nur *Söhne*, ich meine, wir sind nichts anderes als eben das – *Söhne*!«

»Immerhin seid ihr *meine* Söhne!«, erklärte der Alte stolz.

»Genau darin besteht ja das Problem. Wir wollen nicht Söhne, sondern Männer sein.«

»Ihr seid ja Männer, wenn auch ziemlich schwachköpfige … Von was redest du überhaupt?« Harmon warf seinem Sohn einen wütenden Blick zu. »Warum bloß hat noch niemand die Psychiatrie erfunden?«

»Ich versuche lediglich, dir verständlich zu machen, dass wir uns erst dann wie richtige Männer fühlen werden, wenn du unter der Erde bist. Wenn wir also wie freie, mündige Männer leben wollen, die ihr Schicksal selbst in der Hand haben, bleibt uns nichts anderes übrig, als dich umzubringen …«

»Anders ausgedrückt: es ist eine Art Initiationsritus, wenn wir dich umbringen«, erklärte Aledref, hob die Axt über den Kopf und ließ die Schneide auf die Schulter seines Vaters sausen, knapp an dessen linkem Ohr vorbei. Harmon schrie auf und versuchte, seinen Stab zu schwingen, wurde daran jedoch von Cedred gehindert, der nach vorn stürmte und seinem Vater den Dolch in den Bauch rammte. Während Harmon nach hinten fiel, flog sein Stab durch die Luft und landete ein paar Meter weiter auf dem Boden. Sofort schnappte ihn sich Roa, eilte nach vorn und zog ihn ihrem Vater über den Schädel. »Nimm das als Dank für all deine Bosheit!«, schrie sie.

Gemeinsam schlugen Aledref, Cedred und Roa auf den alten Mann ein. Und als dieser sich hochrappelte, bis er kniete, stießen sie ihn mit Axt, Dolch und Stab wieder auf den Boden zurück. Fluchend und keuchend setzten sie ihr Werk fort, selbst da noch, als sich Harmons Seele längst in die Arme des Sonnengottes geflüchtet hatte.

»Bei Jarl, das reicht«, rief Aledref erschöpft. »Jetzt sind wir alle drei Männer!« Nachdem er Roa und Cedred die Hand gedrückt hatte, setzte er sich auf den zusammengeschrumpften Körper seines Vaters und wischte sich den Schweiß von der Stirn.

»Sitz da nicht so herum!«, kreifte Roa. »Du machst dich ja ganz blutig! Und wer kann dann dein Lendenschurz waschen?«

»Nun, da ihr die Tat vollbracht habt, lasst uns wenigstens so viel Anstand zeigen und ihn an Ort und Stelle verzehren«, bat Woundrel, der an Aledrefs Seite getreten war.

»Schlag dir das aus dem Kopf! Was hätte er denn jemals für uns getan?« Mit einem Fingerschnippen wandte sich Aledref seinem anderen Bruder und Roa zu, stand auf und schob Woundrel zur Seite.

Day stieß gellende Schreie aus. »Wie entsetzlich, wie entsetzlich!«, kreischte sie. »Dabei waren wir in meiner Familie alle Baptisten!«

Sie schnitten ihrem Vater Kopf und Geschlechtsteile ab und vergruben alles auf der Lichtung. Dann zerrten sie ihm die Gedärme aus dem Bauch und warfen sie in den Wald.

Woundrel sah das alles schweigend mit an, sein Gesicht war blass. Via brach in Tränen aus und rannte fort. Und als sie, immer noch tränenblind, an diesem Abend das Nachtmahl bereitete und nach Kräutern suchte, um den Eintopf zu würzen, pflückte sie versehentlich ein Giftkraut, das bei allen Übelkeit und Erbrechen verursachte.

Als der Sonnengott erneut das zarte Tuch der Morgendämmerung über der Welt ausbreitete, war in den Kindern des Harmon jeder Lebensfunke erloschen. Doch aus dem Kopf des Harmon, der tief in der Erde vergraben war, spross der Baum der Erkenntnis. Und seine in den Boden gesenkten Geschlechtsteile brachten zwei Menschen hervor, einen Mann und eine Frau. Die Gedärme jedoch, die im Wald herumlagen, riefen eine Schlange ins Leben.

Und der Mann und die Frau, unschuldig in ihrer Blöße, betrachteten die Welt und befanden sie für gut. Jedenfalls bis zu dem Zeitpunkt, an dem die Schlange ins Spiel kam und einen neuen Mythos schuf. Aber das ist eine andere Geschichte.

Kopflos

Eine riesige Menschenmenge strömte zusammen, um mitzuerleben, wie Flammerion sich selbst enthauptete. Die Fernsehleute und Flammerion hatten praktisch jeden Schritt geprobt, um sicherzustellen, dass das Ereignis reibungslos über die Bühne ging. Man rechnete mit rund 1,8 Milliarden Fernsehzuschauern – der größen Quote überhaupt, seit Nordkorea mit Atomwaffen bombardiert worden war.

Manche Leute zogen es allerdings vor, das Ereignis live mitzuerleben; schon Monate vorher waren die teuren Plätze im Stadion ausgebucht. Zu den Privilegierten gehörten auch Alan Ibrox Kumar und seine Frau Dorothea Kumar, die Yakaphrenia Lady. Auf ihrem Flug nach Düsseldorf, sprachen sie über das kommende Ereignis.

»Warum, um Himmels willen, will er den ganzen Erlös den Kindern von Turkmenistan spenden?«, ereiferte sich Alan.

»Dieses schreckliche Erdbeben… Du erinnerst dich doch noch bestimmt daran?«

»Natürlich. Aber Flammerion ist doch Europäer, oder nicht?«

Anstelle einer Antwort sagte sie: »Bestell mir noch einen Gin, ja?« Sie hatte ihm immer noch nicht offenbart, dass sie sich unmittelbar nach der Enthauptung von ihm scheiden lassen wollte.

Schwedens königliche Familie hatte zwei Plätze in einer der hinteren Reihen reservieren lassen, da sie der Ansicht war, Schweden müsse bei diesem Ereignis, das – zumindest in den Medien – große Bedeutung erlangt hatte, vertreten sein. Nach wie vor war die schwedische Regierung äußerst ungehalten darüber, dass Flammerions Agent ihr Angebot, das Ereignis auf einem hervorragend geeigneten Platz in Stockholm stattfinden zu lassen, abgelehnt hatte. Zum Glück hatten sich inzwischen sechs schwedische Staatsbürger, darunter zwei Frauen, bereit erklärt, sich entweder in Stockholm, lieber jedoch in Uppsala, selbst zu enthaupten. Sie hatten sogar schon die Wohlfahrtseinrichtungen benannt, denen der Erlös zukommen sollte.

Dr. Eva Berger hatte bereits am ersten Tag des Vorverkaufs einen Platz im Stadion gebucht. Als Beistand Flammerions hatte sie ihm unter gesundheitlichen Aspekten von seinem drastischen Vorhaben abgeraten. Da jedoch jeder Versuch, ihn davon abzubringen, zwecklos war, hatte sie ihn gebeten, dem Psychoanalytischen Institut wenigstens einen gewissen Prozentsatz des Erlöses zu spenden. »Ich biete Ihnen meinen Fall als psychiatrisches Lehrbeispiel an«, hatte Flammerion geantwortet. »Was wollen Sie mehr? Bezwingen Sie Ihre Habgier.« Später hatte Dr. Berger ihren Platz für das Neunzehnfache des ursprünglichen Preises wieder verkauft. Sie hatte den Eindruck, ihre Rechtschaffenheit habe sich durchaus bezahlt gemacht.

Dr. Bergers schwächlicher Neffe Leigh gehörte zufällig zur Putzkolonne im Düsseldorfer Stadion. »Gott sei Dank bin ich heute Abend nicht im Dienst«, sagte er. »Das wird eine Sauerei geben – mit all dem Blut!«

»Genau dafür bezahlt das Publikum«, erwiderte sein Chef. »Blut ist in vielerlei Hinsicht symbolträchtig, es ist nicht einfach nur eine rote Flüssigkeit, mein Sohn. Du hast bestimmt schon von schlechtem Blut gehört, von Prinzen mit königlichem Blut oder Dingen, die jemand kaltblütig getan hat, nicht wahr? Heute Abend haben wir es mit einer ganzen Mythologie zu tun. Ich muss dich bitten, eine zusätzliche Schicht zu übernehmen.«

Leigh blickte wie ein geprügelter Hund drein und erkundigte sich, was sie denn mit dem Kopf anfangen würden, sobald Flammerion die Sache zu Ende gebracht habe. Sein Chef verriet ihm, dass der Kopf bei Sotheby's in London versteigert werden sollte.

Zu denen, die aus dem Ereignis finanziellen Gewinn zogen, zählte auch Cynthia Saladin, die ihre Geschichte weltweit an die Medien verkauft hatte. Nun waren die meisten Menschen darüber informiert, was Cynthia und Flammerion im Bett getrieben hatten – Cynthia hatte ihr Bestes getan, die Leute zu unterhalten. Mittlerweile war sie mit einem japanischen Geschäftsmann verheiratet. Ihr Buch, das den Titel *Hat die Beschneidung Flammis Verrücktheiten ausgelöst?* – trug, war in der gebotenen Eile gedruckt worden und überall erhältlich.

124

Flammerion sah recht gut aus, und so ließen sich einige Kommentatoren über die große Anzahl hässlicher Männer aus, die Plätze im Stadion gebucht hatten. Zu diesen zählte auch Monty Wilding, der britische Filmregisseur, dessen Gesicht man des Öfteren mit einer zerknitterten Plastiktüte verglichen hatte. Monty gab damit an, dass der Streifen *Kopfüber in die Katastrophe,* mit dem er das Ereignis ausschlachten wollte, schon fast fertig gestellt sei.

Die Partei der Grünen protestierte nicht nur gegen das Filmprojekt, sondern auch gegen die geplante Selbstentleibung: So etwas sei schlimmer als irgendein blutrünstiger Sport und werde zweifellos einen Trend auslösen. Auch die britischen Sportler gingen auf die Barrikaden, da die Enthauptung am Abend des Fußballendspiels stattfinden sollte. *Fußballverband gegen das Köpfen* lautete die Schlagzeile in der *Sun.*

Andere Leute in Großbritannien regten sich in ähnlicher Weise über das Geschehen auf dem Festland auf, darunter diejenigen, die immer noch keine blasse Ahnung hatten, wo Turkmenistan überhaupt lag. Und wie so oft in Krisenzeiten wandten sich die Menschen ihren Ratgebern zu und suchten beim Erzbischof von Canterbury und Gore Vidal Trost – wenn auch nicht unbedingt in dieser Reihenfolge.

Der Erzbischof nahm sich des Themas in einer wunderbaren Predigt an: Er erinnerte die Gemeinde daran, dass Jesus sein Leben für unser aller Leben gegeben habe, wobei »unser aller Leben« die

125

einfachen Leute in England genauso einschließe
wie die konservative Partei. Und nun sei ein weiterer junger Mann aufgetaucht, Borgo Flammerion,
der bereit sei, sein Leben für andere Menschen,
sprich die leidenden Kinder Zentralasiens, hinzu-
geben – falls Turkmenistan tatsächlich in Zentralasien liege. Es sei zwar richtig, fuhr der Erzbischof
fort, dass Christus sich auf keine Kreuzigung vor
laufenden Fernsehkameras eingelassen habe, aber
das habe nur mit dem recht ungünstigen Zeitpunkt dieser Kreuzigung zu tun gehabt. Auf die
wenigen Zeugen des Ereignisses, deren Worte
überliefert seien, könne man offensichtlich nicht
bauen, ja man müsse sogar die Möglichkeit einräumen, dass die ganze Geschichte nichts weiter als
ein Ammenmärchen sei. Hätte Christus die Veranstaltung um ein Jahrtausend oder auch zwei
verschoben, hätten Fotos seinen Opfergang auf
zuverlässige Weise dokumentieren können. Dann
hätte er möglicherweise eine hundertprozentige
Anhängerschaft in Großbritannien gefunden, auf
jeden Fall mehr als lausige neun Prozent. In den
kommenden Tagen, schloss der Erzbischof seine
Predigt, sollten alle für Flammerion beten und
Gott bitten, ihm beim Vollzug der Tat Schmerzen
zu ersparen.

Durch diese Ansprache brüskiert, ließ sich die
Premierministerin am folgenden Tag im Parlament
zu einer scharfen Replik hinreißen. Ins allgemeine
Gelächter hinein sagte sie, sie selbst habe keineswegs vor, den Kopf zu verlieren. »Ich lasse mir
nicht den Kopf verdrehen«, erklärte sie dann und

126

erntete damit viel Applaus. »Der Erzbischof von Canterbury«, fuhr sie fort, »täte gut daran, nicht auf das zu achten, was derzeit in Europa vor sich geht.« Vielmehr habe er die Pflicht, seine Aufmerksamkeit der eigenen Gemeinde zuzuwenden, denn schließlich sei in Canterbury erst im Vormonat ein Mord geschehen. Unabhängig davon, was in Düsseldorf stattfinde, stehe eines jedenfalls fest: »Großbritannien erholt sich von der Rezession. Es geht aufwärts!« Diese Rede, die viel Beifall fand, hielt sie nur wenige Stunden vor Flammerions öffentlichem Auftritt.

Während sich das Stadion zu füllen begann, spielten Bands feierliche Musik sowie alte Hits der Beatles. Ganze Busladungen von Franzosen trafen ein, denn die Franzosen hatten ein ganz besonderes Interesse am *L'Événement Flammerion*. Sie behaupteten, der Performance-Künstler sei französischer Herkunft, auch wenn er in Sankt Petersburg geboren sei und eine russische Mutter habe. Diese Erklärung verärgerte bestimmte Kreise der amerikanischen Presse, die unverzüglich klarstellten, auch in Florida gebe es ein St. Petersburg. Und sie verlangten in letzter Minute – natürlich zu spät –, Flammerion nach Florida auszuliefern, damit er ganz legal wegen versuchten Selbstmordes hingerichtet werden könne, denn ein Suizidversuch galt dort als Kapitalverbrechen. Die Franzosen ließen sich davon jedoch nicht beirren und füllten ihre Zeitungen mit langen Analysen, die Überschriften wie *Flammy: Est il pédale?* trugen. T-Shirts mit dem

Aufdruck eines kopflosen und entmannten Helden hatten Hochkonjunktur.

Das Land jedoch, das von der Veranstaltung am meisten profitierte, war Deutschland. Im Fernsehen lief bereits eine Seifenoper mit dem Titel *Kopf kaputt*, in der es um eine komische Familie aus Bayern ging. Alle Familienmitglieder waren damit beschäftigt, Kettensägen zu erwerben, um einander die Köpfe abzutrennen. Manche Zuschauer sahen darin eine politische Botschaft.

Sowohl das Rote Kreuz als auch der Grüne Halbmond veranstalteten Umzüge rund ums Stadion. Beide Organisationen hatten bereits große Vorteile aus dem Werberummel gezogen. Dem Ambulanzwagen des Grünen Halbmonds folgten Lastwagen, auf denen junge turkmenische Erdbebenopfer mit blutbefleckten Verbänden lagen. Sie wurden mit großem Beifall und Jubel begrüßt. Alles in allem herrschte Feststimmung vor.

Hinter den Kulissen ging es ähnlich lebhaft zu. Zahllose Autogrammjäger und Leute, die Flammerion alles Gute wünschen wollten, stellten sich in einer Schlange an, um einen Blick auf ihren Helden zu erhaschen. In einer weiteren Schlange hatten sich berufsmäßige Experten beiderlei Geschlechts aufgereiht, die sogar jetzt noch hofften, Flammerion von seinem verhängnisvollen Vorhaben abzubringen. Sie führten vielfältige Einwände ins Feld – darunter die moralische Verwerflichkeit der Tat selbst; ihre Wirkung auf Kinder; die Tatsache, dass Cynthia ihren Ex-Mann immer noch liebe; die Angst vor Tumulten, sollte Flammerions

Klinge ihr Ziel verfehlen; Zweifel daran, dass Flammerions Vorhaben überhaupt in dieser Weise durchführbar sei. Unter den aufgebrachten Gegnern waren auch Messerschmiede, die Flammerion mit noch schärferen Hackebeilen ausrüsten wollten.

Doch keinem dieser Leute – weder Priestern noch Gaffern und schon gar nicht den Chirurgen, die sich erboten, seinen Kopf gleich nach der Enthauptung durch einen anderen zu ersetzen – wurde der Zugang zu Flammerions Quartier gestattet.

Borgo Flammerion saß unterdessen in einem Drehstuhl und las in einer Ausgabe des russischen Monatsmagazins für Geflügelhändler. Schließlich hatte er seine Jugend auf einer Geflügelfarm verbracht und sich nach und nach bis zum Schlachter hochgearbeitet, bis er irgendwann nach Holland ausgewandert war, wo er einen Überfall auf eine Bäckerei verübt hatte. Später war er Sänger in der Band *The Sluice Gates* geworden.

Zur Feier des Tages trug er einen Blouson aus Goldlamé, enge Hosen aus Zobelfell und hohe Schnürstiefel. Sein Kopf war kahl rasiert – was das betraf, hatte er sich beraten lassen. Auf dem Tisch vor ihm lag ein nagelneues Hackbeil, das ein Mann aus Genf – der Repräsentant der Schweizer Herstellerfirma – höchstpersönlich geschärft hatte. Von Zeit zu Zeit warf Flammerion einen Blick darauf, während er sich über eine aufregende neue Methode informierte, mit der man die Produktion von

Eiern steigern konnte. Die Ziffern, die auf seiner Digitaluhr aufblinkten, näherten sich der Zahl 20-20 Uhr.

Hinter ihm stand eine Nonne, Schwester Madonna, die Gefährtin seiner letzten Tage. Er hatte sie deshalb gewählt, weil sie einmal aus Versehen nach Aschkabad, der Hauptstadt von Turkmenistan, gepilgert war, das sie mit Allahabad in Indien verwechselt hatte.

Auf ein Zeichen der Schwester hin legte Flammerion die Zeitschrift weg, stand auf und griff nach dem Beil. Mit festem Schritt stieg er dann die Treppe hinauf, um ins blendende Flutlicht zu tauchen.

Mit süßlicher Stimme bemerkte ein amerikanischer Fernsehansager in blutrotem Gewand: »Meine Damen und Herren, wenn Ihre Pläne für den heutigen Fernsehabend den Live-Mitschnitt einer Enthauptung nicht unbedingt einschließen, sollten Sie jetzt ein paar Minuten wegsehen.«

Während der Beifall abebbte, nahm Flammerion seinen Platz zwischen den mit Kreide gezeichneten Linien ein. Ohne ein Lächeln verbeugte er sich. Und als er dann mit dem Beil rechts ausholte, die Schneide funkelte im Licht der Scheinwerfer, wurde es in den Zuschauerreihen totenstill.

Flammerion ließ das Beil heftig von oben niedersausen, so dass es den Hals von der Kehle bis zum Genick durchschnitt. Sauber abgetrennt, fiel sein Kopf vom Körper ab. Er blieb noch einen Moment aufrecht stehen, während das Beil seinem Griff entglitt.

Die Zuschauer im Stadion applaudierten nur zögerlich. Doch alles in allem war die Enthauptung außerordentlich gut über die Bühne gegangen, wenn man bedenkt, dass es Flammerion nicht möglich gewesen war, eine anständige Generalprobe durchzuführen.

Rindfleisch

»Gott sei Dank zählt die Kuh mittlerweile zu den ausgestorbenen Tierarten!«, bemerkte Coriander Avorry. Er hielt einen Vortrag auf jener Konferenz, die gegen Ende des letzten Jahrhunderts zum Thema »Management von ökologischen Krisen« in Peterborough stattfand. Zuvor hatte er den Vorsitz der Vereinigung zum Management ökologischer Krisen übernommen. Zwar löste seine Bemerkung einigen Beifall aus, dennoch waren unter den Delegierten viele der Ansicht, die völlige Ausrottung der Kuh sei ebenso wie die weltweite Ausrottung von neunundneunzig Prozent aller Schafe zu spät gekommen.

»Allzu lange«, fuhr Avorry fort, »waren in der Agrarwirtschaft Motive des Profits und des hohen Ertrags bestimmend. Das Mitgefühl mit der Kreatur wurde durch die Biotechnologie abgelöst. Die industriellen Erzeugungsmethoden in der Landwirtschaft haben den so genannten ›entwickelten‹ Ländern – tatsächlich erlebten sie gerade ihren Niedergang – nach und nach das Genick gebrochen, und inzwischen hat unser aller Habgier die Erste Welt in die Katastrophe getrieben.«

In diesem Moment ging die Bombe hoch, die unter dem Podium versteckt gewesen war. Etliche Menschen im Saal wurden verletzt, manche tödlich, darunter auch Avorry. Seine Tochter, selbst leicht verletzt, eilte zu ihm, warf sich neben ihm zu Boden und brach angesichts seiner schrecklichen Wunden in Tränen aus.

Wer hatte die Bombe gelegt? Möglich, dass es die Fleischkonsumenten gewesen waren, doch auch die Untoten kamen in Frage.

Man sollte den jeweiligen Sachverhalt nüchtern betrachten. Den Untoten ging es um die Vernichtung der Ersten Welt. Es war ihnen bereits gelungen, mittels H-Bomben, die in Indien und Pakistan hergestellt worden waren, der Festung Europa einen empfindlichen Schlag zu versetzen. Obwohl die Untoten nur eine verhältnismäßig kleine Gruppe darstellten, kannte ihr Fanatismus keine Grenzen und Kompromissbereitschaft. Und fortwährend erhielten sie zusätzliche Unterstützung durch Länder der Dritten Welt.

Zwar hatten die Industrienationen der Dritten Welt einen Schuldennachlass und – zur Befriedung – auch Darlehen bewilligt, doch die Stimmen Afrikas behaupteten, das sei nichts als ein Schweigegeld. Die Untoten stammten aus einer Welt, die aus den Fugen geraten war. Millionen von Menschen leben dort am Rande des Hungertods, wenn man ihr Leiden überhaupt als Leben bezeichnen kann. Sie hatten jeglichen Landbesitz verloren. Mächtige Konzerne hatten das Land aufgekauft und mit Düngern, Pestiziden und schädlichen Monokulturen kultiviert, besser gesagt: vergewaltigt, so dass sich die ihres Grund und Bodens beraubten, entwurzelten Menschen ihre Nahrungsmittel nur noch gegen Geld beschaffen konnten.

Und wenn sie nicht mehr zahlen konnten – nun ja, die Sorglosigkeit der Armen war ja allgemein bekannt. Genau daran starben diese Unerwünschten und Ungewaschenen dann auch.

Und wo landeten die landwirtschaftlichen Produkte, die auf ihrem Land angebaut wurden?

Nehmen wir etwa Indien. Nach den Zahlen, die die Untoten für ihre Kampagne verwendeten, wurden vierzig Prozent des Ackerlandes dazu genutzt, Futter für Vieh zu erzeugen, das später geschlachtet und exportiert wurde. Und auf anderen Feldern wurden Sojabohnen angebaut, die als Futter für die Rinder der Ersten Welt ausgeführt wurden. Das alte Indien, so ärmlich es auch gewesen war, gab es nicht mehr. Einst waren Indiens Bauern von ihren Rindern abhängig gewesen, da sie deren Dung und Zugkraft benötigten und sie als Lasttiere benutzten. Mittlerweile jedoch waren deren Preise für sie unbezahlbar geworden. Genau diese Bauern und ihre Familien waren inzwischen entweder verhungert – oder damit beschäftigt, Bomben zu basteln.

Wenden wir uns nun den Fleischkonsumenten zu: Sie malten für den Fall, dass sie mit der Vermarktung von Rindfleisch aufhörten, den Zusammenbruch der ganzen Weltwirtschaft an die Wand. Zu dieser Zeit lag ein Körnchen Wahrheit darin, da sich der Zusammenbruch ohnehin schon ankündigte. Denn das Weltbild der Fleischkonsumenten zeigte eine Erde, auf der das Vieh friedlich auf grünen Weiden graste, und schon lange vor dem Ende war das nichts als ein Hirngespinst. Die Wirklichkeit sah so aus, dass fühlende Lebewesen – nicht nur Kühe, sondern auch Schafe, Schweine und Geflügel – nicht mehr wie Tiere sondern wie bloße Fleischlieferanten behandelt wurden, ausschließlich dazu bestimmt, so schnell und kostengünstig wie möglich die Reise in die nimmersatten Bäuche der westlichen Welt anzutreten. Um diese Fleischlieferanten während ihres kurzen Lebens bei Gesundheit zu halten, wurden sie mit Penizillin voll gestopft. Und so erwiesen sich Antibiotika als immer wirkungsloser, wenn sie dazu eingesetzt wurden, eine Bevölkerung zu kurieren, deren Anfälligkeit für Krankheiten von Jahr zu Jahr wuchs. Ihr zügelloser Fleischkonsum ließ die Krankheitsraten in die Höhe schnellen.

Auf diese Weise stellten die Fleischkonsumenten genauso entschieden wie die Untoten – wenn auch anders motiviert – die Weichen für die weltweite Katastrophe.

Und was brachte das Fass zum Überlaufen? Die Bedrohung durch die Aktionen der Untoten hatte zur Folge, dass sich die ländliche Bevölkerung Europas in Städte mit riesigem Polizeiapparat zurückzog. In den Wäldern und Gehölzen, die nun sich selbst überlassen waren, vermehrten sich jedoch schnell die Wildschweine. Allein in Frankreich, Deutschland und Polen schätzte man ihre Zahl auf zwei bis drei Millionen, und häufig trat bei ihnen eine klassische Form der Schweinepest auf, die auch auf Hausschweine übergriff. Die Regierungen Deutschlands und Frankreichs übernahmen es, ein genetisch modifiziertes Virus zu entwickeln, das auf die wilden Rotten losgelassen wurde, ähnlich, wie hundert Jahre früher die Myxomatose unter Kaninchenvölkern verbreitet worden war. Einige Nachbarstaaten, die der Biotechnik skeptisch gegenüberstanden, protestierten erfolglos dagegen.

Nachdem die Wildschweine zu Tausenden und Abertausenden verendet waren, blieben ihre Kadaver in Wald, Gebüsch und auf den Feldern liegen. Das Virus mutierte und infizierte die Schafe. Und die Schafe gaben eine besonders gut übertragbare Variante an die Menschen weiter.

Für diese war es die schlimmste Katastrophe seit dem Schwarzen Tod. Mit ihnen starben ihre Hunde, Katzen und das Vieh. Ihre übervölkerten Städte gaben ideale Brutstätten ab. Die Dritte Welt hatte ihren Augenblick des Triumphes – bis die Katastrophe auch sie traf.

Die Weltwirtschaft brach zusammen, zerfiel einfach, nicht anders als ein zahnloser Greis dahinsiecht. Soweit es Überlebende gab, mussten sie sich in einer völlig veränderten Welt zurechtfinden, in einer Welt, in der es noch rauer zuging als in der früheren. Doch an einer Sache war nicht mehr zu rütteln: Alle Menschen waren jetzt Vegetarier, zwangsläufig denn ihr Vieh war von der Bildfläche verschwunden.

Coriander Avorry war sein Leben lang Vegetarier gewesen. Wer also war für seinen Tod verantwortlich? Die Fleischkonsumenten, eifrig damit beschäftigt, die alte Ordnung wiederherzustellen? Oder die Untoten, darum bemüht, die Überreste der westlichen Zivilisation endgültig zu vernichten? In der Welt herrschte so großes Chaos, dass es nicht gelingen konnte, dieses Verbrechen aufzuklären.

Allerdings stand eine Sache fest, wie Avorrys Tochter weinend erklärte: Coriander Avorry war tot.

Genauso tot wie die Kühe.

FLEISCH MACHT KRANK. ES HAT DEN GANZEN PLANETEN KRANKGEMACHT.

Nichts im Leben
reicht für alle Zeiten

In meinem Leben hat es seltsame Anklänge an ein uraltes Theaterstück gegeben.

Es war am Morgen eines späten Wintertags, als ich meinen Fuß zum ersten Mal auf die magische Insel setzte – jene magische Insel, auf der ich die Liebe fand, ehe ich sie auch nur dem Namen nach kannte. Die Sonne, die an diesem Morgen spät aufging, blendete meine Augen und warf öde Schatten in meine Richtung. Sonnenschein und Schatten wechselten ständig, während ich den Weg entlang ging, der zwischen Bäumen hindurch von dem kleinen ummauerten Hafen zum einzigen unversehrten Haus der Insel hinaufführte. Das Haus – oder besser Schlösschen – thronte zwar auf einer Anhöhe, war aber vor Stürmen aus dem Norden geschützt, da sich seine gezackten Dachgiebel und Türmchen an einen noch höheren Hügel schmiegten.

Während ich auf das Haus zuging, übertönte plötzlich ein Geräusch das Aufschäumen der Wellen, die sich am Ufer brachen. Schließlich blieb ich stehen und lauschte. Eine junge Frau schlenderte am Haus entlang und sang vor sich hin, sang einfach aus Lust und Laune. Und welche Lust und Laune ihr Gesang mir erst machte! Ihre Gestalt tauchte abwechselnd in Licht und Schatten. Das war das erste Mal, dass ich Miranda sah, das erste Mal, dass ich ihrer lieblichen Stimme lauschte.

Während ich auf sie zuging, spürte ich ein seltsames Prickeln auf der Haut. Widersprüchliche Vorahnungen gingen mir durch den Kopf: Wartete ein merkwürdiges, zauberhaftes Erlebnis auf mich – oder sollte ich hier wirklich ein Zuhause finden?

Ende der Sechzigerjahre des Zwanzigsten Jahrhunderts sah mein Leben ganz anders als aus heute. Ich brach die Schule ab und verließ mein Elternhaus – denn ich war das, was man später einen Hippie nennen sollte. Allerdings wollte ich eigentlich nur, so weit irgend möglich, mein eigenes Leben, ein Leben in eigener Verantwortung, führen. Ich spielte mit dem Gedanken, ein Dichter zu werden.

Meine Streifzüge führten mich weit von zu Hause fort, und irgendwann landete ich im Norden des Landes in einer sehr dünn besiedelten Gegend. Als ich dort krank wurde, sorgte ein Ehepaar, das ein kleines Restaurant betrieb, so lange für mich, bis ich wieder auf den Beinen war. Der Mann hieß Ferdinand, seine Frau Roberta Robson. Diese gutmütig wirkenden Leute erzählten mir, auch sie seien aus einem Leben ausgestiegen, das ihnen nicht behagt habe, dem Leben in einer Industriestadt. Als ich jedoch sah, wie hart sie arbeiteten, um ihr Restaurant und die dazu gehörige kleine Pension zu bewirtschaften, kam mir der Gedanke, dass sie sich lediglich in eine andere Form von Sklaverei begeben hatten.

Robson schien ähnlich darüber zu denken, jedenfalls ließ die Melancholie, die ihn stets umgab, darauf schließen. Er riet mir, ans Meer zu fahren, vor der Küste liege eine Insel, auf der ich vielleicht Gelegenheitsarbeiten verrichten könne.

»Wer lebt denn auf dieser Insel?«, fragte ich.

»Nur ein Schriftsteller«, erwiderte er kurz angebunden. »Sonst niemand.«

Noch heute ist mir nicht klar, warum mir diese Mitteilung und die düstere Miene, die er dabei zog, so zu denken gaben.

Während ich gerade meine spärlichen Habseligkeiten zusammenpackte, trat Roberta mit wütendem Ausdruck auf dem runden Gesicht in mein Zimmer und erklärte, ihr Mann sei ganz durcheinander, er schulde mir eine Erklärung für sein Verhalten. Ich beteuerte zwar, das sei keineswegs nötig, aber sie ging einfach darüber hinweg. Sie sah mich mit ihren dunklen Augen gequält an und, bemerkte: »Setze niemals irgendetwas aufs Spiel, junger Mann. Weder das, was du besitzt, noch dein Geld. Und schon gar nicht andere Menschen oder dein eigenes Seelenheil. Hast du das verstanden?«

Ich verneinte und sagte, ich wisse überhaupt nicht, wovon sie rede. Wie könne man überhaupt andere Menschen aufs Spiel setzen?

»Wenn man verrückt genug ist, kann man das Leben anderer Menschen aufs Spiel setzen. Nichts ist rücksichtsloser oder boshafter als so etwas. Begreifst du das, mein Junge?«

Obwohl ich nickte, begriff ich weder, worauf sie hinauswollte, noch warum sie derart erregt mit mir sprach. Nach kurzem Schweigen hatte sie offenbar die Selbstbeherrschung wiedergewonnen, denn als sie erneut das Wort ergriff, wirkte sie gelassener.

»Wie du auf dieser Insel zurechtkommst, wird sich zeigen. Da du so jung bist, begreifst du noch gar nicht, dass wir, wenn wir einen bestimmten Weg wählen, gleichzeitig andere Möglichkeiten ausschlagen. Möglichkeiten, die uns später nie wieder offen stehen. Eines Tages mögen wir bedauern, dass wir gerade diesen Weg gewählt haben. Dennoch können wir die Entscheidung nie mehr rückgängig machen. Denn wenn wir das versuchen, beschwören wir eine Katastrophe herauf.«

Diese Erklärung brachte mich gänzlich durcheinander. Vielleicht war ich damals wirklich noch zu jung, um das alles zu begreifen. Ich fragte sie, ob sie auf die Liebe anspiele.

»Nicht nur auf die Liebe, sondern auch auf viele andere Dinge, die das Leben ausmachen.« Sie dachte eine Weile nach, bevor sie ungestüm fortfuhr: »Mein Mann Ferdinand war früher einmal außerordentlich reich. Sein Geld verdiente er als Spekulant in einer Großstadt. Leichtfertig wie er war, ging er eine Ehe ein, die sich als Fehlschlag erwies. Seine damalige Frau brachte einen Sohn zur Welt – einen Sohn, der sich zu einem hinterhältigen, boshaften Jungen entwickelte. Als Ferdinand und ich uns kennen lernten, wollte er mit seinem ganzen bisherigen Leben brechen. Seine Scheidung kam ihn teuer zu stehen. Nicht genug damit, platzten auch seine Geschäftsverträge.

Früher einmal gehörte ihm die Insel, zu der du jetzt aufbrichst.«

»Ich verstehe«, erwiderte ich.

»Nein, du verstehst gar nichts.« Sie wandte sich ab, stützte sich auf das Fensterbrett und blickte auf das öde Land hinaus. »Schließlich musste er auch noch die Insel verkaufen, um das Geld für dieses Haus aufzubringen, an das wir jetzt gebunden sind. In Wirklichkeit hat der Blödmann seinen Reichtum verspielt. Nun hofft er, dass wir genügend Gewinn machen, um die Insel zurück zu kaufen, denn er betrachtet sie immer noch als sein Eigentum. Es ist schön dort – aber ob wir dort glücklicher wären, ist eine andere Frage … Er hofft jedenfalls, dass wir hinziehen können, ehe wir zu alt dafür sind.«

»Und was hoffen Sie, Mrs. Robson?«

Sie musterte mich scharf, und ich sah ihr an, dass sie die Kluft zwischen unseren jeweiligen Lebenserfahrungen für zu groß hielt, um sie durch irgendwelche Vertraulichkeiten zu überbrücken. »Lass dir meine Hoffnungen egal sein, verfolge lieber deine eigenen«, erwiderte sie und strich mir über die Wange.

Als ich am frühen Morgen auf der Insel ankam, war der Himmel im Osten immer noch mit rötlichgoldenen Wolken bedeckt. Miranda hatte gerade eine Ziege gemolken und trug einen Milchkübel. Als sie mich sah, blieb sie wie angewurzelt stehen, den Kübel fest im Griff. Sie sagte nur wenig, reagierte kaum auf meinen Gruß, führte mich jedoch über einen Seitenweg zur Küche. Und so hielt ich Einzug in das »Haus des Wohlstands«, wie es hochtrabend genannt wurde. Von Wohlstand oder auch nur modernem Komfort war allerdings wenig zu sehen. Zu den früheren Hausbewohnern hatten auch Mönche gezählt, die das Schlösschen im 17. Jahrhundert in Beschlag genommen hatten. Sie hatten auch einen Anbau mit kleiner Kapelle errichtet, die inzwischen jedoch nicht mehr genutzt wurde.

Das Mädchen – ich konnte ihr Alter schlecht schätzen, hatte jedoch den Eindruck, dass sie noch ein Kind war – führte mich durch mehrere Gänge zu ihrem Vater. Fast alle Gangfenster waren mit schweren Läden verriegelt, nur ein einziges stand offen, so dass Sonnenschein ins Haus dringen konnte. Allerdings verstärkte das eher noch die geheimnisvolle Atmosphäre des lang gestreckten Ganges, anstatt ihn in Licht zu tauchen. Im hinteren Teil des Hauses klopfte Miranda zaghaft an eine verwitterte Holztür und eine gedämpfte Stimme forderte uns zum Eintreten auf. Miranda schob mich ins Zimmer – das Allerheiligste im Haus des Wohlstands, ein riesiger, düsterer Raum. Die unterschiedlich gemusterten Gobelins an den Wänden ließen ihn zwar noch größer wirken, dennoch war es ein Zimmer, in dem man leicht Platzangst entwickeln konnte.

In einer Ecke stand ein gewaltiger Schreibtisch, auf dem sich Stapel von Papieren türmten. Dahinter saß ein großer, schwerer Mann mit Vollbart, der Frühling und Sommer des Lebens schon hinter sich hatte. Anstatt mich zu begrüßen, blieb er sitzen und musterte mich mit bemerkenswert geringem Interesse. Auch seine Tochter verschwendete keine Zeit mit Höflichkeiten, sondern ging zu einem der schweren Vorhänge hinüber und zog ihn auf, so dass das Fenster, das nach Norden hinausging, sichtbar wurde. Das Licht, das nun in die erdrückende Dunkelheit des Raumes eindrang, milderte die Atmosphäre allerdings nicht, sondern ließ die Schreibtischlampe als noch trübere Funzel erscheinen.

Ich ging auf den Schreibtisch zu, stellte mich vor und sagte, ich sei bereit, jede auf der Insel anfallende Arbeit zu übernehmen, deshalb sei ich hergekommen.

Der große Mann erhob sich, beugte sich über den Schreibtisch und streckte seine Pranke aus, die ich vorsichtig schüttelte. »Eric Magistone«, sagte er mit tiefer Stimme. Er musterte mich mit hochgezogenen Augenbrauen. Dann teilte er mir mit, dass mich seine Tochter einweisen werde, und ließ sich wieder auf den Stuhl fallen.

Miranda schien nicht recht zu wissen, wofür sie mich verwenden sollte. »Als Erstes könntest du Holz hacken«, sagte sie schließlich. Ihr Wunsch war mir Befehl, auch wenn es mir seltsam vorkam, Anweisungen von einem Kind entgegenzunehmen – selbst von einem so schönen Kind wie Miranda. Nicht zuletzt kam es mir deshalb so seltsam vor, weil ich selbst erst vor kurzem den Kinderschuhen entwachsen war.

Das Haus hatte früher einmal als Festung gedient, es war zu dem Zweck errichtet worden, die Küste gegen plündernde Horden, vor allem Dänen, zu verteidigen. Der letzte Besitzer, Ferdinand Robson, hatte es erweitert und einen Flügel samt Gewächshaus angebaut. Allerdings hatte ein Fensterladen, der sich vor Jahren bei einem heftigen Sturm gelöst hatte, das Glasdach des Gewächshauses zertrümmert. Seitdem wurde es nicht mehr benutzt und verfiel. Mir wurde ein Turmzimmer zugewiesen.

Die Arbeit war nicht sehr schwer. Einmal in der Woche setzte ein kleines Boot vom Festland über, um uns mit Lebensmitteln zu versorgen, und ich hatte die Aufgabe, hinunter zum Hafen zu gehen, die Waren zu bezahlen und die Kiste mit neuen Vorräten zum Haus zu tragen. Außerdem übernahm ich es, die Ziege zu melken und die Eier einzusammeln, die die Hühner vor dem Haus, manchmal auch im Haus, legten.

Bald wurde es mir zur Gewohnheit, auf der Insel umherzustreifen, wenn keine Arbeit anfiel. Im Süden gab es einen kleinen Teich – einen Tümpel, besser gesagt –, in dem ich schwimmen konnte. Als das Gebäude noch als Kloster diente, hatten die Mönche Obstgärten angelegt, die überdauert hatten. Spätere Besitzer hatten versucht, auch einen Gemüsegarten anzulegen. Hier und dort wuchsen an Stellen, an denen man es kaum erwartet hätte, Büsche, die Beeren trugen, Nusssträucher und Obstbäume. Vermutlich hatten Vögel die Samenkörner verbreitet, denn Vögel gab es reichlich auf

145

der Insel. Es kam mir so vor, als sei aus jedem Baum Vogelgezwitscher zu hören. Neben Singvögeln gab es auch Fasane, Rebhühner und Pfaue, deren schrilles Geschrei durch die Nacht drang. Auch Wildkatzen tummelten sich auf der Insel. Und unzählige Kaninchen.

Ich war von dieser Insel begeistert – sie war das Paradies, nach dem ich – ohne wirkliche Hoffnung, es je zu finden – immer schon gesucht hatte. Hier herrschte ein üppiger Reichtum an kleinen wild wachsenden Pflanzen, deren Namen ich in einem Buch aus der Bibliothek nachschlug. Es machte mir Spaß, all diese Pflanzen beim Namen zu kennen: das Arme Lieschen, das im Mai blüht; die weiße Totennessel mit ihren herzförmigen Blättern; den wunderschönen, wild wuchernden japanischen Knöterich, dessen hohe, bambusartige Stämme die süß duftenden Maiglöckchen beschirmten; die Wicken und den Hahnenfuß; die hübsche weiße Bruonia, die als reife Pflanze rote Beeren trägt – und viele andere, darunter auch Farne und große Tausendschönchen, deren Blüten wie kleine Sonnen aussahen.

Irgendwann stieß ich bei meinen Streifzügen auf eine Lichtung, auf der, von Brombeerbüschen nahezu verborgen, eine verfallene Hütte stand. Ich taufte sie auf den Namen *Paradieswinkel*. Wann immer gerade keine Arbeit anfiel, konnte ich hier stundenlang herumliegen und in den Büchern stöbern, die ich in der Bibliothek fand. Es waren ältere Werke: Abenteuer aus der Feder Dumas' und Jules Vernes, Romane von Thomas Hardy und Dostojewski, Shakespeare-Dramen, wovon mir eines ganz besonders gefiel, weil es auf einer Insel spielte.

Zur selben Zeit erfuhr ich einiges über Eric Magistone, und zwar von seiner Tochter. Ursprünglich hatte sein Name Derek Stone gelautet. Seine Eltern, die sich eines bescheidenen Wohlstands erfreuten, hatten ihn schon früh in seiner Wissbegier bestärkt. Später trat er zwar in den väterlichen Betrieb ein, sein eigentlicher Ehrgeiz war es jedoch, Schriftsteller zu werden. Mit einundzwanzig Jahren gelang es ihm, sein erstes Buch zu veröffentlichen: *Qualen eines Totenbeschwörers*. Es war ein humoristischer Roman, der sich außerordentlich gut verkaufte und bald darauf schrieb er eine Fortsetzung mit dem Titel *Ernten eines Totenbeschwörers*. Und dann klopfte Hollywood bei ihm an und sicherte sich die Rechte an seinem ersten Roman.

Diese Geschichte, die ich Stück für Stück von Miranda erfuhr, wollte mir einfach nicht in den Kopf. Konnte es stimmen, dass dieser verbitterte, vereinsamte Mensch, der sein Arbeitszimmer kaum verließ, tatsächlich humoristische Bücher schrieb? Aber es entsprach der Wahrheit – zumindest hatte er in jungen Jahren solche Romane verfasst. Und nicht genug damit: Eric Magistone (inzwischen war sein Pseudonym als gesetzlicher Name eingetragen) war sogar nach Hollywood geflogen und hatte dort auf Basis seines Romans ein Drehbuch geschrieben. Und der Film entpuppte sich als überaus erfolgreiche Komödie, die eine ganze Serie komischer Fantasy-Abenteuer nach sich zog. Sämtliche Drehbücher dieser Serie verfasste Magistone gegen üppige Honorare und mit der Zeit wurde er so etwas wie ein Kultautor, die Frauen rissen sich um ihn. Aus einer dieser Affären war seine Tochter Miranda hervorgegangen.

Die Geburt Mirandas veränderte sein Leben von Grund auf. Wie ich erfuhr, kaufte er kurz darauf Ferdinand Robson, der in finanziellen Schwierigkeiten steckte, die Insel ab und ließ sich dort mit seiner Geliebten und der gemeinsamen Tochter nieder. Seine Geliebte, Glanz und Glamour Hollywoods gewohnt, hatte das Leben auf der Insel allerdings bald satt und eines schönen Morgens musste Magistone feststellen, dass sie fortgegangen war. Zurückgelassen hatte sie, abgesehen von der Tochter, einen Abschiedsbrief, der mit Rechtschreibfehlern und pathetischen Rechtfertigungen gespickt war.

»Schreibt er denn immer noch Komödien?«, fragte ich Miranda.

Sie schüttelte ihren hübschen dunklen Lockenkopf. »Er schreibt an einem gewaltigen Werk, einem sehr ernsthaften, umfassenden und tiefsinnigen Werk, das alles und jedes auf dieser Welt erklären soll.« Um mir zu zeigen, wie umfangreich es ausfallen würde, breitete sie bei diesen Worten die Arme aus.

Die Vorstellung hatte etwas Faszinierendes – schließlich gab es viele Dinge, die einer Erklärung bedurften. Und jetzt wurde mir auch klar, warum Magistone so asketisch und zurückgezogen lebte: Er hatte sich eine schwere Bürde aufgeladen.

»Erklärt er darin auch, was es mit dem Mond auf sich hat? Oder warum Wasser gefriert? Warum wir Farben erkennen können? Geht er auf die unterschiedlichen Jahreszeiten ein? Verrät er uns, warum wir sterben müssen? Und inwiefern Jungen und Mädchen sich voneinander unterscheiden?«

Über solche Fragen sprachen Miranda und ich im Paradieswinkel, eng aneinander gekuschelt, wenn es an Frühlingstagen plötzlich kühl wurde. Inzwischen wusste ich, dass Miranda die Insel, auf der sie lebte, nie richtig erkundet hatte. Eigentlich ging sie, abgesehen von ihren regelmäßigen Besuchen im Ziegenstall, nur selten aus dem Haus. Ihr Vater hatte ihr das Umherstreifen untersagt und das Verbot damit begründet, dass dort draußen unbekannte Gefahren lauerten. Anfangs hatte sie furchtbare Angst, doch ich nahm sie bei der Hand und lockte sie weiter und weiter. Genau wie ich freute sie sich darüber, dass ich die Insel gut genug kannte, um ihr die schönsten Stellen zu zeigen: die Stechginsterbüsche, die Heide, die blühenden Kirschbäume, die Osterglocken, die ihre Köpfchen im sanften Wind wiegten, die Schlüsselblumen mit ihren zarten, leuchtenden Blüten, die im Süden nahe am Meer wuchsen, all die entzückenden und doch so schlichten Schönheiten der Natur.

Als dann der Sommer mit seinen Hummeln und süßen Gerüchen den Frühling ablöste, zeigte ich ihr auch die neu hinzugekommene Blütenpracht. Und ich brachte ihr etwas bei, das ich gerade erst selbst gelernt hatte: im Tümpel nach Fischen zu angeln. Unseren Fang brieten wir über einem Holzfeuer im Paradieswinkel und verzehrten ihn im Schein der Flammen, während uns ringsum Dunkelheit einhüllte.

Wir gingen völlig ungezwungen miteinander um. Wenn wir uns küssten, dann geschah es aus lauter Glück, wir dachten uns gar nichts dabei. Die frische Luft zauberte Farbe in Mirandas blasses Gesicht. Und sie wuchs heran. In den Felsen kletterte sie nun genauso geschickt umher wie ich. Mit Netzen suchten wir das seichte Wasser an der Südbucht nach Krabben ab, die wir später in einer Konservendose kochten und verzehrten. Niemand beaufsichtigte uns, niemand sagte uns, was wir zu tun oder zu lassen hätten.

Als wir eines Abends träge am Strand lagen, nachdem wir Krabben und Krebse verspeist hatten, zogen wir uns aus, um im warmen Meer zu schwimmen. Wir spritzten uns nass und alberten herum, doch als wir aus dem Wasser kamen, wurden wir plötzlich ernst, musterten und bestaunten einander in unserer Nacktheit, die die untergehende Sonne mit rötlichem Licht übergoss. Vorsichtig tastete sich mein Finger zu ihrer kleinen Spalte vor, über der sich schon ein paar dunkle Haare kräuselten. Sie berührte und umfasste meine kleine Strandschnecke, die sofort reagierte. Als wir uns gleich darauf küssten, lag diesmal eine gewisse Ahnung darin. Meine Zunge drang bis zum geriffelten Gaumen ihres süßen Mundes vor.

Allzu leicht könnte ich behaupten, dass wir uns an diesem Abend ineinander verliebten. Doch das, was wir füreinander empfanden, konnten wir damals gar nicht in Worte kleiden. Außerdem habe ich sie, glaube ich, schon von Anfang an geliebt, seit der ersten Begegnung, als sie dort im Schatten stand und den Eimer mit Ziegenmilch schützend vor sich hielt.

Nach diesem Abend waren wir ständig zusammen und schliefen auch häufig miteinander, wann immer uns die Lust überkam. Ich zeigte ihr, wie man Kaninchen fängt und häutet, und half ihr dabei, eine Katze zu zähmen, die wir Abigail tauften und regelmäßig mit Fisch und Kaninchenfleisch fütterten. Abigail folgte uns wie ein Hündchen überall hin, jedoch niemals ins Haus. Dort, an der Haustür, machte sie immer einen Buckel und fauchte vor Angst.

Das waren die Tage, Wochen, Monate, in denen wir völlig glücklich waren. Da Miranda mehr schlecht als recht lesen konnte, las ich ihr häufig etwas vor oder wir lasen gemeinsam. Beide weinten wir über Alain-Fourniers wunderbaren Roman*, denn uns war sehr wohl bewusst, dass unser Glück in einer Welt voll Kummer und Leid stets bedroht war. Von morgens bis abends waren wir zusammen; die einzige Unterbrechung waren die Arbeiten, die uns Mirandas herrschsüchtiger Vater gelegentlich übertrug. Wenn ich ihr die Liebe zur

---

* Alain-Fournier (Henri-Alban Fournier), 1886-1914, französischer Schriftsteller, Autor von *Le Grand Meaulnes* (1913; ins Englische übersetzt unter dem Titel *The Lost Domain*, 1959). – *Anm. d. Übers.*

Literatur vermittelte, dann vor allem die zu Shakespeares Insel-Drama mit seinem melodischen Sprachfluss. Schließlich gibt es ja auch auf Skakespeares Insel eine Miranda, und wir zogen nicht nur Vergleiche zwischen mir und Kaliban, sondern auch zwischen Prospero und Mirandas Vater, während unsere Insel selbstverständlich der magischen Insel in jenem verwunschenen Archipel glich.

Verging bei all dem Zeit? Vermutlich ja, auch wenn sie für uns stillstand. Der Herr der Insel schrieb weiter an seinem großen, weltbewegendem Traktat, und seine Tochter und ich lebten wie die Freigeister und tummelten uns in ... nein, waren *Teil* der Natur. Unser Leben auf dieser Insel war voller Wunder. Bis die Stille unserer Nächte irgendwann gewaltsam durchbrochen wurde.

Ich lag in Mirandas Armen, als mich der Lärm weckte – mittlerweile wollten wir nicht einmal mehr im Schlaf voneinander getrennt sein. Ich löste mich von ihr, ging zum Fenster hinüber und blickte hinaus. Der Regen, der am Abend gefallen war, hatte sich verzogen. Von meinem Turmfenster aus betrachtete ich den Mond, der sich in einer Pfütze – das Wasser hatte sich auf einer uralten Steinplatte gesammelt – spiegelte. Plötzlich störte lautes Getrampel die friedliche Szene, und gleich darauf hämmerte unter mir jemand an die Tür.

Miranda sprang erschrocken vom Bett auf. Ich küsste die spärlichen feuchten Haare auf ihrem Venushügel und versuchte sie zu beruhigen. Doch sie war völlig außer sich und stammelte nur immer wieder: »Mein Gott, es ist ja der Morgen meines dreizehnten Geburtstags! Der Morgen meines dreizehnten Geburtstags!«

Nachdem ich mich hastig angezogen hatte, stieg ich die Wendeltreppe hinunter. Obwohl es noch nicht dämmerte, war es doch so hell, dass sich vage Schatten abzeichneten. Im Erdgeschoss blitzten Lichter auf, die gleich wieder verloschen. Von der Wand hob sich der riesige Schatten Eric Magistones ab, der starr wie eine Statue dastand. Nicht weit von ihm gingen zwei ungehobelt wirkende Männer in Seemannsjacken gereizt auf und ab, wobei sie Fackeln schwangen und einander mit mürrischen Stimmen etwas zuraunten. Die große Tür stand weit offen und ließ den kühlen Atem der Nacht herein.

»Hol meine Tochter herunter!«, befahl Magistone, als er mich entdeckte. »Diese Männer sind gekommen, um sie mitzunehmen.«

»Warum? Was hat sie denn angestellt?«

»Hol meine Tochter herunter, sag ich dir, Bürschchen!« Da er diesmal brüllte, machte ich mich eiligst auf den Weg.

Auf dem oberen Treppenabsatz kam sie mir entgegen, angezogen, aber mit ungekämmtem Haar, in der Hand eine kleinen Leinentasche. Im Halbschatten wirkte ihr Gesicht blass, fast schon geisterhaft bleich. Sie vergoss zwar keine Träne, doch ihr Gesicht verriet äußerste Qual.

»Wir müssen jetzt für immer voneinander Abschied nehmen, mein Allerliebster«, sagte sie mit erstickter Stimme.

153

Unten gab ihr der grausame Vater noch einen Kuss, dann überließ er sie den beiden Männern. »Kommen Sie, Fräulein«, sagte der eine. »Die Flut kommt.«

Sie warf einen letzten Blick zurück, sah mich an, dann war sie fort, fort mit den beiden Männern, die sie in ihre Mitte genommen hatten.

Natürlich wollte ich ihr nachlaufen, doch Magistone packte mich am Arm. »Was immer ihr zwei im Schilde geführt habt, du gehst ihr nicht nach! Sie ist jetzt ein- für allemal fort, verflucht noch mal! Verflucht sei meine eigene Dummheit!«

Erst nach und nach erfuhr ich, dass Miranda das Opfer in einer komplizierten Geschichte war. Früher einmal waren Magistone und Robson, beide Spieler, Freunde gewesen. Sie hatten sogar zusammen gewohnt, nachdem Magistone aus Kalifornien zurückgekehrt war, und sich eine Frau geteilt, Ferdinands erste Frau, die Roberta Robson erwähnt hatte. Allerdings hatte Roberta mir auch Lügen aufgetischt, wie es offenbar alle getan hatten, und zwar schwer wiegende Lügen, die nur Erwachsenen einfallen können. Der Sohn, den Ferdinands erste Frau geboren hatte, war nicht von Robson, sondern von Magistone. Und er war auch nicht durchtrieben und hinterhältig, wie Roberta behauptet hatte, vielmehr hatten ihn beide Männer geschlagen und misshandelt. Dass er ebenfalls Ferdinand hieß, war eine Ironie des Schicksals.

Schließlich hatten sich Robson und Magistone entzweit, und dann zwang der finanzielle Ruin

Robson dazu, die Insel an Magistone abzutreten, obwohl er mit ihm verfeindet war – anders hätte er seine Schulden nicht tilgen können. Allerdings hatte er Magistone eine wesentliche Vertragsklausel abgerungen: Dieser sollte seine Tochter Miranda am Tag ihres dreizehnten Geburtstages zu ihm schicken, da er sie mit dem unglückseligen Ferdinand – dem eigenen Sohn, wie er behauptete – verheiraten wollte. Während meines kurzen Aufenthalts bei den Robsons war ich dieser jüngeren Ferdinand-Ausgabe nie begegnet – er arbeitete und wohnte in der nächst gelegenen Großstadt.

Natürlich hätte man sagen können, dass sich Magistone anständig verhielt, als er den Vertrag erfüllte und Robson seine Tochter überließ. Allerdings hatte er überhaupt nicht bedacht, welches Leid er Miranda mit diesem Pakt antat. Dagegen hatte er etwas anderes ganz sicher bedacht: die Tatsache, dass diese Ehe den reinsten Inzest darstellte. Die eigene Tochter würde sich mit dem eigenen Sohn verbinden.

Oder war das ebenfalls gelogen? Während der Sommer in den Herbst überging, die Blüten welkten und ich Magistone Abend für Abend aufwarten musste, wurde ich nicht schlau daraus. Notgedrungen nahm Magistone, der fortwährend redete und sich betrank, um zu vergessen, mit meiner Gesellschaft vorlieb.

Allerdings hatte auch ich mein Geheimnis: An dem Tag, an dem die Männer Miranda ihrem Schicksal zugeführt hatten, war es mir schließlich doch noch gelungen, Magistone abzuschütteln. Ich war zum Ufer hinunter gerannt – gerade noch rechtzeitig, um zu beobachten, wie ein Schnellboot Miranda, meine Miranda, über die Wellen des frühen Morgens forttrug. Das war das Letzte, was ich von ihr sehen sollte. Damals ist irgendetwas tief in meinem Innern für immer zerbrochen. Von einem Tag auf den anderen ließ ich meine Jugend hinter mir und wurde alt. Ohne die Gegenwart ihres frischen, reinen Körpers schien mein eigener Körper zu verfallen. Wer Lebensweisheit erwerben will, muss Schreckliches durchmachen!

Da das, was mich am stärksten angetrieben hatte, nun zerbrochen war, kam ich gar nicht auf die Idee, der Insel, auf der wir so glückliche Tage verbracht hatten, den Rücken zu kehren. Tagsüber saß Magistone, dieser mürrische, aufgedunsene Koloss, im Halbdunkel seines Arbeitszimmers, und schrieb an seinem endlosen, schrecklichen Buch. Ich dagegen lag im Paradieswinkel und schrieb, um mit meinem Kummer fertig zu werden, Shakespeares Meisterwerk um.

Shakespeare hatte einen großen Fehler gemacht, er hatte etwas Entscheidendes nicht begriffen. Wenn ich derartiges von dem großen Dramatiker behaupte, mache ich mich möglicherweise zur Zielscheibe des Spotts. Aber Shakespeare, der einmal gesagt hat *Reife ist alles*, hat sich nicht an die eigenen Worte gehalten. Jetzt wusste ich, wie sein Drama hätte enden müssen.

In Wirklichkeit ist es Kalibans Geschichte. Die Männer, die auf der Insel gestrandet sind, brechen zum Strand auf, darunter auch Ferdinand, Prinz von Neapel. Prospero hat sein gewaltiges Werk, das er unmöglich vollenden kann, verbrannt und ebenfalls vor, die Insel zu verlassen. Seine Tochter Miranda nimmt er mit, denn sie soll den geckenhaften Ferdinand heiraten. Ihre eigene Meinung zählt dabei nicht. Ihr Vater hat diese Ehe beschlossen – und damit basta.

All diese Menschen versammeln sich am Strand, während die Seeleute das Boot klarmachen, das sie zu der vor der Bucht ankernden Galeone bringen soll. Bald schon wird Kaliban allein auf der Insel zurückbleiben, die ihm rechtmäßig gehört. Aber dann – und das hat der Barde von Avon nicht vorhergesehen – löst Miranda ihre kleine Hand aus der von Ferdinand und läuft weg! Läuft um ihr Leben! Versteckt sich in einem von Schlingpflanzen überwucherten Erdloch, während die Soldaten nach ihr suchen. Die einbrechende Nacht verbirgt Miranda jedoch vor allen Blicken. Außerdem drängt die hereinkommende Flut die Menschen zum Aufbruch, also müssen sie ohne Ferdinands Zukünftige abziehen.

Als, von den Sternen am Himmel abgesehen, völlige Dunkelheit herrscht, wagt sich Miranda aus ihrem Versteck und ruft quer durch den Eichenwald nach ihrem Kaliban, dem Naturburschen, der ihre Mädchentage so vergoldet hat. Er hat ihr all die verborgenen Reize der Insel enthüllt, die frischen Quellen, in denen sie beide nackt badeten, die Kaninchenbauten, die Pilze, die ihre Welt in einen wunderbaren Ort verwandelten, wenn sie kleine Stücke davon abbissen.

Und er kommt – eine stämmige, von Dunkelheit umhüllte Gestalt, die ihr dennoch Sicherheit gibt – und nimmt sie zu seiner Höhle mit, in der sie, befreit von allen Zwängen, leben können. Und irgendwann singt Kaliban seinem Schatz ein Lied vor, dessen Worte lauten:

Hör den Gesang der Nachtigall,
durch alte Gärten dringt sein Schall.
Vergessen die Wunden, die uns einst plagten,
sie mögen nun an anderen nagen.

Der Sommer wiegt uns in den Schlaf,
wie wir hier leben, ahnt kein Schaf.
Seenymphen segnen unseren Bund
im Schaum der Wellen, Stund für Stund.

Bim bam, bim – bem – bam.

Miranda schenkt ihm Kinder. Und so erfüllen sich die Worte, die Shakespeare Kaliban in den Mund gelegt hat. Denn als Prospero Kaliban beschuldigt, er habe es auf die Ehre seiner Tochter abgesehen, lacht Kaliban nur und erwidert: »Wärt ihr mir nicht dazwischen gefahren, so hätte ich die Insel mit lauter Kalibans bevölkert.« Jetzt vollbringt das Paar dieses Werk hingebungsvoll und in gegenseitigem Einvernehmen.

Die kleinen Kalibans spielen in den friedlichen Tälern der Insel und im Wasser; einige können schon schwimmen, ehe sie laufen lernen. Auf der Insel, auf der sie beide ihre Jugend verbracht und einander gefunden haben, bricht für Miranda und Kaliban die schönste Zeit ihres Lebens an. Zehn Jahre vergehen, bis eines Tages Prinz Ferdinand auftaucht. All die Jahre, die er mit käuflichen Frauen verbracht hat, haben seine Sehnsucht nach Miranda nicht auslöschen können. Inzwischen hat er die Krone Neapels geerbt und ist ein reicher Mann. Auch ein gut gekleideter Mann, der sich seine schlanke Figur durch hartes Training erhalten hat. Nur sein Gesicht ist inzwischen von Falten gezeichnet, die verraten, dass seine jungen Jahre hinter ihm liegen.

Beladen mit Edelsteinen, kommt er an seinem vierzigsten Geburtstag auf die Insel, um seine alte Liebe zurück zu erobern und sich einen alten Traum zu erfüllen. Doch als sie einander gegenüber stehen, hält Miranda ihre jüngste Tochter an der Hand, lässt sich nicht aus der Reserve locken, sagt kein Wort. Und mit der Realität konfrontiert, gerät Ferdinand ins Schwanken – denn dem schlanken jungen Mädchen, dessen Bild sich über die Jahre in sein Herz gebrannt hat, sieht Miranda kaum noch ähnlich.

»Miranda«, sagt er, »hältst du die eigene Stirn für glatt und ungezeichnet? Sind deine plumpen Glieder jungfräulich und schön? Die Augen voller Unschuld, leuchtend klar? Dein süßer Zauber ist verblichen – so wie der Stoff, aus dem die Träume sind. Wer mit Verrätern schläft, verbessert kaum die eigene Figur. Warum, Miranda,

sollte ich die reichen Gaben hier auf dich verschwenden?«

Worauf Miranda sanft antwortet: »Herr, schaut
mich an und weidet Eure Augen an Erfüllung. Alle
Erfahrung als Frau verlacht das Ding, das Ihr zu
schätzen glaubt und meine Keuschheit nennt.
Denn sanfter ist der Eros als die Zeit – freigeb'ger
auch mit seinen Küssen. Mich hat die Liebe ausge-
füllt – Ihr rühmt Euch Eures ausgezehrten Leibes.
Was frisst an Euch, Neapels Prinz, dass Ihr so
lasterhaft und mager scheint? Ist es die Gier, der
Ehrgeiz oder Hass? Schmeißfliegen, seh ich, trüben
Euern Blick.«

Ferdinand hebt den Arm, um sein Gesicht zu
verbergen. Eine Weile später fragt er sie, innerlich
gebrochen, warum sie ihn an jenem Tag verlassen
hat. Schließlich hätten sie doch vorgehabt, nach
Neapel zu segeln, sich in einer Kathedrale trauen
zu lassen und gemeinsam in einem Palast zu leben. Noch immer verfolgt ihn der Kummer dieses
Tages.

Ruhig, aber entschieden, gibt sie zurück: »Bin
keine Freundin von Förmlichkeiten – hat' als Kind
der Natur alle Freiheiten.«

Anfangs, fügt sie hinzu, habe sie ihn wegen seines stolzen Gehabes und der schicken Kleidung ja
auch bewundert und sich von seinen Schmeiche-
leien beeindrucken lassen. Schließlich habe er ihr
erzählt, sie werde Königin von Neapel werden und
etwas Wunderbares tragen – was genau, habe sie
vergessen. Doch dann habe sie ihn näher kennen gelernt und gemerkt, dass Roben, Ringe und

Thronsessel nichts als leerer Pomp, rein materielle Dinge seien. Und in jenem Moment am Strand sei ihr kurz vor dem geplanten Aufbruch klar geworden, dass dies für sie der falsche Weg ist.

Außerdem dachte sie an Kaliban …

Denn dieser verachtete und gedemütigte Kaliban sei ihr der einzig wahre Freund ohne List und Arg gewesen. Er habe sie das Lachen und das Flötenspiel gelehrt, einen Hasen für sie gezähmt und ihr die Schätze der Insel gezeigt – die frischen Quellen, in denen sie gemeinsam nackt badeten, die Kaninchenbauten und die Pilze, die ihre Welt so wundersam verwandelten, wenn sie davon aßen.

»Doch, wicht'ger noch, hat er ein Lustgefühl in mir geweckt, wie nie zuvor ich's je empfunden. Eh ich noch Sex gekannt, auch nur dem Namen nach, ha'm tausend Mal das Lager wir geteilt. So wusst' ich denn, als ich entscheiden musste, dass ich ohne allen Prunk hier leben kann. Nicht Neapel war's – die Insel hier hielt all mein Lebensglück!«

Voller Kummer wirft Ferdinand seine Mitbringsel auf den Boden, dreht sich um und rennt zum Strand zurück. Hand in Hand folgen ihm Miranda und Kaliban und beobachten seinen Aufbruch. Er steigt ins Boot, rudert los – doch dann hält er inne und steht auf, um mit erstickter Stimme zu rufen: »Einst hab ich dich geliebt, Miranda …«

Kaliban erwidert stolz: »Dann muss dies *einst* für alle Zeiten reichen.«

Und Ferdinand ruft eine Antwort, die über das Rauschen der Wellen hinweg kaum zu verstehen ist, uns jedoch bis zu unserem letzten Tag auf dieser Erde verfolgen wird: »Nichts im Leben reicht für alle Zeiten...«

Dann wird sein Boot in die glitzernde Ferne davongetragen.

Allerdings ist das nur die Geschichte, die ich aufgeschrieben habe. Die Geschichte, die ich erlebt habe, ist eine ganz andere.

Eine Frage der Mathematik

Mit Joyce Bagreist war das so eine Sache. Sie lebte von Joghurt und Marmeladenbroten, wusch sich niemals die Haare und war an ihrer Universität nicht sonderlich beliebt. Und dennoch sollte die von ihr entdeckte *Abkürzung* die Welt grundlegend verändern.

Natürlich war es eine Frage der mathematischen Berechnung, die alles veränderte.

In den Urzeiten der Menschheit war die menschliche Wahrnehmung in einem Haus mit sieben Siegeln eingesperrt. Diese Siegel sprangen eines nach dem anderen auf oder wurden gewaltsam aufgebrochen, so dass sich die »reale Welt« ins Bewusstsein drängen konnte. Denn auch die menschliche Wahrnehmung ist – wie alles andere – ein Ergebnis der Evolution.

Allerdings können wir keineswegs sicher sein, dass bereits alle Siegel aufgebrochen sind.

Früher, in der »guten alten Zeit«, war allgemein bekannt, dass ein fünfjähriges Mädchen die Höhlen von Altamira in Nordspanien entdeckt hat, und zwar rein zufällig, als sie ihrem Vater weglief. Ihr Vater war Archäologe und viel zu sehr mit der Untersuchung eines alten Steins beschäftigt, als dass er das Herumstrolchen seiner Tochter bemerkt hätte.

Man kann sich die Szene leicht vorstellen: Es ist ein schöner Nachmittag, der Alte kniet an seinem

Stein, während das Mädchen Blumen pflückt. Sie findet blaue, rote und gelbe und schlendert weiter, ohne sich viel dabei zu denken. Der Boden ist zerklüftet, dennoch versucht sie, eine Anhöhe zu erklimmen, und nachdem sie dadurch eine kleine Sandlawine ausgelöst hat, bemerkt sie eine Öffnung. Sie ist nicht ängstlich, sondern sehr, sehr neugierig. Also klettert sie hinein, nur ein kleines Stückchen. Und findet sich in einer Höhle wieder, an deren Wand sie eine Tiergestalt – einen Büffel – entdeckt.

Nun bekommt sie es doch mit der Angst, klettert ins Freie, rennt zu ihrem Vater zurück und schreit, sie habe ein Tier gesehen – worauf der seinen Stein Stein sein lässt und nachsehen geht. Was er entdeckt, ist eine ganze Galerie von Szenen, gemalt von paläolithischen Jägern oder Schamanen, vielleicht waren sie auch beides in einer Person. Die Kunstfertigkeit, mit der diese Szenen gemalt wurden, hat uns eine völlig neue Sicht unserer Vergangenheit vermittelt, und wir glaubten, diese einfühlsamen, zauberhaften Kunstwerke begriffen zu haben, aber in Wirklichkeit hatten wir überhaupt nichts begriffen. Und zwar deshalb nicht, weil sich unsere Denkmuster mittlerweile verändert hatten. So sehr wir uns auch bemühten: Das paläolithische Denken blieb uns verschlossen. Unsere Gehirne hatten inzwischen ein wissenschaftliches, mathematisches Denkmodell akzeptiert, und nach diesem Modell richteten wir unser ganzes Leben zwangsläufig aus.

Doch die Hinweise, die zu einem wirklichen

Verständnis des Universums führen, sind anderswo zu finden. Inzwischen stoßen wir auf einen nach dem anderen und können ihn, wann immer die Zeit dazu reif ist, auch entschlüsseln. Die großen Reptilien, deren Knochen im Gestein verborgen lagen, haben Millionen von Jahren nur darauf gewartet, dass wir sie deuteten. Sie haben unsere Einsicht in die Phasen der Erdgeschichte und das Alter des Planeten erheblich verändert. Häufig bringt man Frauen mit derart umwälzenden neuen Einsichten in Verbindung – vielleicht deshalb, weil sie selbst so etwas wie Magie besitzen (allerdings war bei Joyce Bagreist nur wenig davon zu bemerken). So war es eine gewisse Mrs. Gideon Mantell, die das erste Skelett eines Reptils entdeckte, das man später als Dinosaurier identifizieren sollte.

All diese Entdeckungen umgibt zu jener Zeit, in der sie gemacht werden, etwas Wunderbares. Später nimmt man sie einfach als gegeben hin, und genau so verhielt es sich auch mit der von Bagreist entdeckten *Abkürzung*.

Obwohl sich inzwischen kaum noch jemand daran erinnern wird, war es – ähnlich wie im Fall Altamira – ein Zufall, der Joyce Bagreist darauf brachte, das Signal des Nordlichts, der *aurora borealis*, zu erfassen und richtig zu deuten. Lange Jahre hatte man das Phänomen damit erklärt, dass eine Wechselwirkung von aufgeladenen Sonnenteilchen und Partikeln der oberen Atmosphäre stattfand. Dass das Leuchten von aufgeladenen Partikeln ausgelöst wird, stimmt ja auch.

Allerdings musste erst Bagreist kommen, um diesem Phänomen wirklich auf den Grund zu gehen.

Joyce Bagreist war eine vorsichtige kleine Frau und, wie gesagt, an der Universität wegen ihrer menschenscheuen Art nicht gerade beliebt. Nach und nach entwickelte und konstruierte sie einen Computer, dessen Arbeitsweise sich weniger auf Mathematik, als auf das Farbspektrum stützte. Nachdem sie die neuen Gleichungen formuliert und ihr Gerät betriebsbereit hatte, verbrachte sie einige Zeit damit, sich auf das, was möglicherweise auf sie zukam, vorzubereiten. In der Abgeschiedenheit ihres Hauses stellte sie eine Art behelfsmäßigen, mit Rädern ausgestatteten Raumanzug her, den sie außerdem mit starken Kopfscheinwerfern, einem Atemgerät für den Notfall und einer Notration von Lebensmitteln ausrüstete. Erst als das erledigt war, machte sie sich, eingeschlossen in ihr groteskes Gefährt, auf den Weg zur oberen Terrasse und trat zwischen die genau abgemessenen Markierungen, deren Abstand zwei Meter fünfzig betrug – über sich den Bogen aus Scannern und Transmittern, die zu dem von ihr konstruierten Gerät gehörten.

Sie durchschritt den Bogen und fand sich – ohne dass mehr als ein kleiner Ruck die bevorstehende Revolution des Denkens angekündigt hätte – auf dem Mond wieder, genauer gesagt in einem Krater namens Aristarchos. Sicher werden Sie sich daran erinnern, dass der große Aristarchos aus Samos der erste Astronom war, der ein anderes Himmelsphänomen richtig deutete, dass sich nämlich die Erde um die Sonne dreht – und nicht umgekehrt.

Da stand Bagreist also, etwas verwirrt, denn nach ihren Berechnungen hätte sie im Kopernikus-Krater landen müssen. Offenbar war ihr Gerät doch primitiver und unzuverlässiger, als sie angenommen hatte. Da es ihr nicht gelang, aus dem Krater heraus zu klettern, kreiste sie dort in ihrem Raumanzug umher, innerlich ausgesprochen zufrieden über die Entdeckung dessen, was wir heute noch als *Bagreists Abkürzung*, häufiger jedoch schlicht als *Bagreist* bezeichnen.

Für diese kühne Forschungsreisende gab es keine Möglichkeit, zur Erde zurückzukehren – es blieb anderen überlassen, einen Torweg zum Mond zu errichten. Ein letztes Marmeladenbrot auf dem Schoß, vielleicht mit sich im Frieden, starb Joyce Bagreist im Aristarchos-Krater. Zwar hatte sie zur Erde gefunkt, das Signal war auch aufgefangen worden und die Raumfahrtbehörde hatte gleich ein Schiff losgeschickt, aber für Joyce Bagreist kam es zu spät.

Nach ihrem Tod dauerte es kaum ein Jahr, bis der Verkehr durch etliche Tore strömte und der Mond mit Baumaterialien übersät war. Doch wer oder was hatte das farbcodierte Signal am arktischen Himmel hinterlassen, das nur auf seine Deutung wartete? Selbstverständlich wurden die Implikationen des *Bagreist* untersucht, und dabei wurde deutlich, dass der Bauplan des Universums anders aussah, als bis dahin angenommen. Hier war eine zusätzliche Kraft am Werk, die allgemein als *Squidge* bekannt wurde. Die Kosmologen und Mathematiker standen nun vor der schwierigen Aufgabe, diese Kraft, die sich den gängigen mathematischen Modellen entzog, zu erklären. Die komplexen Systeme, auf die sich unsere Zivilisation gründete, erwiesen sich als nur beschränkt gültig: Ihr Anwendungsbereich reichte nicht einmal bis zur Heliopause. Während die praktischen Möglichkeiten des *Bagreist* bereits genutzt wurden und Menschen in aller Welt (nachdem sie Fahrkarten erworben hatten) von zu Hause aufbrachen, um einen kleinen Spaziergang auf dem Mond zu machen, blieben die Lücken in den mathematischen Systemen Gegenstand intensiver und hochkomplizierter Forschung.

Zwei Jahrhunderte vergehen. Nun tauche ich selbst auf der Bildfläche auf. Ich will mich bemühen, das, was passiert ist, mit einfachen Worten zu beschreiben. Dabei spielt nicht nur P-L6344 eine Rolle, sondern auch Mrs. Staunton, General Tomlin Willetts und seine Freundin Molly Levaticus.

Übrigens heiße ich Terry W. Manson, L 44/56331. Damals wohnte ich in Lunar City EV, allgemein »Efeu« genannt, und arbeitete als Generalsekretär der Abteilung Erholung und Entspannung für jene Leute, die IDs, das heißt individuelle Drogen herstellten – Drogen also, die auf den persönlichen genetischen Code abgestimmt sind und die Wahrnehmung steigern. Zuvor hatte ich für die auf dem Mond errichtete Meteoren- und Astroiden-Überwachungsstation (MAÜ) gearbeitet und dabei einiges über General Willetts Affären erfahren. Willetts, eifriger Konsument von IDs, leitete die MAÜ seit drei Jahren, und in den letzten Monaten hatte Molly Levaticus ihn voll in Anspruch genommen. Kurz nachdem sie als kleine technische Angestellte in seinen Stab gekommen war, machte er sie zu seiner Privatsekretärin. Diese unter Verschluss gehaltene Affäre – über die auf der Station allerdings viele Bescheid wussten – hatte zur Folge, dass General Willetts wie ein Traumtänzer durch die Tage schwebte.

Auch das Problem, das mich viel stärker als diese Affäre beschäftigte, hatte mit einem Traum zu tun. Ein Golfball, der einsam und verlassen an einem menschenleeren Strand liegt, hat eigentlich nichts Unheimliches an sich. Wenn man allerdings Nacht für Nacht denselben Traum hat, wird man langsam aber sicher nervös. Einerseits war da dieser immer gleiche Golfball, andererseits der immer gleiche Strand, beides wie zu einem Standbild erstarrt – ziemlich beunruhigend.

Allmählich wurde der Traum immer intensiver. Mit jeder Nacht schien er – ich weiß nicht, wie ich es anders ausdrücken soll – mehr in mein Blickfeld zu rücken, so dass ich schließlich Angst bekam und einen Termin mit Mrs. Staunton vereinbarte, mit Mrs. Roslyn Staunton, der bekanntesten Mentatropistin von Efeu. Nachdem sie die üblichen Fragen zu meinem Gesundheitszustand, meinen Schlafgewohnheiten und so weiter gestellt hatte, wollte Roslyn (wir gingen schnell dazu über, uns beim

Vornamen zu nennen) wissen, welche Bedeutung ich selbst diesem Traum zumaß.

»Im Grunde ist es ein ganz normaler Golfball. Na ja … der Ball hat Merkmale, die auf einen Golfball hindeuten. Ich weiß nicht, was es sonst sein könnte. Und dieser Golfball liegt auf der Seite.« Als ich darüber nachdachte, was ich eben gesagt hatte, merkte ich, dass ich Unsinn redete. Ein Golfball hat keine Seite. Also war es auch kein Golfball.

»Und er liegt an einem Strand?«, gab sie mir das nächste Stichwort.

»Genau.«

»Also kann es nicht auf dem Mond sein.«

»Mit dem Mond hat das alles nichts zu tun.« (Aber in diesem Punkt sollte ich mich irren.)

»Wie sieht der Strand aus? Ist es ein Badestrand?«

»Nein. Es ist ein endlos weiter Strand, ein sehr eigenartiger Strand. Steinig und ziemlich öde.«

»Erinnert Sie dieser Strand vielleicht an einen, den Sie kennen?«

»Nein, es ist ein Ort, der einem Angst machen kann … in einer Weise Angst machen kann, wie einem die Unendlichkeit immer ein wenig Angst einjagt. Dieser Strand ist nichts anderes als ein riesiger Landstreifen, auf dem nichts wächst. Ach ja, und dann ist da auch noch das Meer, ein düsteres Meer. Die Wellen wirken so schwer wie Blei. Und träge. Jede Minute gleitet höchstens eine an den Strand. Die Zeit sollte ich wirklich einmal stoppen.«

»Auf das Zeitmaß der Träume kann man sich nie verlassen«, bemerkte Roslyn. »Was meinen Sie eigentlich mit *gleiten*?«

»An diesem Strand brechen sich die Wellen offenbar nicht wie sonst üblich. Sie laufen einfach aus.« Ich hielt inne und dachte über das trostlose und doch irgendwie reizvolle Bild nach, das mich ständig verfolgte. »Das Gefühl lässt mich nicht los, dass ich dort schon mal gewesen bin. Der Himmel wirkt sehr finster und erdrückend.«

»Also empfinden Sie das alles als sehr unangenehm?«

Ich war selbst überrascht, als ich mich sagen hörte: »Aber nein, keineswegs, das alles liegt mir doch am Herzen. Die Szene verheißt irgendetwas ... Verheißt, dass gleich etwas auftauchen wird ... vermutlich aus dem Meer.«

»Wenn es Ihnen so sehr am Herzen liegt, warum wollen Sie dann unbedingt aufhören, diesen Traum zu träumen?«

Das war eine Frage, die ich, wie ich feststellen musste, nicht beantworten konnte.

Während ich Woche für Woche meine drei Therapiestunden bei Roslyn absolvierte, ging der General – weitaus häufiger – bei Molly Levaticus in Therapie. Und P-L6344 raste von Tag zu Tag näher auf uns zu.

Molly beherrschte das Spiel auf einer Silbertrompete, war in sieben Sprachen bewandert und eine Meisterin des Schach, darüber hinaus war sie aber auch sehr sinnlich und ständig zu Streichen aufgelegt. Sie hatte dunkles Haar und ein keckes

171

Näschen. Für jeden Mann ein toller Fang, wie ich behaupten möchte. Sogar für General Tomlin Willetts.

Die Ehefrau des Generals, Hermione, war von Kindheit an blind. Willetts hatte durchaus sadistische Züge an sich – wäre er sonst General geworden? Natürlich sind wir alle in gewisser Weise blind, ob es nun unser Privatleben betrifft oder bestimmte öffentliche Dinge, die uns alle angehen. So glauben auch heute noch Millionen von Erdenbürgern, die ansonsten durchaus intelligent wirken, daran, dass die Sonne um die Erde kreist. Und sie halten daran fest, obwohl der tatsächliche Sachverhalt seit Jahrhunderten bekannt ist. Solche Menschen pflegen zur Verteidigung anzuführen, dass sie nur glauben, was sie mit eigenen Augen sehen. Dabei wissen wir doch längst, dass unsere Augen nur einen Bruchteil des elektromagnetischen Spektrums erfassen können. Alle unsere Sinne sind in gewisser Weise beschränkt und aufgrund dieser Beschränkung auch Täuschungen ausgesetzt. Selbst die angeblich sicheren Aussagen über die Eigenschaften des Universums mussten angesichts P-L6344 umgestoßen werden.

Aufgrund seiner sadistischen Ader überredete der General seine Geliebte dazu, in Gegenwart der blinden Hermione nackt durch die gemeinsame Wohnung des Ehepaars Willetts zu laufen. Meiner Meinung nach ging Molly deshalb darauf ein, weil ihr der sexuelle Aspekt dieser Posse gefiel. Und Roslyn gab mir Recht: Es sei nicht mehr als ein Jux.

Aber wenn sich andere darüber ausließen, sahen sie Molly entweder als Opfer oder als männermordenden Vamp. Niemand zog die Möglichkeit in Betracht, dass die Wahrheit (wenn es denn überhaupt eine gab) irgendwo zwischen diesen beiden Extremen angesiedelt sein mochte; niemand hielt es für möglich, dass die Beteiligten sich schlicht zueinander hingezogen fühlten, was bei einem älteren Mann und einer jüngeren Frau gar nicht so selten vorkommt, wie man annehmen mag. Zweifellos verfügte Molly über eine gewisse Macht, so wie Willetts gewisse Schwächen an sich hatte. Beide reizte dieses Spiel.

Und tatsächlich spielten sie mit Hermione Katz und Maus. Wenn sie nahe bei Tomlin am Esstisch saß, schlich sich die Levaticus nackt auf Zehenspitzen ins Zimmer und blinzelte ihm zu, was er erwiderte. Meistens tanzte sie danach langsam und mit hoch über den Kopf gestreckten Händen, die den Blick auf ihre behaarten Achseln freigaben, einmal durch das Zimmer – der Tanz sah ähnlich aus wie Tai Chi – und bewegte sich dabei näher und näher an die blinde Frau heran.

Wenn Hermione einen Luftzug oder ein leises Geräusch bemerkte, fragte sie sanft: »Tomlin, mein Lieber, ist da noch jemand im Zimmer?« Was er abstritt. Manchmal holte Hermione auch mit dem Stock aus, doch Molly gelang es stets, zu entwischen. Worauf Willetts in strengem Ton zu bemerken pflegte: »Du verhältst dich wirklich seltsam, Hermione. Leg den Stock hin. Du verlierst doch nicht etwa den Verstand?«

Manchmal hielten sie sich im Wohnzimmer auf, wo Hermione gern in ihrem Sessel saß und ein Buch in Blindenschrift las. Und dann konnte es passieren, dass Molly der Dame ihre kleine Scham mit den Kräuselhaaren fast ins Gesicht streckte, worauf Hermione nur die Nase rümpfte und die Seite umblätterte. Oder Molly stellte sich neben Willett, öffnete seinen Reißverschluss, holte seinen erigierten Penis heraus und spielte mit ihren Fingern darauf wie auf einer Flöte. Dabei konnte es vorkommen, dass Hermione die blinden Augen hob und ihren Gatten fragte, was er eigentlich gerade treibe. »Ich zähle nur meine Orden durch, Liebste«, erwiderte er dann.

Wie nahm die arme Hermione ihre Welt wahr? Welchen Täuschungen saß sie dabei auf? Oder zog sie es womöglich vor, keinen Argwohn zu hegen, da sie sowieso nichts unternehmen konnte?

Doch ihr Mann war auf seine Weise ebenso blind, als er die Signale von MAÜ ignorierte, die Signale, die zu einer sofortigen Entscheidung darüber drängten, wie man den sich nähernden P-L6344 am besten ablenken oder zerstören konnte. Willetts war mit seinen Privatangelegenheiten beschäftigt, so wie ich mit den Mentatropie-Sitzungen bei Roslyn. Wie unsere Körper einer bestimmten Lebensbahn folgten, so folgten auch die Himmelskörper des Sonnensystems ihrer Bahn.

Die Asteroiden des Apollo kreuzen die Umlaufbahn des Erdmonds. Von den neunzehn kleinen Himmelskörpern ist Hermes wohl am bekanntesten – er ist einmal so nahe am Mond vorbeigeflogen, dass die Entfernung lediglich das Doppelte der Entfernung des Mondes von der Erde betrug. P-L6344 ist ein kleiner Felsen, dessen Durchmesser nicht mehr als hundertneunzig Meter beträgt. Als er das letzte Mal die Umlaufbahn des Mondes kreuzte, gelang es der kühnen Astronautin Flavia da Beltran do Valle, daran anzudocken und einen Metallabguss der Fahne Patagoniens zu hissen. In der Zeit, von der ich hier erzähle, näherte sich der Asteroid sehr schnell, und zwar in einem Neigungswinkel von fünf Grad zur Ekliptik. Es wurde geschätzt, dass er am 5. August 2208 um 23 Uhr 03 nur wenige Kilometer nördlich von Efeu auf den Mond prallen würde. Doch die Schutzmaßnahmen verzögerten sich, weil General Willetts eben anderweitig beschäftigt war.

Warum aber fütterte niemand anderer die Computer mit entsprechenden Anweisungen? Warum rüsteten nicht irgendwelche Untergebenen ferngesteuerte Flugkörper mit Geschossen aus? Die Antwort lag wohl darin, dass jeder mit seinem eigenen kleinen Universum beschäftigt war und sich selbst für den Nabel der Welt hielt. Voll gepumpt mit den IDs, den Designerdrogen, neigten die Leute außerdem ohnehin nicht dazu, irgendetwas zu unternehmen.

Vielleicht ist uns die Realität einfach zuwider. Oder sie kommt uns allzu nüchtern vor. Unsere Egos bestimmen die gesamte Wahrnehmung. Als der französische Schriftsteller Gustave Flaubert einmal gefragt wurde, wo er denn das Vorbild für

Emma, die tragische Heldin seines Romans *Madame Bovary*, gefunden habe, soll er geantwortet haben: »Madame Bovary? C'est moi.« Sicherlich ist Flauberts Ekel vor dem Leben in dieses Buch eingegangen – der Roman kann als Beispiel für die Haltung eines typischen ID-Abhängigen stehen.

Selbst dann noch, als der Apollo-Asteroid auf uns zuraste und wir uns in tödlicher Gefahr befanden, bemühte ich mich – unter Roslyns Anleitung – in den Werken des deutschen Philosophen Edmund Husserl etwas zu finden, das meinen seltsamen Traum erklären konnte. Husserl hatte meine Seele berührt, denn er wies alle Hypothesen über das Sein zugunsten der Subjektivität individueller Wahrnehmung zurück, die er als die uns eigene Methode der Welterfahrung ansah.

Ein kluger Mann, dieser Husserl. Allerdings sagte er nur wenig darüber, welchen Charakter die Dinge in Wirklichkeit haben, falls sich unsere Wahrnehmungen als Irrtümer erweisen. Oder, um ein Beispiel zu nehmen, was geschieht, wenn wir die Krise, die ein sich nähernder Asteroid ankündigt, nicht rechtzeitig durchschauen.

Genau zum vorhergesagten Zeitpunkt schlug P-L6344 auf und traf zufällig den Kopernikus-Krater, in dem Joyce Bagreist ursprünglich hatte landen wollen. Und das führte dazu, dass der Mond ins Taumeln geriet, und jeder in Efeu zu Boden stürzte. Hermione tastete blind nach ihrem Stock, erwischte dabei Molly Levaticus' behaarte kleine

Scham und kreischte: »Da ist ja eine Katze im Zimmer!«

Als Folge des Aufpralls gingen etliche Gebäude und Karrieren zu Bruch, darunter auch die von General Willetts.

Die meisten Lunarier nahmen den nächsten Bagreist nach Hause. Viele fürchteten, der Mond werde aufgrund des gewaltigen Einschlags in den Weltraum abdriften. Doch ich hatte hier meine Arbeit und ich mochte die schmutzigen Städte der Erde nicht. Allerdings blieb ich vor allem deshalb, weil auch Roslyn Staunton blieb. Beide waren wir fest entschlossen, meinem Traum auf den Grund zu gehen. Wie durch eine wundersame Übertragung war es inzwischen auch ihr Traum geworden. Unsere gemeinsamen Sitzungen nahmen mehr und mehr komplizenhaften Charakter an. Und irgendwann war mir der Gedanke gekommen, Roslyn zu heiraten – ich behielt ihn jedoch für mich.

Nach dem Einschlag des Asteroiden waren alle mindestens zwei Tage lang bewusstlos, manche sogar eine ganze Woche. Die Farbe Rot verschwand aus dem Farbspektrum. Ein weiterer seltsamer Nebeneffekt des Einschlags bestand darin, dass sich mein Traum von mir verabschiedete. Nie wieder träumte ich von dem Golfball, der auf der Seite lag. Es dauerte nicht lange, bis ich meinen Traum vermisste. Wenn ich mich jetzt mit Roslyn traf, dann nicht mehr als ihr Patient. Daher durfte ich sie auch zum Abendessen ins Restaurant »Erdpanorama« einladen, in dem die Engelshaie besonders gut schmeckten. Und dann, nachdem die Umgebung hinreichend abgekühlt war, zu einem Ausflug, bei dem wir den Schauplatz des Einschlags besichtigten.

Während uns der Wagen nach Westen kutschierte, huschten Kilometer grauer Asche an uns vorbei. Als rührigen Beitrag zur Landschaftsgestaltung hatte man rechts und links der Straße künstliche Pinien errichtet, die einen Kilometer außerhalb der Stadt, wo sich die Straße gabelte, aufhörten. In der Ferne fingen Zaunpfähle die schräg einfallenden Sonnenstrahlen auf, so dass sie wie sakrale Türme einer fremden Religion wirkten. Roslyn und ich saßen schweigend nebeneinander und hingen beide unseren Gedanken nach, während wir weiter und weiter fuhren. Das Radio hatten wir abgestellt, weil die Stimmen zu sehr an Pinguine erinnerten.

»Mir fehlen die Gauguins«, bemerkte Roslyn plötzlich. »Diese lebhaften, ausdrucksstarken Farben. Der verdammte Mond ist so grau. Manchmal wünschte ich, ich wäre nie hierher gekommen. Bagreist hat es allzu leicht gemacht. Wenn Sie nicht wären ...«

»Ich habe einen Holo-Satz von Gauguin-Gemälden. Ich liebe seine Arbeiten!«

»Tatsächlich? Warum haben Sie das nie erwähnt?«

»Es ist mein heimliches Laster. Meine Gauguin-Sammlung ist fast komplett.«

»Wirklich? Und ich dachte, er zähle zu den großen vergessenen Künstlern.«

»Diese wunderbar üppigen Frauen, schokoladenbraun und nackt. Und dann die Hunde, die Götzenbilder, der Eindruck, dass da jemand oder etwas lauert...«

Sie stieß einen melodischen Schrei aus. »Kennen Sie *Vairaumati Tei Oa*? Das Bild mit der Frau, die raucht, und der Gestalt, die im Hintergrund lauert?«

»Und hinter den beiden ist eine Schnitzerei zu sehen, die zwei kopulierende Menschen zeigt, nicht wahr?«

»Mein Gott, Sie kennen es ja tatsächlich, Terry! Die pure Farbe! Die träge Fröhlichkeit! Lassen Sie uns anhalten und eine Nummer schieben, das müssen wir feiern!«

»Später, klar. – Sein Gefühl für Farbe, für Konturen, für Farbverteilungen. Rote Seen, orangefarbene Wälder, grüne Mauern...«

»Seine sinnlichen Wahrnehmungen waren sehr merkwürdig. Gauguin hat gelernt, die Dinge mit anderen Augen zu sehen. Vielleicht hat er Recht gehabt. Vielleicht ist Sand wirklich rosa.«

»Komisch, dass er niemals den Mond gemalt hat, oder doch?«

»Nicht, dass ich wüsste. Der könnte durchaus auch rosa sein.«

Wir hielten Händchen, verschränkten unsere Zungen, voller Begehren fielen unsere Körper übereinander her. Ausgehungert nach Farben. Als sich in der Straße Risse zeigten, drosselte der Wagen von sich aus das Tempo.

Ich dachte an die Welt, die Paul Gauguin entdeckt

hatte, und – was auf einem ganz anderen Blatt stand – jene Welt, die er den Menschen erschlossen hatte. Seine Gemälde bewiesen, dass es keine übereinstimmende Ansicht darüber gibt, wie die Realität beschaffen ist. Gauguin lieferte Husserl den Beweis. Ich sprudelte meine spontane Einsicht heraus, weil ich sie mit Roslyn teilen wollte: Das, was man »Realität« nennt, ist nichts anderes als eine Verschwörung. Und Gauguins Gemälde haben die Menschen dazu gebracht, eine neue, andersartige Realität zu akzeptieren. »Mein Gott, ich bin ja so glücklich!«, rief ich.

Die Straße wurde nun so holperig, dass das ferngelenkte Fahrzeug in seiner Spur nur mit Schneckentempo fahren konnte. »Die Straße hört hier auf«, verkündete es schließlich kurz darauf und hielt an. Wir schlossen unsere Helme, stiegen aus und gingen zu Fuß weiter.

Es war niemand sonst in der Nähe. Die Einschlagstelle war abgesperrt, doch wir kletterten über den Maschendrahtzaun. Durch die Lücke, die vor ein paar Jahren in die Kraterwände geschlagen worden war, betraten wir Kopernikus. Der ebene Boden innerhalb des Kraters war zersprungen und durch die Hitze, die sich beim Einschlag des Asteroiden entwickelt hatte, zerbrechlich wie Glas geworden. Wir bahnten uns den Weg über eine regelrechte Schlittschuhbahn. In der Mitte der Erhebung hatte sich ein neuer Krater gebildet, der Krater des P-L6344, von dem Rauch hochkräuselte und sich über den staubigen Boden verteilte.

Roslyn und ich blieben am Rande dieses neuen Kraters stehen und blickten hinunter. An einer Stelle brach gerade eine graue Aschekruste ein, und darunter war ein rötliches Glühen zu erkennen.

»Schade, dass der Mond ihm in die Quere gekommen ist.«

»Damit ist etwas zu Ende gegangen.«

Es gab nicht viel, was man noch an schlauen Kommentaren abgeben konnte.

Als Roslyn auf dem Rückweg ins Stolpern geriet, fasste ich sie beim Arm und half ihr, das Gleichgewicht zu bewahren. Verärgert trat sie gegen das Ding, das sie ins Stolpern gebracht hatte: ein matt glänzender Stein. Sie fuhr den Greifarm aus, dessen lange Metallfinger in dem aufgewühlten Dreck herumtasteten und den Gegenstand ergriffen. Wie sich herausstellte, war es ein künstlich gefertigtes, rautenförmiges Objekt, etwa so groß wie eine Thermosflasche. Aufgeregt nahmen wir es mit zum Wagen.

Der P-L6344-Rhomboid! Aufgrund bestimmter Datierungsmethoden galt als erwiesen, dass er über 2,5 Millionen Jahre alt sein musste. Nachdem er auf 185,333 Kelvin heruntergekühlt war, öffnete er sich. Im Inneren tauchte ein komplexes Ding auf, das man anfangs für eine sorgfältig konstruierte, winzige Maschine hielt. Kleine Stangen und Gegenstände, die wie Korkenzieher aussahen, glitten hinaus und wieder hinein. Die gründliche Untersuchung zeigte dann jedoch, dass diese Maschine aus verschiedenen halbmetallischen Materialien bestand, die bei uns unbekannt waren. Diese Stoffe setzen sich aus etwas zusammen, das wir wohl als »künstliche Atome« bezeichnet hätten. Die Halbleiterpunkte umfassten Tausende von Elektronen. In regelmäßigen Abständen gab die Maschine Lichtblitze ab. Dieses seltsame Ding wurde ständig auf 185,333 Kelvin gehalten und weiter untersucht.

Die Abteilung Erholung und Entspannung befasste sich nur deshalb mit der Sache, weil die Forschung dadurch finanziert wurde, dass man dieses seltsame Objekt aus ferner Vergangenheit in einer Art Ausstellung präsentierte. Daher hielt ich mich häufig im Laborbereich auf. Ich hörte, was die Menschen sagten, wenn sie an dem auf einer Seite transparenten Spiegel vorbei schlurften, und musste feststellen, dass die meisten Besucher das Objekt recht langweilig fanden.

Am Abend lästerten Roslyn und ich dann über »die Touristen«. Wir sehnten uns nach einer Welt, die nur uns gehörte und nicht hier, nicht auf dem Mond lag. Nie zuvor hatte ich an so geistvollen Brüsten gelutscht wie den ihren.

Ich muss zugeben, dass es Roslyn war, die während unserer Gespräche über dieses seltsame Ding, das Signale abgab, den entscheidenden Geistesblitz hatte. »Du hältst es immer noch für eine Maschine«, sagte sie. »Vielleicht ist es ja auch eine Art von Maschine. Aber es könnte auch eine bestimmte Lebensform sein. Vielleicht hat sie aus jener Zeit überlebt, in der das Universum noch gar nicht die Bedingungen für auf Kohlenstoff basierendes Leben bereitstellen konnte. Vielleicht ist es eine vorbiotische Lebensform!«

»Eine was?«

»Eine Lebensform aus einer Zeit, ehe Leben entstehen konnte. Natürlich ist das Ding nicht wirklich lebendig, schließlich ist es ja auch nie gestorben, obwohl es zwei Millionen Jahre in dieser Konservendose verbracht hat. Terry, du weißt doch, dass Unmögliches geschehen kann. Auch dass *wir* leben, widerspricht jeder Wahrscheinlichkeit. Dieses Ding, das uns in den Schoß gefallen ist, ist eben so wahrscheinlich wie unwahrscheinlich.«

Am liebsten wäre ich sofort losgerannt und hätte es allen erzählt, vor allem den Wissenschaftlern, die an dem Projekt arbeiteten. Doch Roslyn mahnte mich zur Vorsicht: »Es muss dabei doch irgendetwas geben, aus dem wir beide, du und ich, Vorteile ziehen können. Vielleicht bleibt uns nur ein Vorsprung von einem Tag oder zwei, bis auch die merken, dass sie es mit einer Lebensform zu tun haben. Diese Zeit müssen wir nutzen.«

Jetzt war ich an der Reihe, einen Geistesblitz beizusteuern. »Ich habe alle Signale dieses Dingsda aufgezeichnet. Wir sollten versuchen, sie zu entschlüsseln. Herausfinden, was sie bedeuten. Wenn dieses winzige Objekt Intelligenz besitzt, dann hat das alles eine Bedeutung, die nur darauf wartet, entschlüsselt zu werden ...«

Das Universum folgte weiterhin seinem unergründlichen Kurs, die Menschen weiterhin ihrer unergründlichen Lebensbahn. Aber Roslyn und ich schliefen kaum noch. Wenn überhaupt, dann erst dann, nachdem sich ihre spitzen kleinen Hüftknochen an meinen gerieben hatten. Wir übertrugen die Blitzsignale in Tonfolgen, die wir vorwärts und rückwärts, beschleunigt und verlangsamt ablaufen ließen. Wir wiesen den Tönen sogar bestimmte Notenwerte zu. All das ohne jeden Erfolg.

Die Anspannung machte uns streitsüchtig, dennoch gab es auch ruhige Momente. Und in einem solchen Moment fragte ich Roslyn, warum sie überhaupt auf den Mond gekommen sei. Zwar konnte ich in Roslyn – und Roslyn in mir – lesen wie in einem aufgeschlagenen Buch, doch das grundlegende Alphabet hatten wir uns dabei nie angeeignet.

»Weil es so einfach war, durch den erstbesten *Bagreist* zu spazieren. So einfach, wie sich das meine Großeltern im Traum nicht hätten vorstellen können. Und ich wollte arbeiten. Außerdem …« Sie hielt inne, während ich darauf wartete, dass sie den Satz zu Ende brachte. »Außerdem gab es da auch etwas, das tief in meinem Innern vergraben lag.« Sie warf mir einen Blick zu, der jede mögliche Antwort meinerseits im Keim erstickte. Sie wusste, dass ich sie verstand. Trotz meiner Arbeit, trotz meiner beruflichen Position, die mir etwa so gut passte wie ein schlotternder Anzug, galt mein eigentliches Interesse fernen Horizonten.

»Sag's schon!«, befahl sie. »Erzähl mir, was ich damit meine.«

»Es ist die Perspektive der Ferne. Damit lebe ich auch. Genau wie du kann ich sagen: *Außerdem gibt es da etwas, das tief in meinem Innern vergraben liegt.* Ich verstehe dich mit jeder Faser meines Herzens.«

Sie warf sich auf mich, küsste meine Lippen, meinen Mund und sagte: »Mein Gott, wie ich dich liebe! Wie ich jedes Wort von dir verschlinge! Nur du verstehst ...« Und ich stammelte ähnliche Dinge, sprach von der Welt, die wir teilten, sagte, dass wir diese Welt mit unserer Liebe und mit der Hilfe mathematischer Berechnungen erschaffen könnten. Worauf wir uns in das Tier mit den zwei Rücken und dem vereinten Geist verwandelten.

Nach einer schlaflosen Nacht duschte ich gerade, als mir ein Gedanke durch den Kopf schoss: Dieses vor-biotische Halb-Leben, das wir entdeckt hatten, diese Lebensform, die unvorstellbar lange Zeit unter der Mondoberfläche vergraben gewesen war, benötigte gar keinen Sauerstoff. Es kam ohne aus, wie sich auch Roslyns und meine gedanklichen Vorstellungen nicht von Sauerstoff nährten. Aber welcher Nährstoff war es dann, der seine Intelligenz am Leben erhielt? Die Antwort konnte nur lauten: *die Kälte!*

Wenn das Labor in den Nachtstunden verlassen war, nutzten wir seine Einrichtungen dazu, die Temperatur des Artefakts weiter zu senken, während die Botschaften aufblitzten. Bei 185,332 Kelvin flackerten sie phasenweise auf. Reduzierten wir die Temperatur um einen weiteren Grad, stabilisierten sie sich und leuchteten matt. Wir fotografierten sie aus mehreren Perspektiven, bevor wir das Gerät, das für die Kühlung sorgte, abschalteten.

Was wir dabei entdeckten, war eine völlig neue Art der Mathematik, die Mathematik einer anderen Lebensform. Diese Mathematik untermauerte unsere Hypothese, dass es im Universum einmal ein Stadium gegeben haben musste, das den uns bekannten widersprach. Diese Mathematik ließ unsere Welt, besser gesagt unsere Vorstellung von dieser Welt, als sehr merkwürdig erscheinen. Nicht, dass sie unsere Vorstellungen als überholt zurückwies – keineswegs. Eher bewies diese Mathematik durch eine Logik, an der nicht zu rütteln war, dass wir bisher nicht begriffen hatten, an welch winzigem Ausschnitt des Ganzen wir teilhaben. Was wir vor uns hatten, war altersgraue Information, kompakter als Blei, beständiger als Granit. Information, an der es nichts zu deuteln gab.

Zitternd griffen Roslyn und ich danach – wieder war es in den toten Stunden der Nacht, der Zeit, in der die schlimmsten Verbrechen geschehen – und gaben die Gleichungen in den Crayputer ein, der Luna steuerte und im Gleichgewicht hielt. Die Eingabe klappte – und mit einem Schlag…

Stöhnend kletterten wir aus dem Loch. Dieser *Bagreist* war viel größer. Als wir in den schwachen Lichtschein traten, erkannten wir in der Ferne jene Szene, die wir immer schon tief in unserem Innern mit uns herumgetragen hatten: das öde Meer, die bleischweren Wellen, der verlassene Strand.

Jetzt knirschten seine Sandkörner unter unseren Füßen.

Hinter uns lag der Ball, der einst der Mond gewesen war, losgelöst aus seiner alten Umgebung, tief versunken in das eigene ehrwürdige Alter, still und starr zur Seite gekehrt.

Wir fassten einander bei den Händen und kämpften uns gemeinsam voran.

Die Pausentaste

Trotz der Fortschritte in der Gentechnik kann es einem so vorkommen, als werde sich die menschliche Gesellschaft nie zum Besseren wandeln. Doch glücklicherweise ist inzwischen etwas geschehen, das einige der ihr eigenen Zwänge beseitigt hat. Die Pausentaste wurde erfunden.

Zwar ist unsere physische Welt mittlerweile vollständig erforscht, automatische Instrumente haben es sogar geschafft, den Planeten Mars zu kartographieren, aber die Wissenschaft hat uns jetzt eine noch viel kompliziertere Welt eröffnet und ihr Labyrinth allgemein zugänglich gemacht, denn endlich ist auch die Topographie des menschlichen Gehirns entschlüsselt.

Eine kleine Firma in Birmingham beschloss, dieses Wissen praktisch zu nutzen.

Conrad Barlow war der Inhaber eines Motorradladens und hatte die Angewohnheit, einmal in der Woche mit seinem Vetter, Gregory Magee, etwas trinken zu gehen. Beide Männer waren eifrige Fußballfans und unterstützten die örtliche Mannschaft. Abgesehen davon, hatten sie kaum etwas miteinander gemeinsam. Conrad kannte sich hervorragend mit jeder Art von Motoren aus, während Gregory als Chirurg am örtlichen Krankenhaus arbeitete und sich auf Schädel- und Gehirnchirurgie spezialisiert hatte.

Eines Tages musste Gregory – die Kranken-
schwestern nannten ihn heimlich den »verrückten
Magee«, weil er sich leicht exzentrisch verhielt –
einen Spieler der *Birmingham North End* operieren,
der sich während des Spiels verletzt hatte. Der
Spieler, Reggie Peyton, hatte sich ein Blutgerinsel
im rechten Schläfenlappen zugezogen, das mühelos beseitigt werden konnte. Allerdings kam er
nach der Vollnarkose nicht wieder gleich zu
Bewusstsein, obwohl alle Körperfunktionen völlig
intakt wirkten. Fast zwei Tage lang lag Peyton im
Koma, und als er daraus erwachte, ging es ihm ausgezeichnet, so dass er nach Hause entlassen werden konnte. Doch er spielte nie wieder Fußball.

Nur Gregory fiel auf, dass daran irgendetwas
rätselhaft war. Bei einem Bier besprach er die Sache
am folgenden Samstag mit Conrad.

»Die Nervenreiz-Transmitter funktionierten nicht
so, wie sie sollten«, erklärte er.

Conrad trommelte mit den Fingern auf die
Theke. »Das Blutgerinsel befand sich doch im rech-
ten Schläfenlappen, nicht wahr? Ist das nicht der
Ort, an dem die Cotardschen Wahnvorstellungen
angesiedelt sind, Greg? Neulich haben wir über
Cotard gesprochen, erinnerst du dich?«

Nach dieser beiläufigen Bemerkung wurde beiden klar, dass sie *irgendeiner Sache* auf der Spur
waren.

Cotard, der große französische Psychiater, hat
ein Syndrom identifiziert, das den Patienten die
Vorstellung vermittelt, sie wären tot. Auch Gegen-
beweise – vom Schlagen des Herzens über perfekt

arbeitende Lungen bis zur konstanten Körpertemperatur – können diese Wahnvorstellung zunächst nicht erschüttern. Allerdings legt sich diese Vorstellung nach und nach, weil der wahre Sachverhalt auf der Hand liegt und irgendwann nicht mehr zu leugnen ist.

Hier war der Schlüssel verborgen, der zur Erfindung der Pausentaste führte. Trotz des allgemein gebräuchlichen Spitznamens war die Mikrofunktion, die Conrad und George entwickelten, eine Vorrichtung, die auf molekularer Basis arbeitete. Ein kleines Molekül wurde mit einem großen Molekül zusammengebracht, an das es sich wie ein Enzym heftete. Andere Moleküle wurden hinzugefügt, bis sich eine komplexe Struktur herausbildete. So wurde eine Nanomaschine geschaffen, die durch molekulare Verbindungen gesteuert wird, welche ihrerseits bereits auf Adrenalinschübe im menschlichen Gehirn von 0,0001 Prozent reagieren.

Wenn sie im rechten Schläfenlappen richtig positioniert ist, hat die Pausentaste, deren korrekte Bezeichnung eigentlich *Vorrichtung zum Aufschub des funktionellen Reflexes*, kurz VAFR, lautet, folgende Wirkung: Sie gewährt einem damit ausgerüsteten Menschen in Krisensituationen einen gewissen Entscheidungs- und Handlungsaufschub. Obwohl es nur eine kurze Verzögerung ist, erlaubt sie ihrem Nutzer, über das, was er zu tun beabsichtigt, erst einmal nachzudenken. Unsere Gehirne sind eben so konstruiert, dass Gefühle in Krisensituationen die Oberhand über den Intellekt gewinnen. Die Wut löscht das Denken aus. VAFR jedoch überlistet dieses phylogenetische Relikt.

Dadurch wird viel Gewalttätigkeit vermieden, beispielsweise das Verprügeln von Hunden, von Kindern oder von Ehefrauen. Der Anteil der Männer, die ihre Partnerinnen misshandelten oder missbrauchten, war damals bestürzend hoch: In Großbritannien war er auf fünfundzwanzig Prozent, in den USA sogar auf achtundzwanzig Prozent gestiegen. Oft hingen solche Angriffe im privaten Bereich mit der Schwangerschaft von Frauen zusammen. Seit jedoch die VAFR auf breiter Basis eingeführt wurde, sanken diese Zahlen in den USA auf elf Prozent, in Großbritannien auf zwölf Prozent (in den Staaten wurde die VAFR von breiteren Bevölkerungskreisen angenommen als in Großbritannien).

Anfangs konnten Conrad und George ihre Vorrichtung nur an Institutionen wie Strafvollzugsanstalten verkaufen, wo jeder Gefangene, der sie sich einsetzen ließ, einen fünfprozentigen Straferlass erhielt. Eine weitsichtige Regierung erkannte jedoch noch weitere Möglichkeiten. Autofahrer wurden dadurch geködert, dass ihre Fahrzeugsteuer gesenkt wurde, wenn sie sich dem Eingriff unterzogen. Und schon bald gehörte das Rowdytum auf der Straße der Vergangenheit an, gleichzeitig nahm die Zahl der Unfälle rapide ab.

Das weckte das Interesse der breiten Öffentlichkeit. Schließlich war es ein angenehmer Zustand, wenn man ruhig und gelassen blieb. Die VAFR verhinderte auch, dass man in seiner Wut unbedacht gewisse Dinge aussprach. In vielen Beziehungen entwickelte sich größere Harmonie. Man kann sogar behaupten, dass sich eine gewisse Euphorie verbreitete. Inzwischen fragen wir nicht mehr »Warum habe ich das getan?« oder »Was habe ich mir nur dabei gedacht?«, sondern nutzen die Chance, es tatsächlich genau zu wissen.

Der dramatischste Wechsel vollzog sich allerdings in der Politik. In Demokratien werden Politiker ja häufig mit dem Auftrag gewählt, Probleme zu lösen, die fast schon jenseits des eigentlichen Bereichs der Politik angesiedelt sind – beispielsweise sollen sie der Vergeudung wertvoller Ressourcen Einhalt gebieten, die Unterprivilegierten fördern und ihnen eine Ausbildung geben oder Spannungen zwischen einzelnen ethnischen Gruppen verhindern. Die Wähler mögen vorgeben, diese Ziele zu unterstützen. Allerdings kann es vorkommen, dass etwa das Versprechen von Steuererleichterungen sie dazu bringt, ihre Meinung zu ändern. Wenn zur Entscheidung ansteht, ob die Steuern leicht gesenkt werden sollen oder mehr Geld in die Bildung fließen soll, ist es nicht selten die Bildung, die das Nachsehen hat.

Deshalb machen Politiker häufig leere Versprechungen. Sie beteuern, Änderungen bewirken zu wollen, die leider jedoch nicht innerhalb ihrer nur fünfjährigen Amtszeit zu bewerkstelligen seien. Und auf diese Weise werden alle Beteiligten durch blumige Worte eingelullt.

Doch jetzt kommt die Pausentaste ins Spiel!

Allen wird dadurch Zeit zum Nachdenken gewährt, was bewirkt, dass wir die Dinge nach und nach realistischer sehen und ehrlicher angehen. Denn nun haben wir Zeit, abzuwägen, was Aufrichtigkeit wert ist, Zeit zu überlegen, was an den Versprechungen tatsächlich dran ist – wir, die wir uns schon ganz und gar daran gewöhnt hatten, mit Lügen abgespeist zu werden. Und in jenem Jahr, in dem Conrad Barlow und Gregory Magee mit dem Friedensnobelpreis ausgezeichnet wurden, wählten wir die Vereinigte Realitätspartei an die Regierung.

Jetzt liegt die große Aufgabe darin, die VAFR mit dem genetischen Code zu verknüpfen, so dass sich ihre Wirkung von einer Generation auf die nächste übertragen kann. Natürlich werden wir uns dadurch verändern und mit uns unsere maroden Gesellschaften. Und irgendwann werden voll entwickelte Menschenwesen so ähnlich auf die heutige Zeit zurückblicken, wie wir heute auf das Steinzeitalter zurückblicken.

Drei Arten von Einsamkeit

I
Die Kehrseite des Glücks

Der Richter Beauregard Peach schrieb an seine von ihm getrennt lebende Ehefrau Gertrude. Gertrude, eine Rechtsanwältin, war selbst beruflich erfolgreich gewesen. Doch dann hatte sie sich nach vielen schweren Auseinandersetzungen mit ihrem Ehemann gemeinsam mit ihrer erwachsenen Tochter Catherine nach Südfrankreich zurückgezogen. Dort besuchte sie ein früherer Bekannter aus Oxford, ein gut situierter Journalist. Während also Gertrude unerwünschte Briefe von Beauregard erhielt, gingen sie und der Journalist auf Segeltouren, besuchten diverse Restaurants und sprachen dabei reichlich dem Wein zu.

Beauregard bat sie keineswegs, zu ihm zurückzukommen. Sein Verstand arbeitete auf sehr viel feinere Art – eine Art, die Gertrude kannte, bewunderte und fürchtete. Er schrieb:

Liebste Gertrude,
ich bedauere, dass Du nicht bei mir in Oxford bist, denn der Fall, über den ich derzeit zu urteilen habe, würde Dich bestimmt interessieren. Vielleicht wird er sich sogar als bedeutsam erweisen.

Die Verhandlung findet im Oxford Crown Court statt. Der Fall ist so ungewöhnlich, dass der Gerichtssaal stets überfüllt ist. Die Gerichtsdiener haben alle Hände voll zu tun, der Menschenmenge Herr zu werden, die sich schon früh am Morgen draußen ansammelt. Es sind auch Reporter da, nicht nur von der *Oxford Mail*, wie zu erwarten, sondern auch von mehreren Londoner Zeitungen. Selbst die *New York Herald Tribune* hat einen Beobachter geschickt.

Regelmäßig kommt der Verkehr von der Magdalen-Brücke bis zum Bahnhof zum Erliegen, obwohl daran, wie ein Spaßvogel bemerkt hat, »eigentlich gar nichts Besonderes ist«. Leider hat sich die Ehefrau des Richters in den Urlaub verabschiedet, während ihr Mann über den Fall urteilen muss. Was soll man mit einem Menschen anfangen – der Angeklagte ist kein richtiger Krimineller, sondern reiht sich ein in die lange Tradition von Oxford-Exzentrikern, die eigentlich nichts Böses im Schilde führen –, der eine neue, wenn auch recht hölzerne Rasse oder Spezies in die Welt gesetzt hat? Eine Spezies allerdings, deren rapide Fortpflanzung für die Menschheit eine Bedrohung darstellt. (Übrigens ist es wohl auch für ihn recht komisch, dass er es mit einem alternden Mann zu tun hat, der angesichts der Untreue seiner Ehefrau plötzlich nackt dasteht! Ich bin sicher, dass Du bei dieser Vorstellung lachen wirst).

Für einen solchen Tatbestand gibt es keinen Präzedenzfall; ich betrachte mich als glücklich, dabei als Richter wirken zu dürfen. Man muss es wohl als einen der Vorzüge des Lebens in Oxford betrachten – so ähnlich, als hätten wir im letzten Jahrhundert die von Bischof Wilberforce geleitete Debatte über die Evolution miterlebt.

Die Welt ist jetzt schon übervölkert genug; unserer natürlichen Umwelt wurde genügend Schaden angetan. Und hier habe ich einen Menschen vor mir, der für viele weitere derartiger Schäden verantwortlich ist.

Der Angeklagte, Donald Maudsley, wirkt äußerlich eigentlich recht normal. Er hat einen kleinen Bart, eine ziemlich ausgeprägte Hakennase, blondes Haar, das hinten zu einem Pferdeschwanz zusammengebunden ist, und ist durchschnittlich groß. Ein melancholischer Mensch, nicht ohne Intelligenz. Er hat früher sogar am Oriel College studiert.

Allerdings hat er die Angewohnheit, seine Geschichte in der dritten Person zu erzählen, was ich anfangs als recht irritierend empfand; daraus geht deutlich hervor, dass er unter einer Persönlichkeitsspaltung leidet. Das Protokoll seiner beeideten Aussage lässt sich wie folgt zusammenfassen: Nach dem Universitätsabschluss widmete sich dieser Mann namens Donald Maudsley wissenschaftlichen Studien über den Zustand unseres Planeten. Er nahm am Klimagipfel in Brasilien teil und verschwand danach in der südamerikanischen Wildnis. Und jetzt kommen wir zum Kern seiner Geschichte: Irgendwann landete er am Rande eines bislang nicht entdeckten Regenwaldes, der sich bis zum Südpazifik erstreckt. Strahlende Sonne, frischer Wind, Regenzeiten, die kamen und gingen. Aus Tagen wurden Jahre. Niemand wusste, wo er abgeblieben war, er hatte keinen Kontakt zur Außenwelt. Nie legte irgendein Schiff am Ufer an, nie flog ein Flugzeug vorbei. Ein idealer Ort, um eine Identitätskrise zu durchleben.

Der Mann gewöhnte sich an, ausgebrannte Sonnenuntergänge zu sammeln. Jeden Abend kehrte er sie, nachdem sie ihr Bestes gegeben hatten, zusammen und bewahrte sie in einem großen goldenen Käfig tief im Regenwald auf.

Zwar sang er oft vor sich hin – zumeist ein Volkslied, das von einem einsiedlerischen Polarbär handelte –, doch er fühlte sich sehr einsam. Abgesehen von Strandkrebsen, begegnete er kaum irgendwelchen Lebewesen. Hin und wieder flog ein weißer Vogel, ein Albatros, vorbei, ein Anblick, der bei ihm nur das Gefühl von Einsamkeit verstärkte. Ja, dieses Gefühl bestimmte seine ganze Existenz, wurde ein Teil von ihm.

Eines Morgens fällte er einen Baum, und aus einem Teil des Stammes fertigte er eine Bauchrednerpuppe, die er Ben taufte und so lebensecht wie möglich machte, da er sich nach Gesellschaft

sehnte. Dann hockten der Mann und die Puppe
auf dem Stumpf des gefällten Baums und führten lange Gespräche. Vor allem erörterten sie die
Morallehre und die Frage, ob sie überhaupt nötig
sei. Denn der kleine Mann hatte strenge moralische Grundsätze, die sein ganzes Leben geprägt
hatten. So hatte er während seines Studiums
am Oriel College eine schöne, intelligente Frau,
Tochter eines fremden Königreiches, kennen gelernt und sich in sie verliebt. Doch nachdem sie
all ihre Überredungskünste angewandt hatte,
um ihn dazu zu bringen, mit ihr zu schlafen,
hatte er sie weggeschickt und fortan ihre Gesellschaft gemieden. Auf die Zurückweisung hatte
sie mit heftiger Wut und beleidigenden Worten
reagiert.

Danach hatte er an der Hochschule der Domi-
nikanermönche studiert, um später das heilige
Gelübde abzulegen – es jedoch wieder nicht fertig gebracht, seinen Wunsch in die Tat umzu-
setzen. Verzweifelt wie er war, glaubte er, die
Morallehre habe ihn der menschlichen Gesellschaft entfremdet.

Manchmal ereiferte sich die Holzpuppe bei
diesem Thema und vertrat die Ansicht, Moralität
bedeute nichts anderes als das Scheitern menschlicher Beziehungen. Für ein hölzernes Ding war
die Puppe verblüffend wortgewandt. Ihre aus-
geprägten Überzeugungen trieben sie sogar
dazu, erregt am Strand herum zu rennen. Doch
all diese Streitgespräche führten, genau wie der
Strand, nirgendwo hin.

Gertrude, ich esse heute Abend im Refektorium der Universität und muss mich noch umziehen. Ich schreibe Dir bald wieder und berichte dann ausführlicher von den Gesprächen, die nach Aussage Maudsleys zwischen ihm und der Puppe stattfanden.

Alles Liebe.

Dieser Brief veranlasste Gertrude zu folgender kurzen Antwort:

Der Fall, über den Du zu urteilen hast, scheint mir seltsame Parallelen zu unserer eigenen Vergangenheit aufzuweisen. Dieser Maudsley wünscht sich offenbar nichts sehnlicher, als in einer lieblosen, gottlosen Welt Liebe zu finden. Und dennoch kann er sie nach eigener Aussage nur bei einer Holzpuppe empfinden. Sicher erinnerst Du dich daran, wie Hippolyt den liebevollen Annäherungsversuch von Phaedra, seiner Stiefmutter, mit kühler Arroganz zurückweist – worauf beide den Tod finden. Das muss Deinem Gedächtnis doch wenigstens so weit auf die Sprünge helfen, dass Du darüber nachdenkst, wo die Ursachen für unsere gegenwärtigen Probleme liegen. Über den Fall möchte ich nichts mehr hören.

Gertrude

Dennoch schrieb der Richter seiner im Ausland weilenden Ehefrau einen weiteren Brief, in dem es hieß:

199

Der Fall wird immer noch verhandelt, es ist schon der vierte Sitzungstag. Maudsley behauptet, Ben, die Bauchrednerpuppe, habe von Tag zu Tag lebensechter gewirkt und das habe nur daran gelegen, dass er sie als eigenständiges Wesen behandelt habe. Er baute der Puppe eine kleine Hütte neben seiner eigenen auf einer Klippe oberhalb des Strandes. Wenn er sich eine Mahlzeit aus Krebsen oder Fischen zubereitete, gab er der Puppe stets davon ab. Und jedes Mal nahm sie das Essen mit, um es allein und ungestört zu »verzehren«.

Nach und nach, behauptet Maudsley, seien sie dazu übergegangen, auch persönlichere Dinge miteinander zu besprechen. Natürlich verfügte die Puppe über keinerlei Vergangenheit, von der sie hätte erzählen können. Doch vertrat sie sehr engagiert die Überzeugung, es sei falsch, Fleisch zu verzehren, vielmehr solle man den Boden dazu nutzen, Obst und Gemüse anzubauen. Das verfocht sie wie eine Religion und als der Mann ihr in diesem Punkt widersprechen wollte, behauptete die Holzpuppe, Früchte zu tragen sei eine moralische, da asexuelle Lebensweise. Die Ananas sei ein Symbol der Moral, wahrer Moral.

Eines Tages kam es zu folgender Unterhaltung: »Du kannst doch nicht behaupten«, sagte Maudsley, »dass die ungeschlechtliche Fortpflanzung der geschlechtlichen vorzuziehen ist. Wir sind alle verschieden und müssen die Methoden anwenden, die Gott uns für die Vermehrung zur

Verfügung gestellt hat. Anderes zu behaupten, ist schlicht kindisch.«

»Im Herzen bin ich ja auch ein Kind geblieben«, erwiderte die Puppe und schlug sich an die Brust.

»Aber du hast doch gar kein Herz.«

Die Puppe warf ihm einen merkwürdigen Blick zu. »Was weißt du schon von meinem Leben? Anders als du komme ich aus der Erde. Ich unterdrücke meine Gefühle, schließlich stamme ich von einem Baum ab. Soweit ich das aufgrund meiner begrenzten Erfahrung beurteilen kann, sind Bäume ganz und gar nicht leidenschaftlich veranlagt. Ich lebe sehr zurückgezogen und verhalte mich hölzern. Wie gern würde ich ein Herz besitzen. Doch dann... Glaubst du nicht auch, dass Herzen einen traurig machen?«

Maudsley starrte aufs Meer hinaus, auf den Ozean, der etwas von der Leere der Ewigkeit an sich zu haben schien. »Mhm. Irgendetwas macht mich zweifellos traurig. Etwas, das schwer zu definieren ist. Ich habe immer gedacht, es sei nur die Vergänglichkeit, das Vergehen der Zeit, keinesfalls mein Herz.«

Die Puppe kicherte hämisch. »Die Zeit vergeht gar nicht. Das ist nur ein menschengemachter Mythos. Die Zeit umgibt uns, wo wir auch sind, wie eine Art Gelee. Es ist das menschliche Leben, das vergeht.«

»Ich will damit ja auch nur sagen, dass ich eigentlich gar nicht weiß, was mich traurig macht.«

»Dann kennst du dich selbst nicht besonders gut«, erwiderte die Puppe. »*Mich* macht überhaupt nichts traurig, höchstens mal ein Splitter im Hintern.« Die Hände hinter dem Rücken verschränkt, stolzierte sie am Strand entlang und fuhr fort: »Nein, ich bin nie traurig, bin es auch nie gewesen, selbst damals nicht, als ich noch ein junger Trieb war. Ich kann mir Traurigkeit nur als eine Art Sägemehl vorstellen. Es betrübt mich, wenn du behauptest, du seist traurig. Schließlich bist du für mich so etwas wie ein Gott, weißt du das? Ich kann deine Traurigkeit nicht ertragen.«

Der Mann, der einst am Oriel College studiert hatte, lachte traurig. »Deshalb bemühe ich mich ja auch, dir nichts von all dem Kummer und all der Sehnsucht in meinem Herzen zu erzählen.«

Die Puppe kam zu ihm, setzte sich neben den Mann und legte ihr Kinn in die Hände. »Ich wollte dich nicht traurig machen. Es geht mich ja eigentlich auch gar nichts an.«

»Vielleicht doch.«

Darauf schwiegen beide. Über dem Ozean sammelte ein weiterer Sonnenuntergang Kraft für seinen Auftritt wobei er die Farbpalette nach einem noch strahlenderen Gold durchsuchte.

Die Puppe brach als Erste das Schweigen. »Was bedeutet dieses *Traurigsein* überhaupt? Ich meine, wie oft ist dir denn nach so etwas zumute?«

»Nach Traurigkeit? Ach, das Traurigsein ist eigentlich genau wie das Glücklichsein, nur eben umgekehrt. Wir Menschen müssen damit leben. Schon das Menschsein an sich ist eine entsetzliche Bürde, an der wir schwer zu tragen haben.«

»Aber du machst trotzdem weiter? Verspürst du deshalb den Zwang, all diese Sonnenuntergänge einzusammeln, selbst wenn sie längst ausgedient haben?«

Maudsley ärgerte sich inzwischen darüber, dass eine Puppe ihn derart ins Kreuzverhör zu nehmen wagte. »Geh jetzt bitte, lass mich in Ruhe! Du dramatisierst das alles nur. Außerdem stellst du unsinnige Fragen!«

»Wie kann ich unsinnige Fragen stellen, wenn meine Fragen doch auch die deinen sind?«

»Aufgrund welcher Logik kommst du zu diesem Schluss?«

»Alles in allem betrachtet, bin ich ja nichts als dein Echo«, gab die Puppe zurück.

So hatte der Mann das noch nie gesehen. Und der Gedanke ging ihm durch den Kopf, dass er möglicherweise sein ganzes Leben lang stets nur das eigene Echo vernommen hatte. Und dass seine moralische Lebensweise, auf die er einst so stolz gewesen war, nur bedeutete, dass er anderen Menschen den Zutritt zu seinem Leben verwehrt hatte.

Er ließ die Puppe am Strand zurück und ging nachsehen, wie der Sonnenuntergang vorankam. Und als er dessen nicht mehr benötigte

Farbreste zum Käfig tief im Regenwald trug, fiel ihm zum ersten Mal auf, dass die anderen Sonnenuntergänge, die er geborgen hatte, mit der Zeit nachgedunkelt waren – wie alte Zeitungen oder verblichene Fahnen.

Als Gertrude diesen Bericht ihres Ehemanns erhielt, tobte sie vor Wut. Fest davon überzeugt, dass er den Fall Maudsley frei erfunden hatte, wählte sie die Nummer seines Apparats an der Universität und hinterließ ihm auf dem Anrufbeantworter, dass er sie nie wieder mit diesem Thema belästigen solle. Dennoch schickte der Richter seiner Frau einen weiteren Brief, den er damit entschuldigte, dass er glaube, sie könne am Ausgang dieses Falles interessiert sein.

Als Maudsley am nächsten Morgen allein am Strand spazieren ging, steuerte ein Motorboot laut dröhnend auf das Ufer zu. Eine Frau, die einen weißen Anzug im China-Look und um die Taille einen Ledergürtel mit Pistolenhalfter trug, sprang an den Strand. Sie wirkte zwar sportlich, doch als sie näher kam, merkte er, dass sie schon recht alt war, ihr Hals viele Runzeln hatte, und ihre Arme und Hände mit Leberflecken übersät waren. Allerdings war das Lächeln auf ihren faltigen Wangen sehr nett und ihr Haar blond getönt.

»Haben wir Sie schließlich doch noch gefunden«, sagte sie. »Ich komme von der chilenischen Forstbehörde und bin hier, um Sie zu retten.«

Verwirrt, wie er war, fragte er sie schüchtern, ob sie die Frau sei, die er vor Jahren, während seiner Studienzeit am Oriel College, geliebt und später abgewiesen habe.

Sie lachte. »So spielt das Leben leider nicht. Außerdem habe ich am Wadham College studiert. Los, kommen Sie mit.«

Maudsley dachte kurz an seine Puppe und den Käfig mit den ausgebrannten Sonnenuntergängen, dann sprang er ins Boot.

Und damit endete seine Aussage.

Meine sehr verehrten Geschworenen (sagte ich), aufgrund der Fahrlässigkeit dieses Mannes geht die Zahl der Puppenwesen inzwischen in die Tausende. Die ursprüngliche Puppe hat sich auf ungeschlechtliche Weise vermehrt, genau wie es nun ihre Nachkommen praktizieren, und mittlerweile haben sie den Regenwald fast zerstört, indem sie einen Großteil der Bäume abgeholzt haben – denn das Holz brauchen sie für ihre Körper. Außerdem ist dieser Teil der Erde jetzt von ausgebrannten Sonnenuntergängen überschattet und völlig verdüstert. Angesichts dieser Verbrechen gegen die Umwelt scheint mir *lebenslänglich* durchaus angemessen.

Hier endet mein heutiger Brief, liebste Gertie. Natürlich fühle ich mich einsam ohne Dich, würde ich sonst meine Zeit damit vertun, irgendwelche Fabeln zu erfinden? Ich hoffe, dass Du mit Catherine eine schöne Zeit am Meer verbringst und ihr beide euch bald dazu entschließen könnt, nach Oxford zurückzukehren. In zehn Tagen findet das Stiftungsfest statt, und es wäre so schön, wenn Du mich dorthin begleiten könntest – es wird in diesem Jahr im *All Souls* gefeiert.

Du bist Hoffnung und Inspiration meines Lebens. Ich bewundere Deine Schönheit ebenso wie Deine Seele. Komm bald zurück!

In Liebe

Dein Beau

II
Der Künstler,
den nur eines beschäftigte

Arthur Scunnersman kaufte ein Herrenhaus in den Hügeln hinter Antibes. Er mietete eine Villa in Santa Barbara. In Nizza erwarb er eine Yacht, die niemals den Hafen verließ. In London, Paris und New York gab er rauschende Partys. Der Universität von Oxford spendete er zwei Millionen Dollar für ein neues Kunstinstitut, das auf dem Gelände des Radcliffe-Krankenhauses errichtet werden sollte. Die Kleidung, die er trug, kaufte er jeden Tag neu.

Er war allgegenwärtig, sein Gesicht tauchte überall auf. Jede seiner zahlreichen Freundinnen behandelte er gut, wenn er sich auch für ihr jeweiliges Innenleben nicht interessierte. Man munkelte, er verbringe die Nächte auch hin und wieder zwischen Mutter und Sohn. Dass es nach Skandal roch, machte ihn nur noch interessanter.

Scunnersman war *der* Künstler seiner Epoche. Noch während seiner Zeit in Oxford war er berühmt geworden. Für seine Gemälde und Zeichnungen konnte er riesige Summen verlangen, und auch für seine Bühnenbilder wurde er fürstlich bezahlt. Darüber hinaus interessierte er sich für die unterschiedlichsten Themen. Kurz gesagt, der Name Scunnersman war in aller Munde.

Seinen Freunden fiel auf, dass er mitunter wochenlang verschwand. Und wenn er dann wieder aus der Versenkung auftauchte, brachte er stets neue Arbeiten mit – abstrakte Gemälde, graphische Darstellungen, Porträts … Immer, wenn er in den Schoß der Gesellschaft zurückkehrte, gab er eine Party, und jeder, der das Privileg genoss, zum Kreis der Eingeladenen zu gehören, erschien bei diesen Gelegenheiten, bei denen Arthur auch zu singen pflegte. Manchmal waren es Lieder, die er, einer spontanen Eingebung folgend, gerade erst komponiert hatte, um seine Gäste damit zu bezaubern oder zu belustigen. Später allerdings wurden diese Lieder auf CDs gebrannt, er selbst sang als Solist. Auch diese CDs fanden reißenden Absatz – er war ein wahrer Magier!

Zweifellos verfügte er also über vielfältige Talente. Und gerade diese Vielseitigkeit war es, mit der er die Welt so begeistern konnte – diese Welt der Schönen und Reichen, voller Glitz und Glamour. Diese Welt war von Arthur Scunnersman und allem, was er darstellte, völlig eingenommen, vor allem jedoch von seinem scheinbar mühelosen Erfolg … Bis der Tag kam, an dem ein einflussreicher Kunstkritiker die Vielseitigkeit Scunnersmans als Beliebigkeit geißelte. Draufhin tauchte Arthur ab. Zahllose Journalisten aus aller Welt bemühten sich, ihn aufzustöbern, doch sie fanden ihn nicht. Wer wäre auch auf die Idee gekommen, ihn in einer kleinen norwegischen Stadt zwanzig Kilometer südlich von Oslo zu suchen? Der Ort hieß Dykstad. Dort hatte Scunnersman ein ganz gewöhnliches Haus in einer ganz gewöhnlichen Straße gekauft, direkt gegenüber dem Postamt und in diesem Haus lebte er völlig zurückgezogen mit einer Haushälterin namens Bea Bjørklund, die vom Land stammte. Seltsam, sich vorzustellen, dass sie den Namen Scunnersman nie zuvor gehört hatte. Dafür wusste sie jede Menge über das Makrelenfischen.

Bea hatte ein schlichtes Gemüt, war angenehm im Umgang und neigte zur Fülle. Die blonden Haare hatte sie zu einem Kranz geflochten und hoch gesteckt, so dass ihr Kopf einem zu Dekorationszwecken ausgestellten Laib Brot glich. Ihre Zähne waren makellos, die Augen tiefblau. Zunächst beschränkten sich ihre Aufgaben bei Scunnersman auf Waschen, Kochen und Putzen, doch nach zwei Monaten gab sie schließlich seinen inständigen Bitten nach, ließ ihr langes Haar hinunter und stieg zu ihm ins Bett.

Sie schliefen in Missionarsstellung miteinander – eine andere Variante ließ Bea nicht zu –, und kamen zuverlässig zum Orgasmus, schnell und ohne viel Aufhebens. Sie lebten ein Leben streng geregelter Mittelmäßigkeit, in dem der Name Oxford keinen

Platz hatte. Scunnersman tat überhaupt nichts, außer dass er hin und wieder in der Nachbarschaft spazieren ging, doch das auch nie weiter als bis zur alten Steinbrücke und wieder zurück. Anders als in früheren Zeiten, nahm er weder Drogen, noch betrank er sich. Bea konnte ihn höchstens hin und wieder dazu überreden, vor dem Schlafengehen ein Gläschen Aquavit mit ihr zu leeren.

Manchmal fuhren sie in ihrem alten verrosteten Ford zur Küste und fischten auf der tiefen, unruhigen Nordsee nach Makrelen. Nach und nach brachte Bea Scunnersman bei, das Netz richtig auszuwerfen, und es dauerte nicht lange, bis auch ihm Makrelen ins Netz gingen, wenn auch nicht so viele wie Bea.

Das Malen hatte er gänzlich aufgegeben; in Dykstad besaß er nicht einmal Farben.

In der Vorweihnachtszeit suchte er den Dorfladen weiter oben an der Straße auf, um für Bea französische Spitzenunterwäsche zu besorgen. Auch Bea suchte den Dorfladen weiter oben an der Straße auf und erwarb einen Holzkasten mit Ölfarben und Pinseln, den sie Scunnersman schenkte.

Als er den Kasten aufmachte, war er verblüfft. »Wie bist du denn *darauf* gekommen?«, fragte er.

Zwei niedliche Grübchen enthüllend, erwiderte sie: »Ich dachte, es könnte dir vielleicht Spaß machen, als Hobby zu malen. Im Fernsehen habe ich mal einen Künstler gesehen, der ziemlich große Ähnlichkeit mit dir hatte. Angeblich ist er sehr erfolgreich.«

»Ach tatsächlich?«

»Kann ja sein, dass du genauso erfolgreich bist, wenn du dir Mühe gibst. Jedenfalls hast du beim Makrelenfischen viel Talent bewiesen!« Sie lachte und zeigte dabei ihren hübschen Gaumen und die makellosen Zähne. Worauf er sie küsste und ihr vorschlug, die französische Unterwäsche anzuprobieren.

Am Dreikönigstag entschloss er sich schließlich zum Malen. Eine Ecke des kleinen Wohnzimmers hatte es ihm ganz besonders angetan: Sie umfasste ein Regal mit ein paar Büchern, die an einer schweren Steinvase lehnten, einen alten, rot bezogenen Lehnstuhl mit passendem rotem Kissen und ein kleines Fenster, durch das man einen Gemüsegarten sehen konnte, in dem sie vor allem verschiedene Kohlsorten angebaut hatten.

Beim Malen ließ er sich Zeit. Es war ein seltsames Gefühl, wieder den Pinsel in die Hand zu nehmen und zur Leinwand zu führen. Bea sah ihm ohne jeden Kommentar zu. Über die Schulter stellte er ihr noch einmal die Frage, die er bereits Weihnachten gestellt hatte: »Wie bist du denn *darauf* gekommen?« Und diesmal gab sie lächelnd zurück: »Die Leute im Dorf nehmen Anstoß daran, dass wir ohne Trauschein zusammenleben. Deshalb habe ich mir gedacht, ich mache am besten einen Künstler aus dir. Dann sind sie nicht weiter beunruhigt, denn von Künstlern erwarten sie nichts anderes.«

Er stand auf, um ihre vollen Lippen zu küssen.

Als das Bild schließlich fertig war, betrachtete sie es skeptisch. »Es ist hübsch«, sagte sie, »aber die Wirklichkeit trifft es nicht ganz.«

»Welchen Sinn hätte es denn, genau die Wirklichkeit abzubilden?«

Am folgenden Tag malte er dieselbe Zimmerecke ein zweites Mal, und auch diesmal versagte ihm Bea das große Lob. Doch er fand Gefallen an diesen Entwürfen: Wieder und wieder malte er die Ecke, ohne Bea jemals gänzlich zufrieden zu stellen. Und als er das erste Hundert voll hatte, küsste sie ihn zärtlich und schlug ihm vor, das Malen aufzugeben: »Du wirst wohl nie Erfolg haben ...«

Doch Arthur Scunnersman fing gerade erst an, richtig Spaß an der Sache zu haben.

III
Sprechende Würfel

Der Bürgerkrieg war mit vernichtender Grausamkeit ausgefochten worden und nun lag meine Heimat in Schutt und Asche. Viele hunderttausend Menschen hatten ihr Leben verloren, viele wunderbare Gebäude waren zerstört, etliche Barackensiedlungen völlig vom Erdboden verschwunden. Ganze Städte bestanden nur noch aus Steinen und Geröll, so dass ihre Bewohner kein Dach mehr über dem Kopf hatten und unter Plastikplanen hausten. Zahlreiche Menschen starben im Schlaf an ihren

Verletzungen, die sich mit Zorn oder Kummer verbunden hatten.

Ich war im Tross einer Friedenstruppe als offizieller Vertreter der Hungerhilfe dorthin zurückgekehrt. Das Land, das ich geliebt hatte, in dem ich einst eine heftige Liebesaffäre erlebt hatte, war unter der Last seines Alters zusammengebrochen, wie ich – selbst nicht mehr jung – feststellen musste. Wer oder was sollte ihm die Jugend zurückgeben? Wie konnte man in den Seelen dieser Menschen wieder jugendlichen Schwung wecken? Wie sollten der Norden und der Süden je wieder einträchtig zusammenleben?

Das flache Land war noch immer mit den Tretminen des Feindes übersät, die nur darauf warteten, Bauern und zufälligen Passanten die Beine abzureißen. Und noch immer schlichen feindliche Maschinenungetüme durch die menschenleeren Straßen der kleinen Städte. Diese vollautomatisierten, krebsähnlichen Maschinen kannten keine Müdigkeit und feuerten Laserstrahlen auf alles ab, das sich bewegte, gleich, ob dessen Heimat im Norden oder Süden lag. Ich stellte mich als Freiwilliger jener Truppe zur Verfügung, die sie aufspüren, entschärfen und demontieren sollte.

An einem schönen Wochenende im Oktober erhielt ich den Auftrag, an einer multi-ethnischen Friedenskonferenz in der Hauptstadt teilzunehmen. In einem einigermaßen unversehrten Stadtgebiet war ein neues internationales Hotel errichtet worden, das dem nahe kam, was wir als »Normalität« bezeichnen – aus westlicher Sicht natürlich.

Unsere Auffassung von Normalität schloss Bäder mit Duschen ein. Und Mahlzeiten, zu denen man an einem Tisch Platz nahm und die man mit Plastikkarten bezahlte.

Während meines ersten Abends in diesem Hotel traf ich in der Bar zufällig auf eine Frau, die mit mir zusammen an der Universität studiert hatte. Später hatten wir uns noch einmal in der Hauptstadt des anderen Landesteils getroffen, noch bevor die Spaltungen und Spannungen innerhalb des Staates sich in einem Bürgerkrieg entladen hatten. Sie hieß Sushla Klein. Ihr Begleiter war ein stämmiger Mann mit kahl geschorenem Kopf.

Mein Herz schien einen Sprung zu machen, und ich blieb wie angewurzelt stehen. Sie saß an einem Tisch und blickte zu dem Mann auf, der so stand, dass er mir die breiten Schultern zuwandte. Hinter ihnen an der Wand hing ein Panoramafoto von fliegenden oder sich das Gefieder putzenden Störchen vor einem schwarzen Hintergrund. Mit entsetzlicher Deutlichkeit drängte sich mir der Gedanke auf, wie sehr sich alles verändert hatte – nicht nur die Situation eines früher einmal blühenden Landes oder meine eigene Situation, sondern natürlich auch die von Sushla. Wie schwer mein Leben seit unserer Trennung auch gewesen sein mochte, das Schicksal dieser wunderbaren Frau, auf die früher einmal ein ruhiges akademisches Leben gewartet hatte, war sicher nicht leichter als meines gewesen. Ja, irgendetwas im Äußeren ihres untersetzten Gefährten verriet mir, dass ihr das derzeitige Leben nur wenige

– oder nur wenig reizvolle – Wahlmöglichkeiten
ließ.

Unsicher, ob ich den Rückzug antreten sollte
oder nicht, verharrte ich einfach auf der Stelle.
Angesichts dieser alten Liebe mischten sich bei mir
Freude und Schmerz. Mir immer noch den Rücken
zuwendend, ließ sich nun der untersetzte Mann
auf einem Stuhl nieder, und ich konnte mehr von
Sushlas Gesicht sehen, während ihr Blick auf ihn
gerichtet blieb.

Mir fiel auf, dass Sushla, genau wie ich auch,
ziemlich gealtert war. Während ich im Norden
geboren wurde, stammte sie aus dem Süden. Und
dennoch hatten wir uns einst heftig geliebt und
diese Liebe genossen. Ich sage genossen, obwohl
die Heimlichkeit dieser Liebe uns letztendlich auseinander riss. Diese Liebe war eine seltsame Mischung aus Angst, Triumphgefühl, gegenseitiger
Wertschätzung und purer Lust gewesen. Wir waren
seinerzeit beide stolz darauf gewesen, jemanden
aus den Reihen des Gegners zu lieben. Aber damals
hatte auch noch Frieden, zumindest eine Art von
Frieden, geherrscht, und die Menschen hatten noch
gewisse Hoffnungen in die Zukunft gesetzt.

Als sich unsere Blicke trafen, überwältigten mich
die Erinnerungen an diese frühen Tage. Gleich darauf entschuldigte sich Sushla bei ihrem Begleiter
und kam freudig auf mich zu, während er uns
beide anstarrte.

»Sushla, nach so vielen Jahren ...«

»Ach, kommt es einem nicht so vor, als sei es
gerade erst gestern gewesen?«

Wir nahmen in einer anderen Ecke der Bar Platz und tranken bedächtig unser Bier. Wir gingen sehr förmlich miteinander um und wussten nicht so recht, was wir sagen sollten.

»Es ist zwar reiner Zufall, dass wir uns hier treffen«, bemerkte sie, »und doch bin ich, genauso zufällig, besser als du auf diese Begegnung vorbereitet.«

Ich blickte sie fragend an. Ihr Haar hatte schon graue Strähnen. Aus ihrer Umhängetasche zog sie nun einen kleinen durchsichtigen Würfel, dessen Seitenlänge zehn Zentimeter betragen mochte. Sie schob den Aschenbecher zur Seite und stellte den Würfel zwischen uns auf den Tisch.

Während ihr Blick zwischen mir und dem Plastikwürfel hin und her wanderte, sagte sie: »Heute nachmittag hatte ich frei und bin durch die Altstadt gebummelt. Dabei habe ich auch an dich gedacht. Und daran, wie wir dort früher gemeinsam spazieren gegangen sind. Die meisten Läden sind mittlerweile verschwunden. Damals wurde der Ort natürlich zur Hauptstadt einer gegnerischen Macht, zur Hauptstadt des Nordens. Und du bist auf und davon. Nun ja, während unseres Studiums haben noch andere Zeiten geherrscht, nicht wahr? Jedenfalls bessere.«

»Viel bessere, Sushla.« Ich bedeckte ihre Hand, die auf dem Tisch lag, mit meiner.

»Auf diesen Würfel – früher nannte man sie Holowürfel – bin ich in einem Trödelladen in der ersten Gasse gleich links von der großen Straße gestoßen. Ich habe ihn gekauft, weil ich vor einiger

Zeit zufällig sein Pendant gefunden habe, einer Stadt, die im Süden liegt. Dieses Zusammenfallen von Ereignissen ist schon merkwürdig... Jetzt besitze ich beide Würfel. Ein Wunder, dass sie inmitten von so viel Zerstörung unversehrt geblieben sind, sie funktionieren beide noch. Wenn ich nächste Woche zurück nach Oxford fahre, werde ich sie mitnehmen.«

»Du kehrst nach Oxford zurück?«

»Meine Tochter arbeitet dort im Ashmolean-Museum, genauer gesagt in der Abteilung für Druckerzeugnisse. Aber du weißt natürlich gar nicht, dass ich eine Tochter habe.« Ihre von dichten Wimpern beschatteten Augen blitzten in einem kurzen Lächeln auf. »Ich sollte dir wohl sagen, dass du nicht der Vater bist.«

Ein kurzer Anfall von Eifersucht ging mir durch und durch.

»Der andere Würfel, der, den ich zuerst erworben habe, liegt in meinem Zimmer. Ich möchte, dass du beide in Funktion erlebst. Wenn ich dich allerdings in mein Zimmer einlade, dann ohne jeden Hintergedanken. Für all das sind wir schon zu alt. Die Liebe hat sich erschöpft, jedenfalls, was mich betrifft. Außerdem kann ich nicht vergessen, dass du vor kurzem noch mein Gegner warst. Genauso wenig wie ich die Gräuel, die deine Leute meinen Leuten angetan haben, vergessen kann.«

»Das sind nicht meine Leute. Ich *habe* kein Volk mehr.«

»Doch, du hast eins. Man kann es gar nicht übersehen. Du gehörst zu den Leuten aus England, aus Oxford.«

»Ach, das meinst du. Nein, ich gehöre lediglich zu denen, die sich mit Minen befassen.« Ich erklärte ihr, was ich tat. »Beide Seiten haben Minen gelegt, Minen, die immer noch töten und verstümmeln, trotz des Friedens.«

»Wie alter Groll.« Sushla lächelte traurig und sah zu, wie ihr Begleiter – möglicherweise ihr Ehemann – heftig seine Zigarette ausdrückte und durch die Glastür des Hotels verschwand.

Ich ging mit ihr zu ihrem Zimmer hinauf. Ich war völlig erledigt und froh darüber, mit irgendeinem Menschen reden zu können – natürlich freute es mich, dass es gerade Sushla war. An einer Schranktür hing der Tropenanzug eines Mannes, sein Rasierzeug lag auf einem Nachttisch. Das Bett war zerwühlt.

Beim Zimmerservice bestellte Sushla koffeinfreien Kaffee. Ich stand ein ganzes Stück weg von ihr. Meine Sehnsucht galt nicht mehr ihr, sondern nur unserer Vergangenheit, unserer gemeinsamen Vergangenheit, in der unsere Betten ständig zerwühlt gewesen waren. Tatsächlich konnte ich mich noch vage an die Holowürfel erinnern, die damals besonders bei Liebespaaren hoch im Kurs standen. Wenn man sie einschaltete, tauchte innen ein Kopf auf, der ziemlich echt aussah, der sprach, lächelte und manchmal auch weinte. Die Illusion wurde mit einfachen Mitteln erzeugt: Das holografische Bild einer Person wurde auf eine kleine, mit Germanium legierte Leiterplatte geprägt, und wenn

Strom hindurchfloss, erwachte dieses Bild zum Leben und machte sich über in den Würfelboden integrierte, winzige Lautsprecher verständlich. Besaß jemand anderes einen ähnlichen Holowürfel, dann konnte man die Köpfe so ausrichten, dass es aussah, als unterhielten sich die beiden miteinander.

Als Sushla nun einen der Würfel einschaltete, tauchte der Kopf einer Frau mit kurzen, rabenschwarzen Haaren, geröteten Lippen und einer Stupsnase auf. Sie war in dem Block aus künstlichem Eis erstarrt und rührte sich nicht. Das Bild wirkte recht grobkörnig. In dem anderen Würfel erschien der Kopf eines jungen Mannes, der breite Wangenknochen hatte und recht selbstbewusst wirkte. Unter einer Kappe aus Ölhaut quollen blonde Locken hervor. Auch er bewegte sich nicht.

Zu meinem Entsetzen erkannte ich in diesen Köpfen uns selbst als junge Menschen wieder. So hatte sie, so hatte ich einmal ausgesehen.

Sushla schob die Würfel näher zusammen, so dass beide Köpfe – der Kopf des Mannes und der Kopf der Frau – einander zugewandt waren. Gleich darauf begannen die Holobilder zu sprechen. Die ersten Worte der Frau kamen stockend, doch es dauerte nicht lange, bis sie sich in Liebesbeteuerungen ergoss: »... Ich kann dir gar nicht sagen, wie sehr ich dich liebe. Bei uns daheim fließt ein kleiner Bach an unserem Häuschen vorbei. Genauso ist die Liebe, die ich für dich empfinde – klar und rein, sie erneuert sich Tag für Tag. Nie zuvor habe ich so etwas empfunden für einen Mann.

Ach, mein Liebster, ich weiß einfach, dass ich dich immer und ewig lieben werde und dich bei mir haben will.«

Das Holobild des Mannes war schärfer, und seine Worte waren auch leichter zu verstehen. »Es sind schlimme Zeiten«, sagte er, »und die Lage verschlechtert sich täglich. Unsere Politiker müssen entweder blind oder verrückt sein. Gestern Nacht wurde dieses Haus unter Beschuss genommen. Ich möchte dir sagen, dass ich dich immer noch liebe, auch wenn ich derzeit keine Möglichkeit sehe, zu dir zu kommen. Aber ich musste dich wenigstens wissen lassen, dass ich an dich denke.«

Als er innehielt, ergriff erneut die Frau das Wort: »Gestern Nacht erst war es, dass du in meinen Armen gelegen hast. Die ganze Nacht hast du bei mir verbracht, eine wunderbare Nacht! Dir kann ich mich ganz und gar, ohne jeden Vorbehalt hingeben, so wie die Erde den Sommerregen in sich aufnimmt. Ich will dich auf immer und ewig, mein Liebster. Alles Liebe und Gute zum Geburtstag!«

Im Lächeln des Mannes lag Zärtlichkeit, während er im schönsten Oxford-Englisch fortfuhr: »Das, was wir uns vor zwei Jahren versprochen haben, gilt immer noch. Nur verweigern sie mir inzwischen die Genehmigung, in den Süden zu fahren. Ich habe die ganze Situation satt. So satt, dass ich dir etwas mitteilen muss: Ich werde unserem Land den Rücken kehren, werde dieses Land, das plötzlich so zerrissen ist, verlassen. Ich setze mich ins Ausland ab, ehe die Lage sich weiter zuspitzt ...«

Während er sich noch bemühte, seine Emotionen unter Kontrolle zu halten, meldete sich wieder die Frau: »Ach ja, danke, mein Liebster, dass du versprochen hast, morgen zu kommen. Wir können im Zimmer meiner Cousine übernachten, sie ist nicht da. Ich bin offen und bereit für dich. Schon wenn ich diese Sätze ausspreche, merke ich, wie ich mich öffne. Ach, mein süßer Geliebter, komm in meine Arme, komm in mein Bett. Morgen werden wir wieder zusammen sein.«

»Es ist entsetzlich«, fuhr der Mann nun fort, »dass sich die Dinge so entwickelt haben. Schlimmer, als wir je gedacht hätten, nicht wahr? Obwohl es ja immer schon Unterschiede zwischen uns gegeben hat. Ihr habt irgendwie … nun ja, rückständiger gelebt als wir im Norden. Du hättest hierher kommen sollen, als ich dich darum bat. Nicht, dass ich dir Vorwürfe machen will. Aber wir hätten vorhersehen müssen, dass sich ein Bürgerkrieg zusammenbraut. Also – leb wohl, liebe Sushla!«

»Ja«, erwiderte Sushlas Kopf, »ich werde hier auf dich warten. Nicht ein Wölkchen soll den Himmel unserer Liebe trüben, das schwöre ich … Ich kann dir gar nicht sagen, wie sehr ich dich liebe. Bei uns daheim fließt ein kleiner Bach an unserem Häuschen vorbei. Genauso ist die Liebe, die ich für dich empfinde – klar und rein, sie erneuert sich Tag für Tag. Nie zuvor habe ich so etwas …«

Sushla schaltete die Würfel aus. »Danach wiederholen sie das alles, sagen wieder und wieder ihre Verse auf, beteuern einander ihre Liebe.«

In meinen Augen brannten Tränen, als ich verlegen sagte: »Natürlich hat er seine Botschaft einige Monate später als sie aufgezeichnet. Da hatte sich die Lage schon zugespitzt ...«

Sie barg das Gesicht in den Händen. »Ach, wir wissen doch, dass diese beiden, diese Gespenster unserer Jugend, in Wirklichkeit gar nicht miteinander reden. Ihre vorprogrammierten Sätze werden dadurch ausgelöst, dass im Monolog des anderen eine Pause eintritt. Und trotzdem schneidet es einem so tief ins Herz ...« Trockenes Schluchzen erstickte ihre Worte.

Voller Schuld- und Kummergefühle erwiderte ich: »Sushla, ich weiß noch, wie ich diese Worte aufzeichnete. Unsere Trennung hat mir genauso wehgetan wie dir ...« Ich legte meinen Arm um ihre Schulter, doch sie löste sich behutsam daraus.

»Das weiß ich ja«, sagte sie und sah mich mit tränenfeuchtem Gesicht zornig an. »Was mit uns geschehen ist, war durch den natürlichen Gang der Ereignisse bedingt.«

Ich griff nach ihrer Hand. »Der natürliche Gang der Ereignisse ...«

Sie stieß ein seltsames Lachen aus. »Wie ich diesen natürlichen Gang der Ereignisse hasse!«

Als ich sie auf den Mund küssen wollte, drehte sie den Kopf weg. Auf mein inständiges Bitten hin trafen sich unsere Lippen, genau wie damals, und verharrten aufeinander, Mund gegen Mund, Atem gegen Atem – doch diesmal war es kein Vorspiel, sondern eher ein Abschluß.

221

Und während ich die Treppe hinunterstieg – die Aufzüge waren außer Betrieb –, dachte ich: Jetzt ist der Krieg endgültig vorbei. Genau wie meine Jugend. Auf den Kaffee hatte ich nicht mehr warten wollen. Als ich ging, blieb Sushla mit den alten Würfeln, den alten Worten und den alten Gefühlen allein im Zimmer zurück.

Steppenpferd

Kosmologisch betrachtet, war diese Sonne ein Solitär, der abgeschieden am Rande der Galaxis lag. Sie war zum Roten Riesen geworden, der zur Spektralkategorie K5 zählte, und aus der Nähe wirkte sie wie eine düstere, rauchverhangene Kugel, ähnlich einer Kerze, die sich bald aufzehren wird. Der Rauch bestand aus Myriaden von Partikeln, die im Magnetsturm der Sonne tanzten.

Trotz ihres aufgeblähten Umfangs war die Sonne ein kalter Himmelskörper, nicht wärmer als 3.600 Kelvin. Und doch hatte dieser Rote Riese die kranken Allmachtsphantasien der Geschöpfe genährt, die von ihm abhängig waren. Entlang des ganzen Sonnengürtels, bis zur elliptischen Krümmung, hielt sich eine Reihe künstlicher Objekte in ständiger Bereitschaft, und jedes dieser Objekte umfasste ganze Sonnensysteme.

Die Spezies, die diese Himmelskörper über unvorstellbar weite Entfernungen zum Roten Riesen befördert hatte, nannte sich *Pentivanashenii*. Vor ewigen Zeiten bedeutete das einmal *Jene, die früher auf der Weide grasten*. Diese Spezies hatte erst ihre eigenen Planeten ausgebeutet und war dann weitergezogen, in die Matrix des Raums hinein. Zu ihrem Heimatstern kehrte sie nur zurück, um ihre Beute in dem von ihr beherrschten Orbit abzuliefern.

Pater Erik Predjin trat aus dem Schlafsaal in das Licht des frühen Morgens. Bald würde die Klosterglocke läuten, dann würden seine zwölf Mönche und die gleiche Anzahl von Novizen aufstehen und zum ersten Gebet in die Kapelle eilen. Bis dahin gehörte die kleine Inselwelt ihm, besser gesagt: Gott.

Der Bodenfrost drang durch den Birkenhain zu ihm hinüber, und unter seinem Priestergewand fröstelte es ihn, dennoch genoss er die schneidende Kälte der Morgendämmerung. Bedächtigen Schritts ging er um den Stapel Holzschindeln herum, die für das Kapellendach vorgesehen waren, und wich den aufgeschichteten, mit Zahlen versehenen Steinen aus, die irgendwann Teil der restaurierten Apsis sein würden. Immer wieder blickte er am Gemäuer des alten Gebäudes hoch, das er – mit Gottes Hilfe und kraft seines eigenen Willens – wieder zu geistlichem Leben erwecken wollte.

Doch noch war das Kloster in einem miserablen Zustand. Manche seiner Fundamente stammten noch aus der Regierungszeit Olafs des Friedlichen im elften Jahrhundert. Das Hauptgebäude war allerdings jüngeren Datums – es war in jener Zeit errichtet worden, als die wendischen Slawen Zuflucht auf der Insel gesucht hatten.

Am meisten bewunderte Pater Predjin die Südfassade. Das gewölbte Eingangsportal wurde von blinden Bogenfenstern mit tief eingekerbten Säulen flankiert, die verwittert, sonst aber unversehrt waren.

»Vielleicht können Sie sich vorstellen«, pflegte er bei Führungen zu den sogenannten Vergnügungsreisenden zu sagen, »wie die Mönche früherer Tage versucht haben, an dieser Stelle das Antlitz Gottes in Stein zu meißeln. Gott ist so groß, dass er allen, die zu ihm kommen, Einlass gewährt – aber manchmal ist er blind für unser Elend. Mittlerweile hat ihn auch das irdische Wetter etwas zermürbt.« Bei dieser Bemerkung scharrten die Vergnügungsreisenden gewöhnlich mit den Füßen. Manche blickten auch, so weit sie konnten, nach oben, wo jenseits des blauen Himmels undeutlich der Radarstrahl eines metallischen Himmelskörpers zu erkennen war.

An diesem Morgen war der Pater mit sich und der Welt zufrieden, sogar noch ein wenig zufriedener als sonst. Er versuchte gar nicht erst, diesem Gefühl auf den Grund zu gehen. Der glückliche Seelenzustand war eine Art Begleiterscheinung, war schlicht und einfach etwas, das ein wohl geordnetes Leben manchmal mit sich brachte. Natürlich spielte dabei auch eine Rolle, dass Herbst war und er den Herbst immer schon gemocht hatte. Irgendetwas an dieser Jahreszeit, in der die Blätter vor dem Nordwind zu flüchten begannen und die Tage kürzer wurden, verlieh dem Leben zusätzliche Intensität. Man war sich des großen Geistes, der die Natur mit Informationen versorgte, deutlicher bewusst.

Ein Hahn krähte zur Feier des jungen Morgens.

Pater Predjin wandte sich von dem ockerfarbenen Gebäude ab und ging auf dem gepflasterten

Weg, den er gemeinsam mit den Brüdern angelegt hatte, zum Ufer hinunter und dann am Rande des Wassers entlang. Eine Kaskade aus Steinbrocken und Kieseln, abgebröckelt von den Rändern zurückweichender Gletscher, markierte das Zusammentreffen beider Elemente, des Landes und des Wassers. Die mächtigen Mühlsteine der Gletscher hatten die Steine so geschliffen, dass sie nun im Morgenlicht glitzerten und dem aufmerksamen Blick ein Spiel unterschiedlichster Farben und Formen boten. Genau wie das Kloster galten die Steine den Gläubigen als Beweis für die Existenz einer lenkenden Hand. Dennoch hatte diese lenkende Hand zugelassen, dass man sie über Hunderttausende von Lichtjahren hinweg an einen anderen Ort befördert hatte…

Zwischen den runden Steinen glänzte silbern ein toter Fisch. Das sanfte Schwappen der Wellen versetzte ihn leicht in Bewegung, so dass es so aussah, als sei noch Leben in ihm. Selbst im Tod war der Fisch wunderschön.

Zügig hielt der Pater auf einen kleinen Landesteg zu, eine alte Holzmole, die einige Meter in den Mannsjo-See hinein reichte. Von den Bohlen tropfte Wasser in ihr düsteres Spiegelbild. Es würde nicht mehr lange dauern, bis die Arbeiter hier anlegten und später auch ein Boot mit Touristen, die aus einer fremden Galaxis kamen. Auf der gegenüber liegenden Seite des Sees, nicht weiter als einen Kilometer entfernt, war das Festland mit der Kleinstadt Mannjer zu erkennen, der Ausgangshafen aller Boote, die hier anlegten. Ein grauer

Streifen von Schadstoffen, der sich keilförmig über Mannjer gelegt hatte, durchschnitt das schwarze Spiegelbild der Berge.

Eingehend betrachtete der Pater die Berge und die Hausdächer des Ortes. Es war geradezu unheimlich, wie sehr dieses Bild einer längst vergangenen Wirklichkeit ähnelte. Wenigstens war ihre kleine Insel – aus welchen Gründen auch immer – verschont worden, und vielleicht würde irgendwann der Tag kommen, an dem die Normalität wieder überall Einzug hielt – jedenfalls ließ er nicht nach, inständig darum zu beten.

An der Wasserscheide der Insel lagen alte Ölfässer und Reste militärischer Ausrüstung herum – bis vor fünf Jahren hatte die Armee die Insel für ihre Zwecke requiriert. Inzwischen hatte Pater Predjin zwar die meisten Spuren der Besetzung getilgt – die Kritzeleien in der Kapelle, die Kugeleinschläge in den Mauern, die von Geschossen zerfetzten Bäume –, doch er hatte gezögert, auch diese letzten Zeugnisse militärischer Präsenz zu beseitigen. Irgendetwas sagte ihm, dass etwa das alte, verrostete Landungsboot am besten an Ort und Stelle bleiben sollte, halb versunken im Wasser des Sees. Nutzlos, wie es inzwischen war, fügte es sich durchaus harmonisch in seine Umgebung ein. Außerdem konnte es nicht schaden, sowohl die Klosterbrüder als auch die Besucher an die Torheiten der Vergangenheit zu erinnern und an die unsichere Lage in der Gegenwart, nicht nur der Welt, sondern auch – wie er in Gedanken ergänzte – des ganzen Sonnensystems, das mittlerweile von diesem gigantischen Himmelskörper umschlossen wurde und sich auf dem Weg nach… Nun, er wusste nicht, wohin die Reise gehen sollte.

Zu irgendeinem Ort jenseits dieser Galaxis. Aber lag dieser Ort auch jenseits göttlichen Einflusses?

Er atmete tief durch und freute sich über das leise Schwappen des Seewassers. Wenn er von seiner kleinen Insel aus – falsch: der Insel, die er sich mit Gott dem Allmächtigen teilte – nach Westen blickte, konnte er in der Ferne Eisenbahnschienen und das Land erkennen, das früher einmal Norwegen gewesen war. Und im Osten lagen die Berge, die früher zu Schweden gehört hatten. Die Grenze zwischen beiden Ländern, die man in den Ministerien in Oslo und Stockholm am Reißbrett gezeichnet hatte, war seinerzeit mitten durch den Mannsjö-See gegangen, sogar mitten durch die Insel Mannsjö und die alten Klostermauern. Und genau diese Grenzlinie hatte die lange währende militärische Besetzung der Insel verursacht, nachdem es zu Grenzstreitigkeiten gekommen war und sich die beiden skandinavischen Länder befehdet hatten.

Warum nur hatten sie miteinander herumgestritten, anstatt sich … ja … mit dem Unvorstellbaren auseinander zu setzen?

Mit den kümmerlichen Silberbirken, die zwischen den Steinen am Seeufer wuchsen, kannte sich der Pater gut aus, er konnte eine von der anderen unterscheiden. Der Gedanke, einige von ihnen als norwegische, andere als schwedische Birken zu betrachten, belustigte ihn. Es war angenehm, die

Hand über ihre nebelfeuchte, papierdünne Borke gleiten zu lassen.

Jetzt, da die Truppen abgezogen waren, fielen nur noch die Touristen in Mannsjo ein, und Pater Predjin musste so tun, als seien ihm diese Besuche willkommen. Ein kleines Boot brachte sie herüber, ein Boot, das an jedem Sommermorgen, siebenmal in der Woche, pünktlich in Mannjer ablegte und diese Geschöpfe für zwei Stunden auf der Insel absetzte. Während dieser Zeit konnten die Touristen sich frei auf der Insel bewegen – oder so tun, als würden sie beten. Die Novizen verkauften ihnen Speisen und Getränke sowie Kruzifixe und sorgten so dafür, dass ein wenig Geld in die Kasse für die Restaurierungsarbeiten floss.

Der Pater beobachtete, wie das Boot den See überquerte und die grotesken, pferdeähnlichen Wesen nach und nach menschliche Gestalt annahmen. Auch in ihrer Kleidung imitierten sie die Menschen.

Der August ging bereits dem Ende zu, bald würden diese Vergnügungsreisenden ausbleiben. Mannsjo lag knapp fünf Grad südlich des nördlichen Polarkreises, und in den langen, dunklen Wintern kamen keine jener Touristen, die alles nachahmten, was früher einmal existiert hatte, einschließlich menschlicher Verhaltensweisen. »Ich werde ihnen keine Träne nachweinen«, flüsterte der Pater und blickte auf das ferne Ufer. »Wir werden den Winter durchstehen, als sei nichts geschehen.« Allerdings wurde ihm dabei klar, dass er die weiblichen Besucher vermissen würde. Zwar hatte er schon vor Jahren das Keuschheitsgelübde abgelegt, doch Gott ließ es immerhin noch zu, dass er den Anblick junger Frauen genoss. Er bewunderte ihr langes, fließendes Haar, ihren Körperbau, ihre Beine, den Klang ihrer Stimmen. Keiner der Ordensbrüder – nicht einmal der hübsche junge Novize Sankal – konnte da mithalten und es mit diesen Attributen von Weiblichkeit aufnehmen. Obwohl das alles natürlich Blendwerk war: Hinter jeder Fassade schöner Frauenbeine lauerten sieben plumpe schwarze Glieder. Und diese Geschöpfe konnten, wie er wusste, auch in seine Gedanken eindringen. Manchmal spürte er sie dort – wie die Mäuse hinter der Wandverkleidung seiner Klosterzelle.

Er wandte sich nach Osten und schloss die Augen, während er in dem Licht badete. Sein hageres, sonnengebräuntes Gesicht war das eines ernsthaften Menschen, der dennoch gern lachte. Seine Augen waren normalerweise von einem ins Grau gehenden Blau, und wenn er seinen Mitmenschen einen forschenden Blick zuwarf, wirkte er zwar neugierig, aber immer freundlich. Vielleicht war es ein eher fragender als offener Blick, so wie die Bücher einer Bibliothek durch ihre Buchrücken Erwartungen wecken, ohne viel von ihrem Inhalt zu verraten. Diejenigen, die mit Pater Prejdin über den Verkauf der Insel verhandelt hatten, erzählten, er vertraue niemandem, nicht einmal seinem Gott. Sein schwarzes Haar, das erst wenige graue Strähnen aufwies, hatte einen Rundschnitt, ähnlich einem Pagenkopf, die Gesichtshaut war sorgfältig rasiert. Sein Mund verriet eine durch Sanftmut gemilderte Entschlusskraft, wie auch seine ganze Körperhaltung Entschlossenheit ausdrückte. In seiner uneitlen Art hatte sich Erik Predjin nie klar gemacht, wie sehr ihm sein gutes Aussehen den Lebensweg geebnet hatte, und er seine Entschlusskraft längst nicht so häufig einsetzen musste, wie es andernfalls nötig gewesen wäre.

Er rief sich das Gesicht einer Frau ins Gedächtnis, die er einst gekannt hatte, und fragte sich dabei, warum die Menschen nicht glücklicher sein konnten. Waren nicht gerade deshalb zwei Geschlechter – Männer und Frauen – auf der Welt, damit sie einander glücklich machten? Lag es am Versagen der Menschheit, dass dieser Schwarm bizarrer Lebewesen auf die Erde hinuntergestoßen war, um fast alles auszulöschen, was man früher als für die Ewigkeit gemacht betrachtet hatte? Konnte die Welt wirklich so voller Sünde sein, dass nichts anderes übrig blieb, als sie zu vernichten? Doch auch weiterhin würden Menschen IHM die Ehre erweisen – alle, die sich auf die Insel Mannsjö zurückgezogen hatten, so schwach sie auch sein mochten. Um die Welt zu retten und sie wieder zu dem zu machen, was sie einst gewesen war. Um erneut eine heile und glückliche Welt zu schaffen, eine Welt, in der nicht mehr die Sünde regierte.

Die Steine knirschten unter seinen Sandalen. Er verschränkte die Arme vor der Brust, um sich gegen die Kälte zu wappnen, kehrte dem Wasser den Rücken zu und schlug einen Weg ein, der um einen riesigen Felsblock herum steil nach oben führte. In einer geschützten Bodensenke gluckten Hühner. Hier lagen die Gärten, in denen die Ordensbrüder Kräuter und Gemüse – vor allem Kartoffeln – zogen und ihre Bienenstöcke pflegten. All das reichte zwar kaum aus, um die Gemeinschaft zu ernähren, doch schließlich gefiel es dem Allmächtigen, wenn die Menschen genügsam waren.

Während der Pater durch die Gärten schlenderte und einen fachmännischen Blick auf die Pflanzen warf, begann die Klosterglocke zu läuten. Ohne den Schritt zu beschleunigen, ging er unter den Apfelbäumen hindurch auf die erst vor kurzem restaurierte Kirche zu, faltete dabei die Hände und betete laut: »Herr, ich danke dir, dass du uns wieder einen wunderschönen neuen Tag geschenkt hast. Mögen wir mit deiner Gnade auch den Abend erleben. Schütze uns vor den Pentivanashenii. Und segne meine Gefährten, auf dass auch sie von deiner Freundlichkeit kosten dürfen.«

Auf die Morgengebete folgte das Frühstück, das aus selbst gebackenem Brot, frischem Fisch aus dem See und Quellwasser bestand – genug jedenfalls, um den Magen zu füllen. Kurz nach zehn Uhr gingen Pater Predjin und zwei der Brüder dann zum Landesteg hinunter, um das Boot in Empfang zu nehmen, das allmorgendlich die Arbeiter aus Mannjer herüberbrachte. Die Arbeiter waren Freiwillige, alle ziemlich jung und dem Aussehen nach nicht nur Skandinavier – es waren auch Männer aus anderen Teilen Europas darunter, außerdem ein Japaner, der Mannsjo vor zwei Jahren als Tourist besucht hatte und hier geblieben war. Während er darauf wartete, als Novize ins Kloster aufgenommen zu werden, wohnte er bei einer gelähmten Frau in Mannjer.

Oh ja, sie alle hatten ihre Geschichten. Doch Pater Predjin hatte sie von seinem Fenster aus beobachtet und gesehen, wie sie sich in jene plumpen Gestalten mit den siebenfingrigen grauen Pranken zurückverwandelt hatten. Das war das Geheimnis, das er mit niemandem teilte: Da er wusste, dass diese Geschöpfe im Unterschied zu den symmetrischen oder fast symmetrischen Körpern der Menschen einen asymmetrischen Körperbau hatten, war ihm klar, dass sich Gott von ihnen abgewandt hatte. Folglich waren sie Geschöpfe des Bösen.

Die Mönche begrüßten die »Arbeiter«, segneten sie und wiesen sie in die für diesen Tag vorgesehenen Arbeiten ein. Viel Mühe bereitete das nicht: Die Stuckateure, Zimmerleute und Maurer machten genau da weiter, wo sie am Vortag aufgehört hatten.

Kann ich zulassen, dass sich diese fremden Geschöpfe, die Gott hassen, am Bau eines Gotteshauses beteiligen? Wird ER uns alle für diese Verfehlung büßen lassen?

Da der Winter bevorstand, legten die Arbeiter ein noch schnelleres Tempo vor als ohnehin üblich. Über der Hauptkuppel wurde ein abgeflachtes Ziegeldach errichtet, das sie gegen Wind und Wetter schützen sollte. Gegenwärtig fehlte allerdings noch das Geld, die Kuppel mit Kupfer zu verkleiden, wie es eigentlich vorgesehen war.

Nachdem sich der Pater davon überzeugt hatte, dass alle mit Arbeit versorgt waren, kehrte er zum Hauptgebäude zurück und stieg die Wendeltreppe zu seinem Arbeitszimmer im dritten Stock hinauf. Es war ein schmaler Raum, der sein Licht von zwei Rundfenstern bezog und nur spärlich möbliert war: Außer einem alten, wurmstichigen Schreibtisch gab es noch zwei wackelige Stühle. Hinter dem Schreibtisch hing ein Kruzifix an der weiß gekalkten Wand.

Einer der Novizen kam herein, um mit Pater Predjin über die Beheizung im kommenden Winter zu sprechen. Das Problem tauchte jedes Jahr um diese Zeit auf – und blieb auch diesmal ungelöst. Gleich darauf trat Sankal ein – er musste vor der Tür auf der Treppe gewartet haben. Sein geistlicher Vater forderte ihn mit einer Geste auf, Platz zu nehmen, doch Sankal zog es vor, stehen zu bleiben. Schüchtern, wie es seine Art war, hatte er die Hände über der grobgewebten Ordenskutte verschränkt, wirkte aber dennoch wie jemand, der etwas Wichtiges mitzuteilen hatte und nur nach der rechten Gelegenheit Ausschau hielt.

»Du willst den Orden verlassen?«, fragte Pater Predjin und lächelte dabei, um anzudeuten, dass er nur Spaß machte und Sankal lediglich die Chance zu einer Erwiderung einräumen wollte.

Julius Sankal war blass, hübsch und sehr jung, wie der dünne Flaum über seiner Oberlippe verriet. Wie vielen anderen Novizen in Mannsjo hatte

Predjin ihm Zuflucht gewährt, als der Rest der Welt sich nach und nach in Nichts aufgelöst hatte. In jenen Tagen hatte Predjin neben seiner Kirche gestanden, zum Nachthimmel geblickt und zugesehen, wie die Sterne einer nach dem anderen verschwanden, weil der künstliche Himmelskörper sie sich einverleibte. Und genauso hatte sich auch die Welt Stück für Stück aufgelöst und war durch eine billige Kopie ersetzt worden – die vermutlich keine Masse besaß und somit den Transport erleichterte. Über diese Dinge konnte man jedoch nur spekulieren, und letztlich blieb einem nur die Angst, weil man nichts Näheres wusste.

Sankal war während der Schneefälle nach Mannjer gekommen, hatte ein Boot geklaut, um zur Insel überzusetzen, und sich auf Gnade oder Ungnade dem zerstörten Kloster und seinem Abt anheim gegeben. Schon bald hatte man ihm die Aufgabe übertragen, das Brot für die klösterliche Gemeinschaft zu backen.

»Vielleicht muss ich tatsächlich fortgehen«, erklärte der Junge mit gesenktem Blick. Pater Predjin wartete ab, seine locker gefalteten Hände ruhten auf der wurmstichigen Schreibtischplatte. »Sehen Sie … Ich kann es nicht erklären. Das, was ich inzwischen glaube, ist ein Irrglaube. Immerzu habe ich gebetet, und dennoch hat sich ein falscher Glaube in mir festgesetzt.«

»Wie du weißt, Julius, darfst du auf dieser Insel jeder Glaubensrichtung anhängen, die innerhalb eines bestimmten Rahmens liegt. Das Allerwichtigste ist zunächst, überhaupt an einen Gott zu glauben – bis du den wahren Gott erkennst. Auf diese Weise entzünden wir in einer Welt, die ganz und gar verloren und voller Dunkelheit ist, ein winziges Licht. Wenn du von hier fortgehst, begibst du dich in eine Welt, die verdammt und nichts als Blendwerk ist.«

Von oben war der Widerhall von Gehämmer zu hören – in das Dach der Apsis wurden neue Balken eingezogen. In diesem Lärm ging Sankals leise, aber entschiedene Antwort fast unter. »Pater«, sagte er, »ich bin, wie Sie wissen, sehr schüchtern. Dennoch halte ich mich, trotz meiner jungen Jahre, für einen reifen Menschen. Ständig kommen mir zahllose, nach innen gerichtete Gedanken. Und diese Gedanken bewegen sich wie ein Strom auf den Irrglauben zu.« Er ließ den Kopf hängen.

Predjin stand auf, so dass er den jungen Mann überragte. Sein Gesichtsausdruck war ernst und mitfühlend. »Sieh mich an, mein Sohn, und schäme dich nicht. Unser aller Leben ist voll solchen Gehämmers, wie wir es gerade hören. Es ist das Geräusch einer gewaltigen materiellen Welt, das auf uns eindringt. Wir dürfen ihm keine Beachtung schenken. Dieser Irrglaube macht dich sicher unglücklich.«

»Pater, ich habe Achtung vor Ihrer Theologie. Aber vielleicht ist dieser falsche Glaube für mich der richtige. Nein, ich meine… Es ist so schwer, diese Dinge in Worte zu fassen. Wenn man sich zu einem klaren Glauben durchringt, ist das doch gut, oder nicht? Selbst wenn es ein falscher Glaube ist. Vielleicht ist er trotz allem etwas Gutes.«

Mit einem kaum merklichen Anflug von Ungeduld erwiderte Pater Predjin: »Ich kann deine Überlegungen nicht nachvollziehen, Julius. Können wir diesen Irrglauben nicht aus deinem Geist entfernen, so wie man einen faulen Zahn zieht?«

Sankal blickte widerwillig zu seinem Mentor auf. Er hatte die Hände zu Fäusten geballt, so dass die Knöchel weiß hervortraten. »Ich glaube, dass diese Insel nicht von Gott geschaffen wurde. Auch sie ist ein Blendwerk, das Gottes schrecklicher Gegner in die Welt gesetzt hat.«

»Das ist nichts anderes als Unglaube.«

»Keineswegs«, kam die trotzige Antwort. »Ich glaube, dass die Bösen den Ort, an dem wir uns befinden, geschaffen haben. Selbst unsere Rechtschaffenheit und Frömmigkeit sind eine Täuschung, dafür habe ich Beweise.«

Pater Predjin dachte angestrengt nach, ehe er erwiderte: »Lass uns also einen Augenblick lang annehmen, dass wir auf einer Insel leben, die von diesen beängstigenden Geschöpfen – den Wesen, die jetzt das Sonnensystem beherrschen – geschaffen wurde und alles Täuschung ist. Und doch sind Rechtschaffenheit und Frömmigkeit niemals Blendwerk, wo man sie auch antrifft. Das *Böse* ist Blendwerk.« Noch während er die Worte aussprach, kam es ihm so vor, als läge etwas Verschlagenes, Böses im Blick des Jungen, der vor ihm stand. Er musterte Sankal gründlich und fragte dann: »Bist du ganz plötzlich zu diesem Schluss gekommen?«

»Ja. Nein. Ich weiß, dass ich immer schon dieses Gefühl hatte, ich habe es mir nur nicht eingestanden. Ich war ja immer nur auf der Flucht, nicht wahr? Erst als ich hierher kam… nun, Sie haben mir Zeit zum Nachdenken gewährt. Mir ist klar, dass die Welt schlecht ist und immer schlechter wird und das daran liegt, dass sie vom Teufel regiert wird. In unserer Familie haben wir ständig vom Teufel gesprochen. Und jetzt ist er in dieser pferdeähnlichen Gestalt erschienen, um uns zu überwältigen.«

»Worin besteht der Beweis, den du erwähnt hast?«

Sankal sprang auf, um dem Pater wütend in die Augen zu sehen: »Der Beweis liegt in mir selbst, in den Narben, die mein Körper und meine Seele seit der Kindheit aufweisen. Der Teufel muss nicht erst anklopfen, um Einlass zu finden, er ist schon da.«

Nach kurzem Schweigen nahm der Pater wieder Platz und bekreuzigte sich. »Du musst sehr unglücklich sein, wenn du so etwas glaubst. Es ist nicht das, was wir unter Glauben verstehen, sondern krankhaft. Setz dich, Julius, und hör mir einen Augenblick zu. Denn wenn du das, was du eben gesagt hast, tatsächlich ernst meinst, musst du uns verlassen. Und dann wird deine Heimat die Welt des Blendwerks sein.«

»Das weiß ich.« Noch immer wirkte der Junge trotzig, doch zumindest nahm er wieder auf dem wackeligen Stuhl Platz. Oben ging das Gehämmer weiter.

»Gerade habe ich mich mit jemandem darüber unterhalten, wie wir uns im kommenden Winter warm halten sollen«, sagte der Pater im Ton einer lockeren Unterhaltung. »Als ich seinerzeit mit zwei Gefährten auf dieser Insel ankam, haben wir es irgendwie geschafft, den langen Winter zu überstehen. Damals befand sich dieses Gebäude in einem schrecklichem Zustand. Das halbe Dach fehlte, und wir hatten keinen Strom, hätten ihn uns auch gar nicht leisten können, wäre er verfügbar gewesen. Also haben wir mit Ästen geheizt, die wir von umgestürzten Bäumen abhackten. Tatsächlich haben wir lediglich zwei Räume im Erdgeschoss bewohnt und uns fast nur von Fisch ernährt. Hin und wieder sind nette Leute aus Mannjer mit Schlittschuhen über das Eis gekommen, um uns mit warmer Kleidung, Brot und Aquavit zu versorgen. Ansonsten haben wir gebetet, gearbeitet und gefastet. Aber es waren glückliche Tage. Gott war mit uns – ein karges Leben ist ihm wohlgefällig. Mit den Jahren hat sich unsere Lebensweise dann verfeinert. Anfangs haben wir uns mit Kerzen beholfen, später mit Petroleumlampen und Ölöfen, und mittlerweile sind wir wieder an die Stromversorgung von Mannjer angeschlossen, die aus irgendeinem Grund immer noch funktioniert. Doch nun müssen wir uns auf einen noch längeren, noch dunkleren Winter vorbereiten, den Winter der Gottlosigkeit.«

»Ich weiß nicht, auf was Sie noch hoffen«, erwiderte Sankal. »Dieses kleine Fitzelchen Vergangenheit hat sich irgendwo im Raum verloren, außerhalb der Galaxis, wo man von Gott – von Ihrem Gott – noch nie gehört hat.«

»Wir hören ihn hier und jetzt«, erwiderte der Pater entschieden. »Die sogenannten Touristen hören ihn, und die sogenannten Arbeiter verrichten ihre Arbeit in seinem Auftrag. So lange das Böse nicht in uns selbst eindringt, tun wir die Arbeit des Herrn, an welchem Ort im Universum wir uns auch befinden mögen.«

Sankal zuckte die Achseln und blickte über die Schulter. »Der Teufel kann dennoch zu einem vordringen, weil ihm alles gehört – alle Dinge in der Welt, die er geschaffen hat.«

»Du wirst dich noch selbst krank machen, wenn du solche Dinge glaubst. Die Katharer und Bogomilen* haben einst derartige Ansichten vertreten und sind daran zu Grunde gegangen. Was ich dir klar machen möchte, ist Folgendes: Es liegt nahe, die Gefahr, in der wir uns befinden – eine mehr als tödliche Gefahr – für das Werk des Teufels zu halten, aber das ist falsch. Es gibt keinen Teufel. Es gibt nur Gottesferne, die schon in spiritueller Hinsicht außerordentlich qualvoll ist. Was dir fehlt, ist der Friede Gottes.«

---

* Katharer: durch die Inquisition im 13. und 14. Jahrhundert vernichtete Sekte im südlichen und westlichen Europa, die einen strengen Dualismus zwischen der materiellen (teuflischen) und der geistigen (göttlichen) Welt vertrat, ähnlich dem Manichäertum. Bogomilen (»die Gottesfreunde«): im 10. Jahrhundert gegründete, mit den Manichäern verwandte Sekte auf dem Balkan – *Anm. d. Übers.*

Mit zusammengezogenen Augenbrauen warf Sankal Pater Predjin einen Blick zu, in dem Bosheit und Hass lagen: »Natürlich fehlt mir der Friede Gottes! Deshalb will ich ja fort!«

Plötzlich brach das Gehämmer ab, so dass nun die Schritte der Arbeiter über ihren Köpfen zu hören waren. Pater Predjin räusperte sich. »Julius, es gibt Böses im Menschen, in uns allen, das stimmt natürlich ...«

»Und in den Teufeln in Pferdegestalt«, unterbrach ihn Sankal laut brüllend, »die der Welt all das angetan haben.«

Der Priester zuckte kurz zusammen, fuhr dann aber fort: »Das, was geschehen ist, müssen wir als Teil der göttlichen Strategie des freien Willens betrachten. Wir können immer noch zwischen Gut und Böse wählen. Uns ist das Leben geschenkt worden, wie schwer es auch sein mag. Und in diesem Leben müssen wir uns entweder für das eine oder das andere entscheiden. Wenn du von hier fortgehst, kannst du nie wieder zurückkehren.«

Über den wurmstichigen alten Schreibtisch hinweg sahen sie einander an. Draußen, jenseits der runden Fenster, war hinter den Bergen im Osten eine bleiche Sonne aufgestiegen.

»Ich möchte, dass du bleibst und uns in diesem Kampf unterstützt, Julius«, erklärte der Pater. »Um deinetwillen. Einen Bäcker finden wir immer, aber mit den Seelen ist das so eine Sache.«

Wieder sah ihn Sankal mit hinterhältigem Blick von der Seite an. »Haben Sie nicht Angst, dass sich mein abscheulicher Irrglaube unter den anderen Mönchen des Klosters verbreiten könnte?«

»Doch, habe ich«, erwiderte Pater Predjin. »Das habe ich tatsächlich. Schließlich ist es wie eine ansteckende Krankheit.«

Nachdem der Junge gegangen war – seine Schritte auf der hölzernen Wendeltreppe waren kaum verklungen –, hob Pater Predjin seine Soutane an, kniete sich auf die verwitterten Bohlen des Holzfußbodens, senkte den Kopf und faltete die Hände. Die Arbeiter hatten tatsächlich mit dem Gehämmer aufgehört. Bis auf ein leises Pochen, nicht lauter als ein Herzschlag, war es völlig still – ein Schmetterling, der nicht begreifen konnte, was ihn von der Freiheit trennte, flog immer wieder gegen die Fensterscheibe.

Mehrere Male sprach der Pater die Litanei eines Gebets, bis Stille in sein Bewusstsein einkehrte und er in die Tiefen eines größeren Geistes sank. Seine Lippen hörten auf, sich zu bewegen, und nach und nach erschienen die Schriften, entrollten sich, falteten sich wieder zusammen, wirbelten in dreidimensionalem Sanskrit umher. Die Schriftzeichen strahlten etwas Segensreiches aus, als vermittelten sie Botschaften des guten Willens. Aber sie waren unmöglich zu deuten, es sei denn, die Bedeutung lag in ihrer bloßen Existenz und die Botschaft beschränkte sich darauf, dem Adressaten ins Gedächtnis zu rufen, dass das Leben Geschenk wie Verpflichtung war. Was die Schriften darüber hinaus enthalten mochten, würde man nie wirklich wissen.

Der Goldton der Schriften brachte es mit sich, dass sie, während sie einander umwanden und sich wieder entfalteten, kaum von dem sandfarbenen Hintergrund zu unterscheiden waren. In diesem Zustand, in dem die Gehirntätigkeit fast erloschen war, gelang es dem Pater nicht, seine Gedanken auf eine der zahllosen Interpretationen zu konzentrieren oder gar ein stichhaltiges Urteil über die Schriften zu fällen. Ohnehin wäre jeder Versuch in dieser Richtung am Chaos der ständigen Veränderungen gescheitert: Die Schriften wanden sich wie Schlangen, so dass sie auf der Folie des neuralen Vakuums eine Art *Tughra** bildeten. Ein Teil stieg nach oben und bildete Felder, über die sich Schwänze hin und her bewegten, und innerhalb dieser Felder erschienen darauf bunte Linien und büschelartige Abstraktionen, die den Ruten der Fuchsschwanz-Pflanze ähnelten.

Im Laufe dieser kunstvollen Darbietung wurden die Farben immer intensiver. Die Schriftzeichen bildeten inzwischen große Schlaufen, die wie ein komplexes Straßennetz wirkten, das sich nun mit zwei unterschiedlichen Mustern aus gewundenen Zeichen in Lapislazuli-Blau und Karminrot füllte. Diese Muster breiteten sich immer weiter aus, wuchsen, reproduzierten sich auf wohl geordnete Weise – bis sich die ganze Konstruktion, die sich ins Unendliche zu erstrecken schien, erneut verän-

---

* Tughra: verschlungener arabischer Namenszug zur Besiegelung von Urkunden – *Anm. d. Übers.*

derte: Sie verwandelte sich in melodische Töne. Gleich darauf klangen diese Töne eher wie ein Geräusch des Alltags, ähnlich dem von Flügeln, die gegen Glas prallen. Und während die Schriftzeichen verblassten und der Strom des Bewusstseins langsam wieder zu fließen begann, veränderte sich das Geräusch, wurde bedrohlicher und bedrohlicher.

Völlig unvermittelt – so dass es kaum zu ertragen war – wurde der Pater aus der Stimmung transzendentaler Gelassenheit gerissen. Inzwischen war das Geräusch zu einem Donnern angeschwollen, dessen Ursprung er nicht ausmachen konnte. Es klang wie das Stampfen von Hufen, es klang, als versuche ein großes Tier unbeholfen eine Treppe zu erklimmen, die nicht für seine Gliedmaßen gemacht war – taumelnd und stolpernd, aber wild entschlossen, es bis nach oben zu schaffen.

Pater Predjin kam zu sich. Offenbar war einige Zeit vergangen, denn durch das pupillenlose Auge des runden Fensters sah er, dass dunkle Wolken am Himmel aufgezogen waren. Der Schmetterling lag erschöpft auf dem Fenstersims. Und von unten war ein Höllenlärm zu hören – als galoppiere ein Hengst die hölzerne Wendeltreppe hinauf.

Er stand auf. »Sankal?«, fragte er im Flüsterton. Er eilte zur Tür und lehnte sich mit dem Rücken dagegen. Vor Angst spannte er die Wangenmuskeln so an, dass beide Zahnreihen hervortraten. Von seiner Stirn tropften Schweißperlen, als wären es Tränen.

»Rette mich, himmlischer Vater, rette mich, verdammt noch mal! Ich bin alles, was dir geblieben ist!«

Und noch immer war die große Bestie zu hören, die näher und näher kam. Mit der ganzen Kraft der Pentivanashenii.

Kognitive Fähigkeit
und die Glühbirne

Dass es das Raumschiff *Conqueror* überhaupt bis in den arkopischen Raum geschafft hat, ist schon eine Ironie des Schicksals. Aber wenigstens bietet uns das die Gelegenheit, uns mit unseren fernen Vorfahren zu befassen und ihre aggressiven, maroden Gesellschaftssysteme besser zu begreifen.

Sobald die Leichen aus der *Conqueror* geborgen und in unseren Museen vor dem Verfall geschützt worden waren, wurden Techniker mit dem Auftrag losgeschickt, das Schiff als Zeugnis unserer phylogenetischen Vergangenheit zu untersuchen. Die mit antiken Quantencomputern ausgerüstete *Conqueror* hatte das alte Sonnensystem im Jahr 2095 verlassen. An Bord befanden sich 10.000 tiefgefrorene menschliche Embryonen sowie mehrere Millionen ebenfalls tiefgefrorener tierischer Embryonen – allesamt von Tierarten der Erde – sowie zahlreiche Pflanzenarten. Die Besatzung bestand aus zwanzig Menschen, die durch antithanatonische Drogen am Leben gehalten wurden.

Die Konstrukteure hatten das Schiff so ausgestattet, dass es bis auf zwölf Prozent der Lichtgeschwindigkeit beschleunigen konnte. Nach ihren Berechnungen hätte es dieses Sonnensystem – damals hatte man hier erst zwei Planeten entdeckt, die die nötigen Voraussetzungen für ein auf Kohlenstoff basierendes Leben aufwiesen – in einhundertsechsundneunzig Jahren erreichen müssen. Der Schiffsantrieb bestand aus einem Fusionsreaktor.

Doch in diesen recht rückständigen Zeiten konzentrierte man sich vor allem auf die Hardware und so waren es Bakterien, die auf der *Conqueror* schließlich die Katastrophe auslösten und Besatzung wie Embryonen auslöschten.

Fortschritte in der Radioteleskopie enthüllten kurz darauf, dass nicht weniger als fünfzehn Planeten die Hauptsonne Arkopias umkreisen und fünf davon lebensfreundliche Bedingungen boten. Während der Zweiten Renaissance, die die dritte Dekade des Zweiundzwanzigsten Jahrhunderts prägte, gelang es dem geistlichen Orden der *Verbannten Gottes*, einen Ionenantrieb zu entwickeln und ein neues interstellares Raumschiff, die *Pilgrim*, damit auszurüsten. Im Jahre 2151 brach die *Pilgrim*, die menschliche Embryonen, Embryonen neuer Tierarten und Fruchtsamen an Bord hatte, aus der Umlaufbahn des Pluto auf. Im Gegensatz zur *Conqueror* wurde die *Pilgrim* ausschließlich über Quantoren gelenkt, da die *Verbannten Gottes* menschlichen Wesen keine jahrelange Gefangenschaft zumuten wollten. Die Reise dauerte insgesamt einhundertachtunddreißig Jahre, und so kam die *Pilgrim* im Jahre 2289 an, zwei Jahre vor der *Conqueror*, obwohl sie sechsundfünfzig Jahre später als diese gestartet war.

Die verbesserten Antriebe gelten uns heute als Zeichen dafür, dass sich das menschliche Bewusstsein inzwischen erweitert hatte. Alles ist der Veränderung unterworfen, und alles, was lebt, dem evolutionären Wandel, der die Entwicklung einer jeweiligen Spezies innerhalb einer bestimmten Zeitspanne zum Ausdruck bringt. Untersuchungen über die Evolution des menschlichen Bewusstseins wurden allerdings nur selten als Gegenstand einer eigenen wissenschaftlichen Disziplin anerkannt – bis sich herausstellte, dass interstellare Flüge bestimmte Erkenntnisprozesse beschleunigen.

Die Ursache für diese rapide Beschleunigung des menschlichen Begriffsvermögens liegt darin, dass man sich bei interstellaren Flügen mit ganz neuen Umweltbedingungen auseinander setzen und ein Verständnis dafür entwickeln muss. Eine ähnliche Beschleunigung hat, wie wir wissen, vor rund vierzigtausend Jahren in Europa stattgefunden, als neue Umweltbedingungen eine Erweiterung des künstlerischen Ausdrucksvermögens in Malerei und Skulptur mit sich brachten. All das steht für eine vorwärts drängende Woge in der Entwicklung kognitiver Fähigkeiten. Anders ausgedrückt: Wenn man sich künstlerisch oder wissenschaftlich betätigt, erlebt man, wie sich zuvor voneinander getrennte Fähigkeiten miteinander verbinden, um ein größeres Ganzes zu bilden. Ein anderes wohl bekanntes Beispiel von solchen quantensprungähnlichen Vorgängen ist die Erste Renaissance, eine Epoche großer Fortschritte in Kunst, Wissenschaft, Kriegsführung und politischer Verwaltung.

Ein Philosoph des Zweiundzwanzigsten Jahrhunderts, Almond Kunzel, hat das menschliche Bewusstsein einmal mit einer altmodischen Glühbirne verglichen: Das Bewusstsein der Frühzeit, sagt er, könne man mit einer 40-Watt-Birne vergleichen – hell genug, einen Raum in schummriges Licht zu tauchen, aber unzureichend, wenn man Einzelheiten erkennen will. In der Renaissance sei die Lichtstärke auf 60 Watt angestiegen. Der Lichtstrahl habe zwar nicht sehr weit gereicht, aber viele weitere Einzelheiten sichtbar gemacht. Im Zwanzigsten Jahrhundert, das aufgrund entsetzlicher Kriege und Völkermorde auch das barbarische Zeitalter genannt wird, hat sich die Brennleistung auf 100 Watt erhöht, denn trotz aller Barbarei entwickelte die Menschheit zum ersten Mal ein vages Bewusstsein von ihrem Standort im Kosmos, das dazu beiträgt, das Universum zu erforschen.

Dies schloss natürlich das Sonnensystem (auf das sich unsere Vorfahren damals noch beschränken mussten) und das menschliche Gehirn mit ein. Am Ende des barbarischen Zeitalters war das Gehirn fast vollständig kartographiert, und aufgrund der inzwischen entwickelten Möglichkeit, gentechnische Eingriffe in die Gehirnfunktion vorzunehmen, konnte man viele, durch die unzulängliche Konstruktion dieses Organs bedingte Mängel beseitigen. Die Folge war eine größere Klarheit des Denkens, die auch zur Ächtung von Kriegen führte.

Inzwischen haben wir die Stufe eines 1000-Watt-Gehirns erreicht, um es mit Kunzel zu sagen –

unsere Nachkommen haben etwa von Geburt an ein Verständnis von Fraktalen. Diese Erweiterung der kognitiven Fähigkeiten hat auch die Erkenntnis mit sich gebracht, dass das Universum aus einer Reihe verwandter Entitäten besteht. Ebenso hat sie dazu geführt, dass auf der Erde im Jahre 2162 der erste Photonenantrieb konstruiert werden konnte. Die Raumschiff-Flotte, die im Jahre 2200 aufbrach, kam schon ein Jahr später im Planetensystem Arkopias an.

Deshalb war unsere Zivilisation auch bereits fest etabliert, als die alten Raumschiffe der Jahre 2095 und 2151, Fossile einer früheren Epoche, hier eintrafen. Nun bewegen sie sich in Umlaufbahnen, die weit von jenem Planeten entfernt sind, auf dem die Menschheitsgeschichte ihren Anfang nahm – lange, ehe auch nur so etwas wie eine Glühbirne unseren Weg erhellte. Die Dokumente, die in diesen stattlichen alten Kolossen gefunden wurden, belegen auf traurige Weise, wie sehr der früheren Welt der Menschen im Gegensatz zu unserer heutigen Ordnung, Freude und Erfüllung fehlten.

Gesellschaft der Finsternis

… Zwar ist es erst wenige Tage her, dass er aus dieser
Welt geschieden ist, doch wir müssen bedenken, dass die
Gesellschaft der Finsternis Stunde um Stunde wächst;
und in Anbetracht dessen, dass die Menschheit unabläs-
sig stirbt, scheint, weltweit gesehen, die Zahl von tausend
Toten pro Stunde noch viel zu niedrig gegriffen …
Sir Thomas Browne, 1690

*Millionen toter, abweisender Menschen, die auf den
finsteren Straßen entlangziehen und immer noch versuchen, das Elend, das sie zu Lebzeiten niedergedrückt hat,
zum Ausdruck zu bringen. Unermüdlich bemühen sie
sich, das auszusprechen, was sie nie in Worte fassen
konnten – wohl, um etwas zurückzuerobern …*

Eines Tages stieß ein etwas zu kurz geratener Com-
putertechniker, der bei der Armee in Aldenshot
Dienst tat, im Internet zufällig auf ein belangloses
Gerichtsurteil und schickte es an einen fernen
Außenposten des Heers, der in Feindesland statio-
niert war. Wie Schimmel, der sich mit seinem
unsichtbarem Fasernetz unmerklich immer weiter
frisst – fast so, als sei er mit Bewusstsein begabt –,
hatte das Internet mittlerweile den ganzen Erdball
mit unsichtbaren Fäden überzogen und schreckte
in seiner blinden Gier nach Nahrung nicht einmal davor zurück, sich unbedeutende Armeean-

gehörige dienstbar zu machen. Allerdings zog es dadurch den Unwillen uralter Kräfte der Unterwelt auf sich, die diese neue Technik verabscheuten, weil sie in ihrem fast schon unkontrollierten Drang nach Vorherrschaft die Substanzen bedrohte, von denen sich diese Kräfte nährten. Gerade in der planetenumspannenden Ausdehnung menschlicher Wahrnehmung lag für sie eine Gefahr.

Während sich also diese geheimen Kräfte regten – ohne dabei Rücksicht auf solche Maßstäbe wie Zeit oder menschliche Vernunft zu nehmen –, um sich in ihrer himmelsfernen Welt erneut zu sammeln, zeichnete besagter Techniker das Tagesprotokoll ab, überreichte es der nächsten Schicht, warf einen Blick auf die Uhr und begab sich zu einer nahen Imbiss-Bude.

Für die gesamte Dauer des Feldzugs hatte das Bataillon ein altes Herrenhaus in Beschlag genommen. Die niedrigeren Dienstgrade mussten allerdings mit Hütten vorlieb nehmen, die sich innerhalb der Befestigungsanlagen befanden. Nur die Offiziere waren komfortabel in dem großen alten Haus untergebracht, und mit jedem Jahr demolierten sie weitere Teile der Inneneinrichtung: Die Eichenholzverkleidung wurde verfeuert, die Bibliothek zu einem Schießstand umfunktioniert und alles, was nicht niet- und nagelfest war, für fremde Zwecke missbraucht.

Der Oberst drehte die Lautstärke seiner Anlage herunter und wandte sich dem Adjutanten zu. »Haben Sie das Wesentliche mitbekommen, Julian?

Lagebericht für die Division – aus Aldershot. Gerade wurde das Urteil des Kriegsgerichtes bekannt gegeben. Sie haben unseren Unteroffizier Cleat als geistig nicht zurechnungsfähig eingestuft und für nicht prozessfähig erklärt.«

»Und aus dem Heeresdienst entlassen?«

»Ja. Ist vielleicht auch das Beste so, auf diese Weise dringt wenigstens nichts an die Öffentlichkeit. Kümmern Sie sich um seine Entlassungspapiere, ja?«

Der Adjutant stolzierte zur Tür und rief die Ordonanz. Unterdessen ging der Oberst zu dem Holzfeuer hinüber, das im Kamin prasselte, wärmte sich den Hintern und starrte dabei durch das große Fenster hinaus auf die Ländereien. Innerhalb seines Blickfeldes, das aufgrund des Frühnebels nicht mehr als zweihundert Meter betrug, wirkte alles durchaus friedlich. Eine Gruppe Soldaten in Drillichanzügen war gerade damit beschäftigt, den Sicherheitszaun zu verstärken. Die hohen Bäume links und rechts der Auffahrt vermittelten zwar an sich schon ein Gefühl von Sicherheit – doch es konnte einen teuer zu stehen kommen, wenn man vergaß, dass man sich in Feindesland befand.

Der Fall des Unteroffiziers Cleat war ihm schlichtweg unbegreiflich, zweifelsohne war der Mann ein seltsamer Kauz. Zufällig kannte der Oberst seine Familie. In den frühen Achtzigern hatten die Cleats mit einer Kette von Läden, die elektronische Geräte samt Zubehör verkauften, viel Geld gemacht. Später hatten sie die Läden mit hohem Gewinn an ein deutsches Unternehmen verkauft. Eigentlich hätte der junge Cleat Offizier werden sollen, doch stattdessen hatte er es vorgezogen, als gemeiner Soldat zu dienen. Er hatte wohl irgendeinen Streit mit seinem Vater gehabt, der verrückte Kerl. Sehr englische Angewohnheit. Hatte einfach ein jüdisches Mädchen geheiratet. Natürlich hatte der Vater, Vivian Cleat, ein bisschen was von einem feinen Pinkel an sich gehabt, das war nicht zu übersehen gewesen. Hatte es sogar zum Adelstitel gebracht. Sinnlos, andere Menschen verstehen zu wollen. Sache des Heeres war es, den Leuten Befehle zu erteilen und sie in Reih und Glied zu halten, aber ganz bestimmt nicht, sie zu verstehen. Ja, wenn man genauer darüber nachdachte, war Ordnung das A und O.

Dennoch war nicht zu leugnen, dass sich Unteroffizier Cleat strafbar gemacht hatte, das wusste das ganze Batallion. Und in diesem Fall hatte die Leitung die Sache endlich einmal zufrieden stellend gehandhabt; je weniger in dieser kritischen Phase der Konfrontation nach außen drang, desto besser, und zweifellos war es am besten, Cleat aus der Armee zu entfernen, die ganze Sache zu vergessen und mit dem verdammten Krieg weiterzumachen.

»Julian?«

»Ja, Sir?«

»Was für einen Eindruck hatten Sie von Unteroffizier Cleat? Eingebildeter kleiner Mistkerl, wie? Ein Sturkopf?«

»Das kann ich nicht sagen, Sir. Hat Gedichte geschrieben, wie man mir erzählt.«

»Am besten setzen Sie sich mit seiner Frau in Verbindung. Sorgen Sie dafür, dass sie herkommt und Cleat in Empfang nimmt, damit wir ihn so schnell wie möglich los sind.«

»Sir, seine Frau ist gestorben, während Cleat arrestiert war. Eunice Rosemary Cleat, neunundzwanzig Jahre alt. Vielleicht erinnern Sie sich, dass ihr Vater Reptilienkundler in Kew gewesen ist. Hat irgendwo draußen bei Esher gewohnt. Man einigte sich auf Selbstmord.«

»Beim Vater?«

»Nein, bei ihr.«

»Schöner Mist. Also gut, rufen Sie den Sozialdienst an und sorgen Sie dafür, dass wir den Kerl so schnell wie möglich loswerden. Ab mit ihm nach England.«

Die Rückfahrt trat er auf einer Fähre an. Die Arme um den Körper geschlungen, voller Angst vor der Luft, dem Schlingern der Fähre und weiß Gott was, kauerte er sich in einem Winkel des Passagierdecks zusammen. Am Hafen angekommen, beschloss er zu trampen. Er bekam eine Mitfahrgelegenheit nach Cheltenham und kaufte dort eine Busfahrkarte nach Oxford. Er brauchte nicht nur Geld und eine Unterkunft, sondern auch irgendeine Form der Hilfe. Psychologische Unterstützung, Hilfe zur Wiedereingliederung. Es war ihm selbst nicht recht klar, was er eigentlich wollte. Er wusste nur, das etwas mit ihm nicht stimmte, dass er nicht er selbst war.

In Oxford quartierte er sich in einem schäbigen Hotel an der Iffley Road ein. Auf dem Markt ging er zu einem billigen indischen Klamottenstand und erwarb dort ein T-Shirt, ausgeblichene Jeans und ein strapazierfähiges, in China hergestelltes Oberhemd. Danach suchte er seine Hausbank am Cornmarket auf – auf einem seiner Konten befand sich noch ein beachtliches Guthaben.

An diesem Abend betrank er sich mit einer netten Gruppe junger Männer und Frauen, an deren Namen er sich am nächsten Morgen allerdings nicht mehr erinnern konnte. Er hatte einen Kater und schlechte Laune, als er das schäbige Hotel verließ. Beim Hinausgehen warf er einen letzten Blick auf sein Zimmer, da ihm dort irgendetwas aufgefallen war. Er hatte den Eindruck, auf dem ungemachten Bett einen deprimierten Mann sitzen zu sehen, doch dort war niemand, es war wohl wieder eine seiner Wahnvorstellungen.

Er machte sich auf den Weg zu der Hochschule, die er früher besucht hatte, um sich beim Quästor zu melden. Aber es waren gerade Semesterferien; hinter den verwitterten grauen Mauern von Septuagint war das Leben wie kalter Bratensaft erstarrt. Wie der Pförtner ihm mitteilte, war Mr. Robbins an diesem Morgen unterwegs, um sich irgendeine Liegenschaft in Wolvercote anzusehen. Er ging in Robbins Büro, kauerte sich dort in eine Ecke und hoffte, dass ihn niemand entdeckte.

Robbins kehrte erst um halb vier zurück. Als erstes bestellte er ein Kännchen Tee. »Wie Sie wissen, Ozzie«, sagte er, »ist Ihre frühere *Wohnung* eigentlich nichts anderes als ein Speicher und wird inzwischen auch wieder als solcher genutzt. Immerhin ist es – wie viele Jahre? – mindestens vier Jahre her, nicht wahr?«

»Fünf Jahre.«

»Wie auch immer, Ihr Ansinnen ist schon ein bisschen merkwürdig.« Er wirkte ziemlich verärgert. »Eigentlich sogar mehr als nur ein bisschen. Sehen Sie, Ozzie, ich habe noch jede Menge zu tun. Wir könnten Sie bei uns zu Hause unterbringen, nur für den Übergang …«

»Das möchte ich nicht, ich möchte mein altes Zimmer wiederhaben. Ich möchte abtauchen, niemand soll mich sehen. Kommen Sie schon, John, Sie schulden mir einen Gefallen.«

Robbins schenkte sich in aller Ruhe den Earl Grey ein und erwiderte: »Verflixt und zugenäht, ich schulde Ihnen gar nichts, mein Freund. Es war Ihr Vater, dem diese Schule viel zu verdanken hat. Mary und ich haben schon genug für Sie getan. Außerdem wissen wir, was Sie angestellt haben und dass Sie sich Ihre Laufbahn beim Heer selbst vermasselt haben. Es würde gegen alle Vorschriften verstoßen, wenn wir Sie wieder in der Hochschule wohnen lassen, das wissen Sie doch selbst.«

»Dann stecken Sie sich's doch sonst wo hin!« Wütend kehrte er Robbins den Rücken zu. Als er schon an der Tür war, rief Robbins ihn zurück.

Der Speicher unter dem Dachgebälk des Joshua-Baus sah nicht viel anders aus als während der Zeit, in der er Cleat als Unterkunft gedient hatte. Durch das einzige Fenster, das nach Norden hinausging, drang ein wenig Licht in den lang gestreckten Raum. Die Wände waren teilweise so schräg, als habe hier ein Riese sein Schlachtermesser angesetzt. Es roch muffig. Und leicht faulig, als sei uraltes Wissen aus den unteren Stockwerken nach oben gedrungen und verbreitete dort Modergeruch.

Eine Weile stand Cleat nur herum und starrte wütend auf einen Stapel alter Lehnstühle. Als er sie schließlich zur Seite schob, stellte er fest, dass sein Bett immer noch da war – und sogar die alte Eichenholztruhe, die er schon seit der Schulzeit besaß. Er kniete sich auf die staubigen Holzbohlen und öffnete sie.

Sie enthielt nur wenige Habseligkeiten: Kleidungsstücke, Bücher, das Schwert eines japanischen Fliegers – keinen Alkohol. Ein ungerahmtes Foto zeigte Eunice mit Schal. Er knallte den Deckel zu und ließ sich auf das Bett fallen.

Er hielt das Foto ins Licht und musterte Eunices Gesicht. Hübsch, ja, aber auch recht albern, allerdings nicht verrückter als er selbst. Die Liebe war eine einzige Tortur gewesen und hatte ihm lediglich die eigene Wertlosigkeit vor Augen geführt. Natürlich nahm man von Frauen eher Notiz als von Männern. Schließlich erwartete man von den eigenen Geschlechtsgenossen ohnehin nicht viel – schon gar nicht von seinem verfluchten

Vater. All diese Signale, die Frauen unbewusst aussandten, um die Aufmerksamkeit auf sich zu ziehen …

Physis und Psyche des Menschen waren äußerst geschickt konstruiert worden, so dass sie einen im höchsten Maße beunruhigen konnten, dachte er. Kein Wunder, dass er aus seinem Leben eine Miniaturausgabe der Hölle gemacht hatte.

Später kehrte er in einer Kneipe im Stadtteil Jerico ein und betrank sich dort methodisch, indem er von Morells Ale zu Wodka und schließlich zu einem billigen Whiskey überging. Der nächste Morgen war dementsprechend fürchterlich. Mit wackeligen Beinen stieg er aus dem Bett, um aus dem Oberlicht zu blicken. Über Nacht schien die Welt alle Farben eingebüßt zu haben. Die Schieferdächer von Septuagint glänzten vor Feuchtigkeit. Dahinter zeichneten sich in der Ferne die Dächer weiterer Hochschulen ab, es war eine ganze Landschaft aus Schiefer und Ziegeln, inklusive steiler Gipfel, zwischen denen tiefe Abgründe lagen.

Nach einer Weile zog er seine Schuhe an, ging den Korridor des Dachgeschosses entlang und stieg die drei Treppen des Hauses Nr. 12 hinunter. Die steinernen Stufen waren wie ausgetreten: Über die Jahrhunderte hinweg hatte man hier Generationen von Studenten in Zimmer gesperrt, die so klein wie Zellen und mit Eichentüren versiegelt waren, damit sie sich so viel Wissen wie möglich hineinstopften. Die hölzerne Wandverkleidung war ausgebleicht und wirkte abgenutzt. Wie sehr dies alles doch einem Gefängnis glich, dachte er.

Im quadratischen Innenhof sah er sich nachdenklich um. An der einen Seite befand sich die Halle der Gelehrten, und einer plötzlichen Eingebung folgend, überquerte er die Steinplatten und ging hinein. Der Bau war im Stil englischer Spätgotik errichtet und mit hohen Fenstern ausgestattet, vor denen schwere Leinenvorhänge hingen. Würdevolle Porträts früherer Gönner zierten die freien Flächen zwischen den Fenstern. Das Bild seines Vaters, das am Ende der Galerie gehangen hatte, war entfernt worden. Stattdessen hing dort nun das Porträt eines Japaners, der einen Universitätstalar und ein quadratisches Barett trug und heiter durch seine Brillengläser spähte.

Ein Hausdiener, der gerade in einer Zimmerecke silberne Trophäen blank polierte, kam herüber und fragte mit einer Mischung aus Unterwürfigkeit und Schärfe (typisch für Hochschulbedienstete, wie Cleat wieder einfiel): »Kann ich Ihnen helfen, Sir? Dies ist die Halle der Gelehrten.«

»Wo ist das Porträt von Sir Vivian Cleat, das hier früher hing?«

»Das ist Mr. Yashimoto, Sir. Einer unserer gegenwärtigen Gönner.«

»Es ist mir klar, dass dies Mr. Yashimoto ist, aber ich habe nach einem anderen bedeutenden Mäzen gefragt, nach Vivian Cleat, dessen Bild einmal hier gehangen hat. Wo ist es abgeblieben?«

»Ich nehme an, dass es entfernt wurde, Sir.«

»Wo ist es, guter Mann? Wo ist es abgeblieben?«

Der Hausdiener, der groß und hager war, hatte eine staubtrockene Miene. Als müsse er sich den letzten Tropfen Flüssigkeit abringen, erwiderte er mit gerunzelter Stirn: »Vielleicht in der Mensa. Einige unserer weniger bedeutenden Schätze wurden im letzten Frühjahrssemester in die Mensa gebracht, soweit ich mich erinnere.«

Vor der Mensa stieß er auf Homer Jenkins, einen ehemaligen Freund, der den Lehrstuhl für Zwischenmenschliche Beziehungen innehatte. Jenkins, früher einmal ein guter Sportler und Mitglied der Oxforder Rudermannschaft, hatte sich seine drahtige Figur bewahrt, obwohl er bereits in den Sechzigern war. Offenbar zur Erinnerung an die glorreichen Zeiten hatte er sich einen Mannschaftsschal um den Hals geschlungen. Jenkins gab unbekümmert zu, dass das Porträt des alten Cleat inzwischen in der Mensa über der Theke hing.

»Warum nicht mehr bei den Porträts der anderen Stifter?«

»Du erwartest doch wohl nicht im Ernst, dass ich dir darauf eine Antwort gebe, mein Junge?«, sagte Jenkins lächelnd, den Kopf leicht zur Seite geneigt. Cleat erkannte den typischen Oxford-Stil.

»Eigentlich nicht.«

»Sehr weise. Es überrascht mich, dich an diesem Ort wiederzusehen, wenn ich so sagen darf.«

»Vielen Dank auch.« Als er auf dem Absatz kehrtmachte, rief ihm der Professor nach: »Schlimme Sache, das mit Eunice, mein lieber Ozzie!«

In einer Pizzeria bestellte er sich einen Teller Suppe. Er fühlte sich krank und musste sich immer wieder ins Gedächtnis rufen, dass er nicht mehr im Gefängnis saß. Doch der Handlungsfaden seiner Lebensgeschichte war irgendwie gerissen. Etwas in ihm schien für immer verloren. *Unmerklich hält der Krebs inne, um sich über die Lippen zu lecken, und dann frisst er sich weiter vor* ... Zeilen eines Gedichtes – wer hatte es verfasst? Als ob das eine Rolle spielte.

Ein junges Mädchen schlenderte in den Vorraum mit der Weintheke, sah ihn und sagte: »Oh, da bist du ja. Ich hab mir schon gedacht, dass du hier herumhängst.« Sie studierte an der Lady Margaret Hall Jura, wie sie erzählte, fand das Fach allerdings ein bisschen langweilig. Doch da ihr Vater nun mal Richter war ... Sie seufzte und lachte dabei.

Während sie redete, wurde ihm klar, dass sie zu der Gruppe von Studenten gehört hatte, mit der er am Vorabend durch die Gemeinde gezogen war. Allerdings konnte er sich nicht genau an sie erinnern.

»Ich habe es dir gleich angesehen, dass du ein Anhänger von Chomsky bist«, erklärte sie lachend.

»Ich glaube an gar nichts«, erwiderte er, quälte sich allerdings insgeheim mit dem Gedanken herum, dass er wohl doch an irgendetwas glauben musste. Er musste nur darauf kommen, was es war.

»Du siehst heute wirklich wie ein Gespenst aus, wenn du mir die Bemerkung erlaubst. Aber schließlich bist du ja auch ein Dichter, stimmt's? Gestern Abend hast du Seamus Heeley zitiert.«

»Er heißt *Heaney*, Seamus Heaney*, soweit ich weiß. Möchtest du etwas trinken?«

»Du hast erzählt, du seist ein Dichter und Verbrecher!« Lachend griff sie nach seinem Arm. »Oder kam erst der Verbrecher und dann der Dichter? Was war zuerst da – die Henne oder das Ei?«

Er war nicht scharf auf sie, konnte mit ihrer Gesellschaft nichts anfangen, aber da stand sie nun mal, frisch wie der junge Morgen, voller Eifer und Energie, ohne jede Hemmung, lebenslustig und ungebunden wie herrenloses Gut. »Hast du Lust, auf einen Kaffee in meine grässliche Bruchbude mitzukommen?«

»Hängt davon ab, wie grässlich sie ist«, erwiderte sie, immer noch sanft lachend, im Flirtton, und strahlte ihn dabei neugierig und vertrauensvoll an. Und doch lag auch etwas leicht Verschlagenes in ihrer Stimme. Zufallsbekanntschaften wie diese lagen ihr offenbar.

»So grässlich, dass sie schon historische Bedeutung hat.«

»In Ordnung. Auf einen Kaffee und eine Geschichtslektion. Aber damit hat sich's dann auch.«

---

* Seamus Heaney: nordirischer Dichter, geb. 1939. *Death of a Naturalist*, 1966; *North*, 1975; *The Haw Lantern*, 1987; *Seeing Things*, 1991; *The Spirit Level*, 1996. 1995 erhielt Heaney den Nobelpeis für Literatur. – *Anm. d. Übers.*

Später sagte er sich, dass sie bestimmt noch mehr von ihm gewollt hatte, wenn auch vielleicht nur halbherzig. Wäre sie sonst direkt vor seiner Nase in ihrem kurzen Röckchen die Wendeltreppe des Gebäudes Nummer 12 hinauf stolziert, um sich einen Raum voller Gerümpel anzusehen? Hätte sie sich, völlig außer Atem oben angekommen, sonst so ohne weiteres auf das angestaubte Bett fallen lassen und mit weit geöffnetem Mund – einem Mund, der einer zarten Tulpenblüte glich – gelacht? Er hatte sie zu nichts drängen wollen, alles andere als das.

Nun, sie war eine lebenslustige junge Frau. Vielleicht war ihr erst hinterher klar geworden, dass sie ihn unbewusst ermutigt hatte – ihn, den älteren, vom Leben gebeutelten Mann, dem immer noch der Knastgeruch anhing. Jedenfalls war sie danach ohne peinliche Hast gegangen. Hatte immer noch halb gelächelt, auch wenn jetzt ein wenig Spott in dem Lächeln lag, und war ihrer Rettung oder ihrem Untergang entgegengeeilt, je nachdem, wohin ihre Natur sie führen würde. Gedemütigt, vielleicht sogar am Boden zerstört, doch voller Lebenswillen, der – wie er mit aller Macht hoffte – sich diese Niederlage niemals eingestehen würde. Ganz anders als Eunice.

»Was immer es auch sein mag, das uns zu solchen Dingen veranlasst ...«, sagte er halblaut, ohne den Satz zu vollenden, und war sich dabei seines schäbigen Verhaltens – das die Treulosigkeit gegen sich selbst mit einschloss – voll und ganz bewusst.

In der Nähe rastete ein Relais ein.

Der Himmel über Oxford trübte sich ein, und es regnete wieder einmal, als habe sich der hydrologische Kreislauf ein neues Mittel ausgedacht, um die Themse aus einer bislang nicht angezapften Schicht der Troposphäre aufzufüllen. Mit vorsintflutlicher Wucht klatschte der Regen gegen die Fenster des mit Gerümpel voll gestopften Speichers.

Gegen Abend raffte er sich dazu auf, die entfernteren Winkel seiner Unterkunft zu durchwühlen, wo er eine Kiste mit seinen alten Büchern und Videofilmen entdeckte. Und als er sie herauszog, fand er dahinter jenen Karton, der seinen alten Computer barg. Ohne bestimmte Absicht holte er die Anlage heraus, stöpselte sie ein und wischte mit einer Socke den Staub vom Bildschirm, dessen LCDs gleich darauf zu blinken begann. Er schob eine CD in den Schlitz und ließ die Finger über die Tastatur gleiten. Er hatte fast vergessen, wie man das Ding bediente.

Vor einem roten Hintergrund tauchte ein Gesicht auf – ein Gesicht, das höhnisch grinste und immer größer wurde. Es gelang ihm, das Gesicht zu löschen, worauf ein Summen ertönte und sich ein A4-Blatt aus der Faxausgabe wand. Ebenso verblüfft wie beunruhigt sah er zu, wie es zu Boden glitt. Dann schaltete er den Computer aus, hob das Fax auf und setzte sich aufs Bett, um die Nachricht zu lesen. Der Absender nannte ihn beim Vornamen, außerdem war der Text nur teilweise verständlich:

An Oz oder das, was Oz einst war

Wenn ich sage, ich weiß, wo du bist, ist das eine körperliche Sache. Was uns kennzeichnet, ist eine Schmierenkomödie, und dennoch. So ist es nun mal. Wo es keine irgendwie verorteten Menschen keinen Ort keinen Standort gibt, sofern man sich dabei die alltägliche Welt der Gesunden vorstellt.

Oder man sagt nur etwas, um überhaupt etwas zu sagen. Oder aber: je mehr man zu sagen hat, desto mehr sagt man auch. Wie Staubfäden auf dem Feuerdorn. Ist das auch eines deiner Merkmale? Ich hoffe, dies erreicht dich, ich versuch's.

Mach die Straße frei. Auf der Straße wird es deutlicher. Die krumme Tour. Ich meine das Säubern der Straße von. Du und ich. Auf immer und ewig. In ihr befangen.

Existenz. Kann man bei etwas, das die Existenz nicht berührt, von Existenz sprechen. Ich löse mich von der Nichtexistenz. Aber ich existiere nicht. Sprich.

Sprich mit meiner Zunge. Neue Straße keine klare Straße eine klare Verbindung schaffen. Langsam. Mühsal.

Vergangenheit.

Eunice

»Verdammter Quatsch«, sagte er und knüllte das Blatt zusammen. Nicht einmal sich selbst gegenüber mochte er sich eingestehen, wie sehr ihn schon die bloße Tatsache, dass diese Nachricht ihn erreicht hatte, beunruhigte. Ein Computer, in dem es spukte? Blödsinn, Schwachsinn, Quatsch. Irgendjemand wollte ihn zum Narren halten, vermutlich einer der Hochschuldozenten.

Ein gebieterisches Klopfen an der Tür.

»Herein.«

Homer Jenkins betrat den Speicher. Cleat, der wie angewurzelt mitten im Zimmer stand, warf die Papierkugel nach ihm, doch er fing sie geschickt auf.

»Es wird bald Abend«, sagte er dann.

»Der Regen müsste eigentlich bald aufhören.«

»Wenigstens ist es mild. Brauchst du hier kein Licht?«

Höfliche nordeuropäische Floskeln – bis Jenkins zum eigentlichen Anlass seines Besuches kam: »Eine junge Frau ist in die Pförtnerloge gestürmt und hat sich über dich beschwert. Wegen sexueller Belästigung oder so. Ich werde mit jungen Frauen von ihrer Sorte ganz gut fertig, doch ich muss dich warnen: Der Quästor hat gesagt, wenn etwas derartiges noch einmal geschieht, werden wir über deinen Verbleib in dieser Hochschule nachdenken müssen.«

Cleat ging nicht darauf ein. »Wie steht es eigentlich mit deiner Arbeit über den spanischen Bürgerkrieg, Homer? Bist du damit fertig?«, fragte er. »Ist sie schon veröffentlicht oder hängst du immer noch an der Stelle, an der Franco Gouverneur der Kanarischen Inseln wird?«

Die Familie Jenkins war schon seit mehreren Generationen wohlhabend, seit den Zeiten von *Jen-*

kins garantiert wirksamem Flohpuder (das die jüngeren Generationen allerdings selten erwähnten). An der Grenze nach Somerset besaßen sie ausgedehnte Ländereien, wo sie auch Fuchsjagden und Turniere im Bogenschießen veranstalteten. Dieser Hintergrund gab Homer Jenkins das nötige Selbstvertrauen, wenn es darum ging, sich zu behaupten. Dazu kam noch, dass er es zumeist mit halbem Lächeln und vorgestrecktem Kinn tat. Mit ruhiger Stimme erwiderte er: »Ozzie, du hast dir einige Anerkennung als Dichter verschafft, ehe du deine Strafe im Kittchen abgesessen hast, und natürlich hat sich die Hochschule über deinen Erfolg, so gering er auch gewesen sein mag, sehr gefreut. Und angesichts der Gelder, die dein Vater Septuagint gespendet hat, haben wir uns bemüht, deine anderweitigen Neigungen zu übersehen. Falls du aber wieder auf die Beine kommen und deinen guten Ruf, soweit möglich, wiederherstellen möchtest, lass dir gesagt sein, dass auch das Wohlwollen der Hochschule seine Grenzen hat. Buße zu tun ist niemals angenehm.« Ruhig und würdevoll wandte er sich ab und ging zur Tür.

»Du klingst wie Hamlets Vater!«, rief Cleat ihm nach, doch Jenkins drehte sich nicht noch einmal um.

Am nächsten Morgen erwachte er durch ein Geräusch, das selbst den Regen, der über seinem Bett aufs Dach trommelte, übertönte. Das Faxgerät spuckte eine weitere Nachricht aus:

An den Es-war-einmal-Oz

Oh ich bekomme Zustände von diesem Zwischenzustand. Bald bald auf den Straßen festgenagelt ich spreche normal mit dir. Mühsal. Ein großes Durcheinander andere physikalische Gesetze. Überliefertes Wissen.

Folge mir krank wiederhole folge mir.

Folge schweige nicht länger.

Liebe dich immer noch im Stillen. Ob im Stillen oder in Bewegung.

Eunice

Das dünne Blatt in der Hand, blieb er sitzen und dachte an seine verstorbene Frau. Das Bruchstück eines Gedichtes schoss ihm durch den Kopf:

Inmitten der Männer, die man gefangen genommen hatte

der Männer, die der Feind demütigte

der Männer, die sich selbst verfluchten

der Männer, deren geliebte Frauen vor ihnen den Weg zur Hölle angetreten hatten

Dann rief er sich ein langes Epos ins Gedächtnis, in dem ein Mann, ein Gefangener wie er selbst, alles Leiden auf sich nimmt, um sich wieder mit seiner toten Frau zu vereinigen – selbst den Abstieg zur Hölle. Die Vision erregte ihn. Vielleicht würde er doch wieder schreiben können. Worte und Sätze drängten sich in seinem Kopf zusammen, wie Gefangene, die endlich das Licht der Freiheit erblicken wollten.

Diesmal knüllte er die Nachricht nicht zusammen. Auch wenn er ihr nicht unbedingt Vertrauen entgegenbrachte, merkte er, wie sich ein Glauben in ihm regte – was an sich schon erstaunlich war. Ja, er würde wieder schreiben und sie alle damit verblüffen. Er besaß noch – nun, was immer er einst besessen hatte. Bis auf Eunice. Gänzlich unerwartet spürte er Sehnsucht nach ihr, hatte aber einen so starken Schreibdrang, dass er das Gefühl zur Seite schob. Er begann, in seiner Truhe zu kramen, fand jedoch keine passenden Schreibutensilien. Also war ein Ausflug zum nächsten Papierwarengeschäft notwendig. Vor seinen Augen tauchte vage ein Bild auf, nicht das seiner toten Frau, sondern das eines Stapels makellos weißen Kopierpapiers im A4-Format.

Nachdem er die Zimmertür hinter sich geschlossen hatte, blieb er einen Augenblick lang auf dem dunklen Treppenabsatz stehen. Ein Gefühl der Unsicherheit überwältigte ihn wie körperliche Übelkeit. Taugte er überhaupt etwas als Dichter? Als Soldat hatte er jedenfalls nichts getaugt. Auch nicht als Sohn. Und nicht einmal als Ehemann.

Verdammt, solchen Leuten wie Homer Jenkins würde er es schon zeigen, und wenn er dafür durch die Hölle gehen musste. Aber Dunkelheit und Mangel an Sauerstoff hier auf dem obersten Treppenabsatz gaben ihm ein Gefühl von Platzangst …

Langsam stieg er die erste Treppenflucht hinunter. Der Regen war inzwischen noch heftiger geworden und trommelte laut aufs Dach. Je weiter hinunter er kam, desto dunkler wurde es. Schließlich legte er eine kurze Pause ein und spähte durch einen Fensterschlitz auf den quadratischen Innenhof. Es goss so heftig, dass jenseits der Steinmauern mit ihren blinden Fenstern kaum etwas zu erkennen war. Nur im Zucken eines Blitzes konnte er weit unten eine Gestalt ausmachen, die vor dem Regen flüchtete und sich etwas, das wie ein Deckel aussah – ein Heiligenschein konnte es wohl kaum sein –, über den Kopf hielt. Ein weiterer Blitz. Flüchtig hatte Cleat den Eindruck, die ganze Hochschule versinke in der lehmigen Erde von Oxford, wo bislang nicht entdeckte Skelette riesiger Reptilien lagerten. Seufzend setzte er seinen Weg nach unten fort.

Auf der nächsten Treppe rannte dann ein kleiner dicker Mann direkt in ihn hinein – ein blasser Typ in den Vierzigern, dem der Regen aus dem Haar und dem stumpfen Gesicht tropfte.

»Schöne Dusche, wie? Man hat mir erzählt, dass du wieder da bist, Ozzie«, sagte der Mann, ohne dass er besondere Begeisterung darüber an den Tag legte. »Es gibt da eines deiner metaphysischen Gedichte, das mir immer recht gut gefallen hat. Das Gedicht über … ach, du weißt schon … wie geht es gleich wieder?«

Cleat wusste überhaupt nicht, wen er da vor sich hatte. »Entschuldigung, doch das ist schon so lange …«

»Hatte irgendwie mit dem Ursprung zu tun. Und soweit ich mich erinnere, kamen darin Erdbeeren und Asche vor. Weißt du, wir Naturwissenschaftler sehen die Sache ja so, dass das Ylem* vor dem Urknall nirgendwo existiert hat. Schließlich gab es ja nichts, *worin* es hätte existieren können. Die Elementarteilchen, die bei der ursprünglichen… *Explosion* ist wohl kaum der angemessene Ausdruck, wie du sicher verstehst – vielleicht findet ihr Dichter einen besseren – Ylem ist ein schöner Begriff … die also beim Urknall freigesetzt wurden, erhielten dabei als Grundausstattung die zeitliche wie die räumliche Dimension. So dass in dieser allerersten Hundertstelsekunde …«

Sein Blick trübte sich vor intellektueller Begeisterung. Gleichzeitig bildete sich an seiner Unterlippe eine kleine Speichelblase, als würde dort ein neues Universum entstehen. Er machte bereits Anstalten, die Arme zu schwenken, als Cleat schließlich sagte, er habe im Augenblick keine Lust auf eine derartige Diskussion.

»Ist schon klar«, erwiderte der Wissenschaftler lachend und packte Cleat am Hemd, um ihm jeden Fluchtweg zu versperren. »Wohlgemerkt empfinden wir ja alle dasselbe.«

»Nein, das tun wir nicht, das ist ganz und gar unmöglich.«

»Doch, wir empfinden dasselbe, da keiner von uns dieses Konzept eines ursprünglichen Nichts, eines Ortes ohne Raum und Zeit begreifen kann.

---

* Ylem: nach bestimmten Theorien die ursprüngliche Materie, aus der sich nach dem Urknall die grundlegenden Elemente gebildet haben (abgeleitet von dem griechischen *Hule = Materie*). – *Anm. d. Übers.*

Ein Nichts, das so *nicht* ist, dass selbst das Nichts darin nicht existieren kann.« Er lachte japsend, was Cleat an einen Bullterrier erinnerte. »Diese Vorstellung macht mir höllische Angst, denn ein solcher Nicht-Ort bedeutet entweder allumfassende Glückseligkeit oder ewige Qual. Die Aufgabe der Wissenschaft besteht darin, das, was vor dem Urknall war, zu erhellen …«

Schließlich platzte Cleat damit heraus, dass er unten verabredet sei, doch der Griff an seinem Hemd lockerte sich nicht.

»… und an diesem Punkt scheint sich die Naturwissenschaft mit der Religion zu treffen. Dieser zeitlose, raumlose Ort – das Universum, das dem Ylem vorausging – hat nicht nur oberflächlich betrachtet große Ähnlichkeit mit der alten christlichen Vorstellung von Himmel. Vielleicht gibt es den Himmel ja immer noch irgendwo – nur hat ihn mittlerweile natürlich die Ur-Strahlung durchsiebt …« Der Wissenschaftler brach in schallendes Gelächter aus, wobei er noch näher an Cleat heranrückte. »Und ähnlich steht es natürlich auch – das wird dich als Dichter begeistern, Ozzie – mit der *Hölle! Dies ist die Hölle, der wir bis heute nicht entronnen sind* – wie Shakespeare es für alle Zeiten in seinen Versen verewigt hat.«

»*Marlowe!*«, schrie Cleat, wand sich aus dem Griff des Wissenschaftlers und stürmte die Treppenflucht hinunter.

»So was aber auch, natürlich war es Marlowe …«, sagte der Wissenschaftler. Einsam und verlassen blieb er auf der Treppe zurück. »Marlowe, das muss ich mir merken. Der gute alte Christopher Marlowe.« Mit einem Papiertaschentuch wischte er sich über die nasse Stirn.

Aber es wurde dunkler und dunkler, und der Lärm schwoll an. Die Treppen, die sich entgegen dem Uhrzeigersinn wanden, erschütterten Cleats Realitätssinn. Er atmete auf, als die Stufen schließlich aufhörten und er einen weitläufigen Raum erreichte mit Triumphbögen an jeder Seite. Jenseits dieser Bögen erhellten trübe flackernde Laternen mehr schlecht als recht die Dunkelheit.

Er war ein wenig verwirrt. Irgendwie kam es ihm so vor, als sei er unter das Erdgeschoss gelangt. Die klamme Feuchtigkeit deutete zweifellos darauf hin, dass er sich unter der Erde befand, irgendwo in den weitläufigen Kellerräumen von Septuagint. Es wusste noch, wie es früher hier ausgesehen hatte, doch er konnte keine verstaubten Regale mit Flaschen darin mehr entdecken. Sein Mundgeruch hing in der Luft und löste sich nur langsam auf.

Zögernd ging er weiter und gelangte durch einen der Bögen auf einen mit Kopfstein gepflasterten Platz, von dem weitere Treppen abgingen. Er warf einen Blick nach oben, konnte jedoch kaum etwas ausmachen. Ob sich über seinem Kopf Steine befanden oder der Himmel, hätte er nicht sagen können. Hier fiel kein Regen. Es kam ihm unheimlich vor, dass er so plötzlich aufgehört haben sollte. Irgendetwas warnte ihn davor, sich durch Rufe bemerkbar zu machen. Ihm blieb nichts anderes übrig, als weiter zu gehen.

Seine Stimmung war gedrückt. Wie so oft, stand er mit sich selbst auf Kriegsfuß. Woran lag es bloß, dass er keine freundschaftlichen Beziehungen zu anderen Menschen herstellen konnte? Warum war er so unfreundlich zu dem dicken Naturwissenschaftler gewesen – Neil Soundso –, der im Grunde ja auch nicht verschrobener war als viele anderen Dozenten der Universität Oxford? Oxford? Das hier konnte nicht Oxford sein, ja nicht einmal Cowley! Er schleppte sich voran, blieb jedoch bald darauf stehen, da er nicht wusste, welche Richtung er einschlagen sollte. Plötzlich kam eine Gestalt – Cleat konnte nicht feststellen, ob männlich oder weiblich – an ihm vorbei. Sie wirkte völlig grau, gehüllt in ein langes Gewand.

»Entschuldigen Sie, haben Sie hier in der Nähe ein Papierwarengeschäft gesehen?«

Die Gestalt blieb stehen, verzog die Wangen zu einem Lächeln und stapfte dann mit großen Schritten weiter. Als Cleat seinen Marsch gerade ebenfalls fortsetzen wollte, verschwand sie von einem Augenblick auf den anderen.

»Scheiße und Ylem, das ist ja wirklich sonderbar«, sagte er, um das Unbehagen, das er inzwischen – auch sich selbst gegenüber – empfand, zu überspielen. Verschwunden, mit Haut und Haar verschwunden, wie eines von Neil Soundsos Elementarteilchen …

Die Stufen wurden jetzt breiter und gleichzeitig flacher, bis sie in Kopfsteinpflaster endeten. Links und rechts standen Objekte, die man durchaus als Häuser hätte bezeichnen können. Allerdings wies nichts darauf hin, dass sie bewohnt waren. Die Szenerie wirkte auf künstliche Weise altmodisch, so als habe jemand das Nürnberg des sechzehnten Jahrhunderts im neunzehnten Jahrhundert nachgebaut.

Verwirrt setzte er seinen Weg fort, stieg noch weiter nach unten, bis er zu einem weitläufigen Raum kam, den er im Geiste als »Platz« bezeichnete. Hier hielt er inne. Doch kaum war er stehen geblieben, begann sich seine Umgebung zu verändern. Bestürzt trat er einen Schritt zurück – und sofort erstarrte alles. Als er seinerseits erstarrte, setzten sich wieder Gebäude und Durchgänge auf unheimliche Weise in Bewegung. Er tat einen weiteren Schritt – und alles blieb stehen. Er blieb stehen – und alles in seinem Blickfeld, die ganze verschwommene, wie in Wasserfarben gemalte Umgebung, setzte sich wieder in Bewegung, eine vorwärts gerichtete und zugleich kreisförmige Bewegung. Ihm drängte sich das Bild eines Krebses auf, ein Krebs, der glaubt, dass jeder außer ihm selbst sich seitwärts fortbewegt.

Doch diese Relativität der Bewegung war noch der geringste aller Schrecken. Denn wann immer er vorwärts ging, stand die Welt nicht nur still, sondern war auch menschenleer (sofern es sich hier überhaupt um Menschen handelte). Stand er jedoch selbst still, verfiel diese Welt nicht nur in ihren Krebsgang, sondern bevölkerte sich auch mit zahlreichen geschäftigen Menschen (Menschen?). Wehmütig dachte Cleat an die Sicherheit seiner Zelle bei der Armee zurück.

276

Wieder blieb er stehen und versuchte, in der Menge einzelne Gesichter auszumachen. Wie tot und abweisend sie in seinen Augen, den Augen eines Sterblichen, doch wirkten! Und wie sie einander herumschubsten, sich an aneinander vorbeidrängten! Nicht aus Hast, sondern weil offenbar so wenig Platz war. Allerdings schien sich die Fläche insgesamt aufgrund der ständigen Bewegung von Straßen und Gassen immer weiter auszudehnen, um all diese Wesen aufnehmen zu können. Wesen, deren Kleidung jeder Farbe und Vielfalt entbehrte.

Es war nicht einfach, Männer und Frauen auseinander zu halten. Ihre Konturen und Gesichter wirkten genau wie ihre Körpersprache irgendwie verschwommen. Doch dann fand er heraus, dass er, wenn er den Kopf starr hielt und nur den Augen erlaubte, den Fokus seines Blicks leicht zu verlagern, tatsächlich individuelle Gesichter ausmachen konnte: die Gesichter von Männern und Frauen, Jungen und Alten, Dunkel- und Hellhäutigen, westlichen und östlichen Typen, Lang- und Kurzhaarigen, Bartträgern und Bartlosen, Voll- und Schnauzbärtigen, großen Dünnen und kleinen Dicken, Aufrechten und Gebeugten. Und dennoch – was war nur mit seiner Netzhaut los? – wirkten alle so, als fehle ihnen jegliches Mienenspiel. Es mangelte ihnen nicht nur an einem bestimmten Gesichtsausdruck, sondern überhaupt an der Fähigkeit, durch Mimik etwas auszudrücken. Es waren keine wirklichen Gesichter, es waren Abstraktionen von Gesichtern. Er war von einer Gesellschaft der Finsternis umgeben, die weder tot noch lebendig wirkte. Und diese Gesellschaft bewegte sich mal hierhin, mal dorthin, planlos, ziellos.

Sie ähnelten Gespenstern. Ihr Schweigen machte ihm Gänsehaut. Sie drängten sich weiter an Cleat vorbei, bis er die Spannung nicht mehr ertragen konnte. Und als er losrannte – als er seine Beinmuskeln anspannte, um zu fliehen –, verschwand die riesige Menge, in der sich keiner vom anderen unterschied, und ließ ihn allein in einer leblosen Umgebung zurück.

»Dafür muss es eine wissenschaftliche Erklärung geben«, sagte er sich. Allerdings war die einzige Erklärung, die ihm einfiel, dass er gerade das Endstadium einer Wahnvorstellung durchlitt. Er schüttelte heftig den Kopf und versuchte, sich in das vertraute alte expandierende Universum aus ständiger Bewegung zurück zu versetzen, an das er gewöhnt war. Doch die gegenwärtige düstere Welt, die ihren eigenen völlig anderen physikalischen Gesetzen gehorchte, wollte nicht weichen. Was hatte in Eunices zweitem Brief gestanden? Hatte sie nicht irgendwelche abweichenden physikalischen Gesetze erwähnt? Ihn packte kaltes Entsetzen, ein solches Entsetzen, dass seine Kehle trocken wurde und ihm fröstelte. Schließlich nahm er seinen ganzen Mut zusammen, setzte sich wieder in Bewegung und sagte sich dabei, dass er, was immer auch geschehen würde, es ganz sicher verdient hatte.

Er ging weiter und weiter, bis er sich vor einem Gebäude wiederfand, das anders als alle übrigen

Häuser aussah. In diesem Fall hatte man wohl versucht, dachte er, so etwas ... na ja, wie ein Rathaus nachzubilden. Es glich keiner Architektur, die er kannte, und bestand aus schwammigem Material. Die kunstvoll gestalteten Treppen führten zu keinem erkennbaren Eingang, die Balkone konnte man nicht betreten, die hoch aufragenden Pfeiler stützten offenbar kein Gebälk, und der Säulengang war für niemanden begehbar.

Erstaunt blieb er stehen, allerdings verging ihm dieses Staunen gleich wieder, denn kaum hatte er innegehalten, setzte sich die Welt erneut in Bewegung. Wie ein Ozeandampfer, der einen hilflosen Schwimmer erdrückt, kam das riesige Gebäude auf ihn zu. Und dann nahm ihn die großartige Architektur in sich auf. Ein strahlendes Licht – strahlender als alles, was er bisher in dieser dunklen Welt gesehen hatte – erhellte das Innere des Gebäudes. Es war ihm nicht klar, von welcher Quelle dieses Licht gespeist wurde. Über die Böden waren riesige Stapel von Habseligkeiten verteilt, die ziemlich schäbig wirkten, und düstere Gestalten waren damit beschäftigt, diese Haufen zu durchwühlen. Sie alle bewegten sich in dem gleichen nervtötenden Krebsgang – es sah aus, als seien sie im Strudel eines Spiralnebels gefangen.

Wenn er regungslos dastand, konnte er sehen, was geschah. Und bald darauf stellte er fest, dass er, wenn er seine Hörnerven genau wie die Sehnerven entspannte, Geräusche ausmachen konnte. Hoch und schrill, als hätten diese Gestalten Helium inhaliert, drangen ihre Stimmen zu ihm hinüber.

Offenbar stießen sie jedes Mal Freudenschreie aus, wenn sie irgendwelche Sachen aus den Stapeln bergen konnten.

Als er vortrat, um besser sehen zu können, verschwand alles. Und als er stehen blieb, war alles wieder da. *Das ist ja nicht zum Aushalten ...*, dachte er und schüttelte dabei den Kopf, worauf sich das jetzt leere, widerhallende Gebäude mit der Verstohlenheit einer Katze zu bewegen begann.

So unterschiedlich die Haufen auch aussehen mochten, sie bestanden alle aus merkwürdigem alten Plunder. Die Koffer, die sich dort auftürmten, sahen so eingedellt und zerschlissen aus, als habe ihnen – nicht anders als menschlichen Wesen – eine lange, kummervolle Reise zugesetzt. Dann waren alle nur denkbaren Schuhtypen übereinander geschichtet: Schnürstiefel, Damenslipper, Holzpantinen, Kinderschuhe aus Kunstleder, Pantoffeln, Straßenschuhe, Abendschuhe, Schuhe für dies, Schuhe für das, abgetragen oder nagelneu – so viele Schuhe, dass sie bequem für einen Spaziergang zum Mars und zurück ausgereicht hätten. Daneben war der Haufen, auf dem sich Brillen stapelten: Kneifer, Hornbrillen, Monokel, Brillen in jeder Form, Fassung und Farbe. Dann Kleidung: Lumpen, die jeder Beschreibung spotteten und sich bis zum Dach türmten. Außerdem – es war kaum zu fassen – auch Haar. Tonnenweise Haar, glänzend schwarzes Haar, lilienweißes Haar, Haar in allen Schattierungen und Längen, kurzes stoppeliges, langes glattes oder lockiges Menschenhaar, Zöpfe, an denen noch Schleifen hingen. Der schrecklichste

Haufen jedoch bestand aus jeder Art von Zähnen: Da gab es Backenzähne, Weisheitszähne, Schneidezähne, Zähne mit Füllungen und Milchzähne, an deren verzweigten Wurzeln mitunter noch Fleisch hing. In dem Augenblick, da sich Cleat, erschüttert von dem Gefühl des Wiedererkennens, instinktiv bewegt hatte, verschwanden sie. Doch als er zu Boden stürzte und dort knien blieb, war der entsetzliche Innenraum erneut zu sehen.

Indem er seinen Blick verschwimmen ließ, gelang es ihm, die Menschen, die in dem Unrat wühlten, deutlicher zu erkennen. Sie holten sich lediglich zurück, was ihnen einst gehört hatte und ihnen immer noch rechtmäßig zustand. Er sah Frauen – ja, kahlköpfige Frauen jeden Alters –, die ihr Haar zurückforderten und, nachdem sie es sich übergestülpt hatten, wieder wie vollständige Menschen wirkten, was ihnen den Beifall der umstehenden Mitglieder der finsteren Gesellschaft eintrug.

Plötzlich meinte er, unter ihnen Eunice zu erkennen. Durchaus möglich, dass sie sich – sie war ja jüdischer Abstammung –, an diesem entsetzlichen Ort aufhielt, unter den Entrechteten, Enterbten, Ermordeten. Zusammengekauert verharrte er an Ort und Stelle und wagte sich nicht zu rühren, weil sie dann womöglich verschwinden würde. War sie es wirklich? Eine in Wasserfarben gemalte Version jener Eunice, die er früher einmal geliebt hatte? Das, was nun mit aller Macht in ihm hochstieg, ähnelte Tränen – er empfand Schuldgefühle, Schuldgefühle, die die ganze Menschheit mit einschlossen. Als er sie beim Namen rief, verschwand alles bis auf den großen leeren Saal.

Und während er reglos auf dem Boden kauerte, kam sie auf ihn zu! Erkannte ihn, streckte ihre Hand aus! Doch als er nach dieser Hand greifen wollte, war sie wieder verschwunden. Einmal mehr erstarrte er – und nach und nach nahm sie samt ihrer Umgebung erneut Gestalt an.

»Wir können nie wieder zusammen sein«, erklärte sie, und in ihrer Stimme schwang etwas Fernes, Verlorenes mit, das ihn an den Schrei einer Eule erinnerte. »Denn einer von uns gehört zu den Toten und der andere zu den Lebenden, Ozzie, mein Liebling!«

Während er zu antworten versuchte, verblasste ihre Gestalt immer wieder. Sie hatte sich neben ihn gekniet und ihm die Hand auf die Schulter gelegt. So verharrten sie schweigend, die Köpfe nahe aneinander gelegt, der Mann, die Frau. Er redete so, dass sich seine Lippen kaum bewegten. »Ich verstehe das alles nicht.«

»Ich habe es nie verstanden. Aber meine Botschaften haben dich erreicht. Du bist tatsächlich gekommen! Selbst hierher! Wie tapfer du bist!«

Bei diesen leise geflüsterten Worten flackerte Hoffnung in ihm auf. Also war in ihm doch irgendetwas Gutes, etwas, auf das er künftig bauen konnte, wie die Zukunft auch immer aussehen mochte… Er starrte ihr in die Augen, entdeckte darin jedoch keine Art von Verstehen, ja es fiel ihm schwer, diese Aushöhlungen tatsächlich als Augen zu betrachten.

»Eunice«, sagte er verzweifelt, »falls du wirklich irgendeine Form von Eunice darstellst, möchte ich dir sagen, dass es mir *Leid tut* – aus tiefstem Herzen Leid tut. Alles. Ich lebe in meiner eigenen Hölle. Ich bin gekommen, um es endlich auszusprechen, um es dir zu sagen und dir in die Unterwelt, nach Gehenna*, zu folgen.«

Es kam ihm so vor, als blicke sie ihn unverwandt an. Aber ihm war klar, dass sie ihn nicht mehr wie früher sah, sondern wie eine Art Objekt, eine außergewöhnliche Erscheinung in jener Sphäre, die hier anstelle des Raum-Zeit-Kontinuums herrschte. »All diese …« Da er im Begriff war, mit der Hand auf die Lumpenhaufen zu deuten, gerieten sie erst ins Wabern und wurden dann unsichtbar. »Warum liegen sie da *jetzt noch* herum? Das ist … seit dem Holocaust sind doch schon so viele Jahre vergangen. Es ist *so lange her* …«

Erst als er sie dazu aufforderte, gab sie ihm eine Antwort, und die unmittelbare Folge war, dass sie verschwamm und sich vor seinen Augen beinahe auflöste.

»An diesem Ort«, sagte sie, »gibt es weder ein *Jetzt* noch ein *lange her*. Kannst du das verstehen? Diese zeitlichen Attribute sind willkürliche Regeln in euren … ja was eigentlich … Dimensionen. Hier haben sie keine Bedeutung.«

---

* Gehenna, aus dem Hebräischen: Im Alten Testament das Tal unterhalb Jerusalems, in dem Kinder geopfert wurden; im Neuen Testament der Ort, an dem die Bösen nach ihrem Tod bestraft werden, die Hölle. – *Anm. d. Übers.*

Er seufzte und hielt sich die Hand vor die Augen. Ein Gefühl von Verlust überwältigte ihn. Als er dann zwischen den Fingern hindurch spähte, hatte sich das Gebäude erneut in Bewegung gesetzt. Reglos blieb er sitzen und dachte: Wenn es hier kein *Jetzt* gibt, gibt es auch kein richtiges *Hier*. Und er drang durch die Mauern in eine Art Raum ein, der kein Raum war. Er meinte schon, er habe Eunice verloren, doch die Bewegung ringsum brachte sie wieder in seine Nähe. Immer noch kniete sie vor ihm, redete und gab Erklärungen ab, als habe sie die zeitweilige Unterbrechung gar nicht bemerkt. »Und hier geht auch kein Name verloren, der in eurer, der Zeit ausgesetzten Sphäre irgendwann einmal voller Leidenschaft ausgesprochen, dann aber vergessen wurde. Alle, selbst die mit dem schlechtesten Leumund, müssen sich dieser Gesellschaft anschließen, so dass sie von Tag zu Tag wächst.« Hatte sie die letzten Worte gesungen? Konnte er sie, so verwirrt wie er war, überhaupt richtig verstehen? War es überhaupt möglich, dass sie in irgendeiner Weise miteinander kommunizierten? »Die Myriaden, die keine Gedenkstätte hinterlassen haben, finden hier genauso ihren Platz wie diejenigen, deren Ruhm noch ganze *Zeitalter*, wie ihr sagt, nachhallt …«

Als er sich mit bittender Geste vorbeugte, weil er auf ein Wort hoffte, das Menschlichkeit barg, verblasste ihr Gesicht. Wenn er sie doch zurückhaben könnte … Doch der Gedanke schwand gleich wieder, da der große Saal nun erneut leer und völlig still dalag. Jetzt herrschte darin nur noch ein ungeheures Schweigen, still wie der Tod.

Erneut war er gezwungen, sich reglos zusammenzukauern, bis diese düstere Welt wieder einen belebten Eindruck machte und Eunices nebelhafte Erscheinung wieder Gestalt annahm. Nahtlos, als war ihr gar nicht bewusst, dass etwas geschehen und er vorübergehend aus ihrem Blickfeld (sofern es ein Blickfeld war) geraten war, setzte Eunice – der Schatten von Eunice – die Erläuterungen fort: »… König Harold ist hier und bemüht sich, den Pfeil aus seinem Auge zu entfernen; und Sophokles, der sich von seinem Schierlingstrunk erholt hat; ganze Armeen, die von ihren Wunden genesen sind; auch die Bogomilen* sind da; Robespierre, dessen Kopf wieder fest zwischen den Schultern sitzt; Erzbischof Cranmer**, erlöst vom Flammentod, den er wegen seiner tapferen Rede erleiden musste; Julius Caesar, von keinem Dolch durchbohrt; Kleopatra, von keinem Natternbiss vergiftet – wie auch mir die Kobra meines Vaters hier nichts mehr anhaben kann. Ozzie, du musst wissen, dass…«

Während sie ihre endlos lange Liste weiter herunterbetete und eine Unzahl einzelner Personen

---

* Bogomilen: mit dem Manichäertum verwandte Sekte, die von der Inquisition verfolgt wurde. – *Anm. d. Übers.*

** Thomas Cranmer (1489-1556): erster protestantischer Erzbischof von Canterbury, Verfasser des »Book of Common Prayer«. Als Ketzer unter Mary I. verbrannt. – *Anm. d. Übers.*

aufführte, als habe sie alle Zeit der Welt – was ja auch zutraf, wie er voller Entsetzen begriff –, konnte er sich nur immer wieder fragen: Wie komme ich zurück nach Oxford? Wie kann ich je zurück nach Septuagint gelangen, mitsamt diesem Wahnbild meiner Liebe oder ohne?

»… Magdeburg, Mohacz, Lepanto, Stalingrad, Kosovo, Saipan, Kohima, Agincourt, Austerlitz, Okinawa, Somme, Geok-Depe, der Fluss Boyne, Crécy …«

Und wird dieser Schatten mir dabei helfen?

Er unterbrach ihre Litanei und sagte ohne merkliche Bewegung seiner Lippen: »Eunice, meine arme Schatten-Eunice, du machst mir Angst. Alles ringsum macht mir Angst. Ich wusste, dass die Hölle entsetzlich sein muss, doch nie hätte ich gedacht, dass sie so wie das hier ist. Wie kann ich mit dir zusammen in die wirkliche Welt zurückkehren? Bitte, sag es mir!«

Wunderbarerweise war der Saal immer noch in Bewegung, als bestünde er eher aus Musik als aus Stein, und inzwischen war Eunice weiter und weiter von ihm abgerückt. Ihre Antwort, so entsetzlich sie sich auch anhörte, war ein schwaches Pfeifen, zart wie Vogelgezwitscher, so dass er zunächst kaum glauben mochte, dass er sie richtig verstanden hatte.

»Nein, nein, mein Liebling, du irrst dich, wie du dich stets in allem geirrt hast.«

»Aber …«

»Das hier ist der *Himmel*. Die Hölle ist jener Ort, von dem du gekommen bist, Liebster. Die Hölle mit all ihren zermürbenden physischen Bedingungen! Dies ist der Himmel!«

Er brach zusammen, fiel auf sein Gesicht und regte sich nicht mehr. Und der große Saal mit all den zurück erstatteten Objekten nahm erneut seine würdevolle, harmonische Kreisbewegung auf.

Galaxis Z

HERBST. In der Galaxis Z war es Herbst geworden. Auf Abermillionen unbewohnter Planeten kehrten Bäume aller Arten dem auffrischenden Wind den Rücken zu und warfen ihr Laub ab, so dass es so aussah, als vergössen sie braune Tränen. Auch auf Abermillionen *bewohnter* Planeten – jedenfalls dort, wo Bäume geduldet wurden – vergossen die Bäume, die ihr Leben in der Steinwüste der Städte fristeten, braune Tränen. Sie fielen auf die Hauptverkehrsstraßen hinunter und wehten zu den Verteilungszentren. In diesen Zentren würden Mahlmaschinen sie in Nahrung für die Armen umwandeln. Denn für die Armen kam jetzt die Zeit, in der sie sich in Abermillionen von Atmosphären mit aller Kraft gegen den Kälteeinbruch wappnen mussten.

DAS TERRAFORMEN. Wohin konnten sich diese Ärmsten der Armen flüchten? Jedenfalls nicht auf einen anderen Planeten. Planet A glich Planet B, der wiederum Planet C und D glich, es gab keinen Unterschied, auch wenn man das Alphabet millionenmal durchstabierte. Das Terraformen hatte alle Planeten gleichgemacht, und das galt auch für den Lebensstil. Alle Täler hatte man aufgefüllt, alle Berge eingeebnet. Mochten die Menschen auch auf eine Milliarde von Welten, die allesamt Billardkugeln ähnelten, verteilt sein, in der Farbe ihrer Haut – dieser perfekten, blassen, geruchs- und faltenlosen Haut, deren Gewebe Milliarden von Kilometern umfasste und alle Bewohner der Galaxis Z umhüllte – glichen sie sich wie ein Ei dem anderen.

DIE ARMEN. Die Armen bedauerten es nicht, arm zu sein. Es gab Abermillionen von Menschen, denen es genauso oder ähnlich ging. Sie waren darauf geeicht, ihr Leben lang arm zu sein. Nie blickten sie neidisch auf Wohlstand oder Wärme. Das Große Programm kannte eben kein Erbarmen. Die zahllosen Planeten der Galaxis Z waren so programmiert, dass auf den Sommer der Winter folgte. Und der Winter war so programmiert, dass er unter den Armen die Spreu vom Weizen trennte. Wenn die Luft vor Frost glitzerte und der Wind wie ein mächtiger Besen durch die Straßen fegte, wurden die Körper eiskalt. Es war die Zeit zum Sterben, die Zeit, in die große Dunkelheit der Nacht einzugehen. Am Ende des Winters würde es Millionen armer Menschen nicht mehr möglich sein, die abgelegenen Straßen der heruntergekommenen Stadtteile zu verunsichern. Nichts wurde dem Zufall überlassen. Alles war programmiert, bis auf eines: Dass gerade der Mann, der im Hauseingang X Schutz gesucht hatte, den Winter überstand, während sein Nachbar im Hauseingang Y starb, war ohne Belang. In solche Dinge griff man nicht ein, diese in statistischer Hinsicht nicht-signifikanten Zufälligkeiten konnte man vernachlässigen. Der Tod der Armen zählte ebenso wenig wie ihr Leben.

DIE REICHEN. In dieser Galaxis waren die Armen die Müßiggänger, während die Reichen unentwegt beschäftigt waren. In abgedunkelten Räumen konsultierten die Angehörigen der wohlhabenden Schicht ihre Therapeuten und fragten sie, woran es wohl lag, dass sie ständig derart überlastet waren. Die Gesünderen traten irgendwelchen Clubs bei, in denen die Tendenz herrschte, einander nach dem Leben zu trachten. Ihre Tage verbrachten sie weitgehend damit, an äußerst wichtigen Konferenzen und Beratungen teilzunehmen. Sie flogen von einer Stadt zur nächsten, die kein bisschen anders aussah, um Reden zu halten, sich Reden anzuhören oder über diejenigen zu berichten, die Reden hielten oder sich anhörten. Es konnte vorkommen, dass ihre Städte wie gebrochene Herzen zerbarsten, während sie in Konferenzen saßen. Sie finanzierten, organisierten oder besuchten großartige Bankette, und bei diesen Gelegenheiten pflegten sie sich – Männer und Frauen gleichermaßen – mit ernsthafter Miene von ihren Plätzen zu erheben, um Vorträge über aktuelle Themen zu halten, beispielsweise *Warum gibt es so viele Arme?* oder *Warum wollen die Armen unbedingt arm bleiben?* oder *Sollte man bei der Hengissjagd Sicherheitsvorkehrungen treffen?*

DAS HENGISS. Auf den abermillionen Planeten der Galaxis Z hatten keine natürlichen Tierarten überlebt. Das Hengiss war eine künstliche Züchtung. Da es aus Stellena bestand, einem stahlplastischen Material, das mit einem DNA-Strang aus dem menschlichen Genom ausgestattet war, galt es als Tier, zumal seine Vorderseite tatsächlich einem Pferd glich. Es ernährte sich von Mutantin. Um es in Schwung zu bringen, wurde es während einer zehntägigen Vorbereitungszeit auf die Jagd gefüttert, trainiert und wohl überlegt gepeinigt.

DIE JAGD. In jeder Stadt der Galaxis wurde alle zehn Tage eine Jagd veranstaltet. Sie begann überall gleich: Das Hengiss, das gejagt werden sollte, wurde auf einen großen Platz gebracht, der in jeder Stadt gleich aussah, und zur selben Zeit losgelassen. Stets stürmte es mit aller Kraft davon, lief so schnell es konnte, suchte sein Heil in der Flucht. Dass es nicht programmiert war, verstieß natürlich gegen alle Vorschriften. Und doch war sein Ende abzusehen. Dann sofort hefteten sich die Reichen an seine Spur, wobei alle die gleichen Jagdausrüstungen trugen, viel Lärm machten und ein derartiges Tempo vorlegten, dass sie miteinander zusammenprallten und die Funken sprühten, bis sie sich schließlich in die Haare gerieten.

DIE SIEGER. Das mächtige Hengiss stürmte voran. Häufig scherte es aus, um an einem Gebäude hochzuklettern – in der Regel war es ein hohes Gebäude –, dessen Mauern sich daraufhin aufblähten und Feuer fingen. Brennende, hell auflodernde, zerberstende Fenster, Türen, Mauern, Zimmer markierten seinen Weg. Wie ein Schwarm Hornissen stiegen die Jäger in ihren mobilen Ausrüstungen in die Lüfte empor und nahmen die Verfolgung auf. Einige stürzten ab, anderen gelang es mittels geschickter Verfolgungstaktik, sich an das flüchtende Tier heranzupirschen. Es mochte noch so in Deckung gehen, noch so unermüdlich rennen – am Ende wurde das Hengiss doch gestellt und gab, in die Enge getrieben, verzweifelt auf. Worauf sich der nächstbeste Reiche auf das Tier stürzte, um es mit Nuklearkeulen zu Tode zu prügeln. Anschließend wurde ein Festmahl für die Sieger veranstaltet.

DAS UNIKRAT. Das Unikrat, der Weltenschöpfer, hatte sich in höheren Dimensionen postiert. Es gab viele dieser Dimensionen, und sie glichen einander wie Spiegelbilder. Zuweilen vervielfachten sie sich, es konnte aber auch vorkommen, dass sie sich verkleinerten. So verkleinerten, dass der Weltenschöpfer auf die Größe eines Stecknadelkopfes zusammengeschrumpft wäre, hätte der Faktor Größe hier existiert. Oder die Dimensionen blähten sich ähnlich wie ein Atompilz auf, bis der Weltenschöpfer selbst größer war als das Universum, das er lenkte, hätten diese Dimensionen den Faktor Größe gekannt. Aber in diesen Dimensionen waren Kategorien wie Größe oder Zeit abgeschafft. Auch so etwas wie Ewigkeit gab es hier nicht – nur ein alles absorbierendes JETZT. Das Unikrat selbst umspannte viele Dimensionen. Unter einer seiner Kinnladen lag auf der linken Seite eine alektrolische Verkleinerung der Galaxis Z. Wenn die Kinnlade ihren Sensor über diese Verkleinerung gleiten ließ, die in mancher Hinsicht einer riesigen Camera obscura glich, erfasste er Sonnen und Planeten, die sich im Rahmen strenger physikalischer Gesetze bewegten – und die dort angesiedelten Lebewesen bewegten sich mit ihnen. In der Sprache des Lichtes, die das Unikrat zur Selbstreflexion benutzte, wandte sich sein praktischer Teil an den urteilsfähigen Teil und bemerkte: »Mein Plan funktioniert nicht recht.«

»Die Gleichförmigkeit hat den Sieg davon getragen«, erwiderte der urteilsfähige Teil. »Die physikalischen Gesetze sind zu eng gefasst.«

»Aber sie lassen immerhin bestimmte Zufälligkeiten zu.«

»Das reicht nicht aus.«

»Ich sehe, dass der Mann im Hauseingang X überlebt, während der Mann im Hauseingang Y stirbt. Das ist reiner Zufall.«

»Nur, dass es in allen Städten auf allen Planeten der Galaxis Z so läuft.«

»Besteht Handlungsbedarf?«

»Vor vielen Äonen«, sagte der urteilsfähige Teil, »haben wir einen Sohn nach unten geschickt, damit er die Dinge dort in Schwung bringt und ein neues Denken verankert. Dasselbe Experiment könnte man noch einmal durchführen.«

»Ja. Aber besteht überhaupt Aussicht, dass es diesmal besser klappt? Ich glaube, wir sollten den Plan zu den Akten legen.«

»Na schön, allerdings sollten wir ihm vielleicht eine letzte Chance …«

DER SOHN. Auf jedem der abermillionen Planeten in der Galaxis Z nahmen die Söhne des Unikrats – ungeachtet der Tatsache, dass viele Lichtjahre sie trennten – zu genau derselben Zeit Gestalt an. Der Sohn bestand hauptsächlich aus Impervium, einem undurchlässigen Material. Sein Gesicht war eine wohlwollend wirkende starre Maske, sein regloses Herz sandte elektrische Impulse aus. Zunächst ging der Sohn unter den Armen umher, die ihn fürchteten und sich wegdrehten. Allerdings flohen sie nicht, da sie natürlich hofften, er werde ihnen etwas Gutes tun.

»Verzweifelt nicht, denn eines Tages wird die Galaxis euer sein und ihr werdet sie besitzen.« Also sprach der Sohn zu den Armen. Worauf diese als Antwort »So ein Quatsch!« brüllten.

»So mager eure Kinder auch sein mögen, sie sind doch schön«, sagte der Sohn. »Lasset die Kindlein zu mir kommen!« Worauf die Armen »Kinderschänder!« brüllten.

»Was kann ich tun, um euch zu helfen?«

»Die Reichen umbringen!«, brüllten sie.

»Ihr armseligen Wichte!«, erwiderte der Sohn voller Verachtung.

DIE FALLE. Als der Sohn in die Viertel ging, in denen die Reichen lebten, begegnete er einem fetten Mann mit bösartigem Gesicht, der vorhatte, seinem Konkurrenten eine Falle zu stellen und ihn umzubringen. Das ganze fünfzehnte Stockwerk seines Palastes hatte er mit Schleim, Blut und zermahlenen Knochen jüngst Verstorbener gefüllt, und im vierzehnten Stock war alles für ein Festmahl vorbereitet, zu dem er den verhassten Konkurrenten eingeladen hatte. Sobald dieser Platz genommen hatte, würde ein Knopfdruck ausreichen, um die ganze widerliche Brühe nach unten zu befördern und den Mann darin zu ertränken.

»Ich bin auf der Suche nach Barmherzigkeit«, sagte der Sohn zu dem fetten Mann. »Willst du deinem Konkurrenten nicht vergeben, auf dass du die Welt rettest?«

»Sein Tod ist ausgemachte Sache«, erwiderte der Fette. »Ich habe nämlich einen Psychovorhersagedienst konsultiert und erfahren, dass mein Konkurrent am heutigen Tag sterben wird. Ich kann den Prozess also gar nicht aufhalten, nicht einmal, um die Welt zu retten.«

Schließlich traf der Konkurrent ein. Argwöhnisch und durchtrieben wie er war, musterte er den reich gedeckten Tisch und merkte, dass die dort aufgeschichteten Früchte aus Kunststoff waren. Mittels einer schnellen Infrarotuntersuchung entdeckte er den entscheidenden Schalter und legte ihn, seinen fetten Gegner fest umklammernd, mit dem Daumen um, worauf die Decke aufbrach und die ganze Brühe herunter schoss. Einander voller Hass umschlingend, ertranken beide Männer.

Der Sohn kam zu dem Schluss, dass dieser Welt nicht zu helfen war.

Alle Söhne kamen zu dem Schluss, dass ihren Welten nicht zu helfen war.

VERNICHTUNG. Unverzüglich begann das Vernichtungswerk. Es bildeten sich Risse, die wie heiße rote Münder aussahen. Die Hülle der Planeten wurde zerfetzt, als wäre sie nichts weiter als ein Stück Tuch. In die Abgründe, die sich nun auftaten, tauchte das Hengiss hinab, das seinen Jägern schließlich doch noch hatte entkommen können, allerdings nur, um sofort vernichtet zu werden. Kleine Dinge wie etwa Schuhe machten sich eiligst daran, die gepeinigte Erde hinter sich zu lassen. Zu Tausenden rannten sie an den Palastmauern der Reichen hoch, wobei sie sich von Putz und Mörtel nährten. Als ihre Häuser dann wie Marzipan dahinschmolzen, brachen die Reichen schreiend zusammen. Schließlich kam ein gewaltiger Sturm auf und blies die Armen wie Stroh in die glühenden Abgründe. Berge erhoben sich, Täler versanken. Der Planet stimmte ein letztes Klagelied an. Selbst die Atmosphäre brannte.

DIE STATUE. Der Sohn, der dies alles überwachte, ging am Ufer eines Lavasees entlang. Auf allen Planeten fiel sein Blick dabei auf eine große Statue mit einem Umhang aus Rauch. Die Statue stellte eine Frau dar, deren bronzenes Haar im Sturm flatterte. Als der Sohn näher trat, sah er, dass sie sich bewegte und weder ganz Frau noch ganz Statue war, sondern irgendetwas dazwischen. Ihr Haar bestand aus einem Metall, das ihm unbekannt war.

»Warum vernichtest du diesen Planeten?«, verlangte das Mittelding zwischen Frau und Statue mit tiefer, trauriger Stimme zu wissen.

»Alle Planeten werden vernichtet. Das Unikrat liquidiert die Galaxis Z. Der Plan hat nicht funktioniert.«

»Es ist das Unikrat, das sich geirrt hat, also muss es selbst vernichtet werden.«

»Das Unikrat kann man nicht vernichten. Im Gegensatz zu dir.«

»Falsch, auch ich bin unzerstörbar«, erwiderte die steinerne Frau. »Denn ich lenke die Galaxis Y. Dort haben wir die Dinge besser im Griff.«

»Ach ja?«, sagte der Sohn sarkastisch. »In welcher Hinsicht besser im Griff?«

»Du, Sohn, hast nur Verstand, doch kein Mitgefühl, keine Emotion. Und deshalb ist euer Plan zum Scheitern verurteilt.«

»Aber immerhin kann und werde ich diesen Planeten ausradieren«, rief der Sohn triumphierend, »genau wie all die anderen Millionen Planeten.«

DIE VEREINIGUNG. Bei diesen Worten klatschte der Sohn in die Hände. Gleich darauf begann die Welt zu brodeln und in sich zusammen zu fallen, genauso wie die Galaxis ringsum. Höllische Energien wurden dabei freigesetzt. Die Dunkelheit verschlang das Licht, und das Licht schnappte nach dem Leib der Finsternis. Es dauerte nicht lange, bis sich eine Suppe aus Materie gebildet hatte, die gerann und Strahlung ausspie. Von den äußeren Bereichen der Atome wurden Elektronen weggerissen, so dass sich ein Eintopf aus Atomkernen und Elektronen ergab, der brodelte und aufloderte. Und dann – innerhalb einer Millionstel Sekunde – wurde alles ausgelöscht. In der gleichen winzigen Zeitspanne nahm die steinerne Frau den Sohn in

297

ihre mächtigen Arme und entführte ihn in die Galaxis Y, um dort eine neue Vereinigung herbeizuführen.

DER KNALL. Raum, Zeit und Energie waren zu einem Nichts zusammengeschrumpft. Die ganze Galaxis hätte nun im Augapfel eines Flohs Platz gefunden. Nicht einmal eine Sekunde hatte es gedauert, dass sie sich zu diesem Punkt zusammengezogen hatte. Und dann, gereinigt von allem, was einmal gewesen war, explodierte alles ein weiteres Mal in einem heftigen Sturm erneuerter Energie. Der Knall war so enorm, dass das Unikrat in Freudenschreie ausbrach.

Wunder der Utopie

Einst waren sie ein Liebespaar gewesen, doch das war Jahrhunderte her. Die Umstände hatten sie gezwungen, zu unterschiedlichen Regionen der Galaxis aufzubrechen – beide dienten dort, wo man sie am dringlichsten brauchte. Und trotz aller Nanohelfer in ihren Blutbahnen rückte für beide der Moment der Euthanasie näher und näher. Aber etwas an ihrer Liebe war zeitlos. Auf dem Höhepunkt ihrer Leidenschaft hatten sie sich in einem Hologramm verewigt, und in diesem Plastikwürfel lebten und handelten sie noch immer wie in vergangenen Tagen. Auf alle Ewigkeit waren sie hier in leidenschaftlicher Liebe miteinander verbunden, auf alle Ewigkeit bewegten sie sich hier mit makellosen Körpern, mit faltenlosen Gesichtern, ohne sich um die Welt da draußen zu scheren.

Zum tausendsten Mal jährte sich nun der Tag, an dem der Generalsekretär der Reformierten Planeten jene Rede gehalten hatte, die als *Lasst-die-Hände-davon*-Rede in die Geschichte eingegangen war. Damals hatten die Menschen einzeln und gemeinsam, geistig und emotional Besserung gelobt und die Schreckgespenster der Vergangenheit endgültig gebannt. Es war eine fantastische Übung in Verhaltensmanipulation gewesen – und die Übung hatte funktioniert. Dieser Jahrestag war also Anlass genug, die beiden in die Jahre gekommenen Liebenden aufzufordern, sich von ihren jeweiligen Standorten in der Galaxis aus öffentlich miteinander zu unterhalten. Millionen Menschen sahen zu, wie sie Kontakt miteinander aufnahmen und sich umarmten, was nicht ganz ohne Tränen abging.

»Ich muss zugeben, dass ich dich ein ganzes Jahrhundert lang vergessen hatte«, sagte sie. »Es tut mir Leid, verzeih mir!«

»*Selbst hundert Jahre reichten nicht, zu preisen deiner Augen Licht und diese Reinheit deiner Stirn*«, zitierte er lächelnd.

Sie lachte ihr altes heiseres Lachen und ergänzte: »*Für jeden Teil von dir reicht kaum die halbe Ewigkeit, und was mein Herz für dich empfindet, das steht am Ende aller Zeit.*«

»Ach, was haben wir doch für wunderbare Erinnerungen!«

»Ja, wirklich wunderschöne!«

Und so schwelgten sie in Erinnerungen an jene Zeit, in der sich das Leben der Menschheit zum Besseren gewendet hatte und es ihr gelungen war, sich aus der Wiege ihres Heimatplaneten zu erheben. Sie trug ein Kleid aus weißem Stoff, das ihr Alter und die dadurch bedingte Zerbrechlichkeit ihres Körpers noch unterstrich. Das folgende Gespräch eröffnete sie mit den Worten: »Diese glorreiche, großartige Sache kam für alle, die damals – vor so vielen Jahrhunderten – lebten und eine Rolle dabei spielen durften, gänzlich überraschend. Ich wende mich von hier aus an meinen Freund in

Marsport, seinem Geburtsort. Liebster, warum lebst du, so alt wie du bist, nicht auf einem Satelliten mit geringer Schwerkraft?«

»Ich bringe hier nur bestimmte Dinge in Ordnung«, erwiderte er. »Ich werde nicht lange bleiben.« Sein Gesicht war glatt, sein Körper noch straff und sein Blick hellwach, wenn auch die Augen etwas eingesunken waren. »Lass uns sehen, woran aus dieser längst vergangenen Epoche der frühen Raumfahrt wir uns noch erinnern können. Eines steht fest: Damals hatten wir nicht so klare Gedanken wie heute, es herrschte darin ein Durcheinander wie in einer Rumpelkammer – und unsere Vorstellungen waren von allen möglichen oder unmöglichen Fantasiegestalten bevölkert. Erinnerst du dich noch an diese seltsame Zeit?«

»Die Menschheit muss damals ziemlich verrückt gewesen sein«, antwortete sie. »Oder vielleicht sollte man besser sagen: nur teilweise zurechnungsfähig. Die unglückseligen Generationen, die während der ersten Jahrtausende menschlicher Existenz lebten… nun, diese Generationen waren noch in den Träumen einer vor-menschlichen Vergangenheit befangen. In den Alpträumen, um genau zu sein.«

»Der Aufbruch von der Erde hat zum Klärungsprozess beigetragen«, ergänzte er. »Dort haben damals noch… na ja, leichenfressende Dämonen, Gespenster, langbeinige Bestien, Vampire, Kobolde, Elfen, Gnome, Feen und Engel herumgespukt – all jene Fantasiegeschöpfe eben, die das menschliche

301

Leben in der Frühzeit bedrängt haben. Ihr Ursprung liegt meiner Meinung nach in den dunklen Wäldern und alten Häusern. Und dazu kam natürlich eine allgemeine Unkenntnis über wissenschaftliche Zusammenhänge.«

»Diese lange Liste«, sagte sie, »könnte man noch durch die falschen Götter und Göttinnen ergänzen – durch die griechischen Gottheiten, die den Sternbildern ihre Namen verliehen haben, die Baals und Isises, die römischen Kriegsgötter, die mehrarmige Kali, Ganesch mit dem Elefantenkopf, Allah und Jehovah mit ihren Bärten und ihrem Jähzorn, düstere Hexen wie Astarte* – ach ja, es war ein endloser Strom übermenschlicher Fantasiewesen, und alle lenkten angeblich das Schicksal der Menschen.«

»Du hast Recht, Liebste, ich hatte sie schon vergessen.«

»Schon die bloße Vorstellung von einem Himmel schuf eine wahre Hölle auf Erden …«

»Wie endlos lange her das einem heute erscheint. All diese Wesen waren nichts anderes als ächzendes Holzgebälk in den Kellergewölben unserer Hirne – das Erbe unserer Vergangenheit.«

»Und was«, sagte sie mit leicht bebender Stimme, »werden unsere Nachkommen in Millionen Jahren wohl von *uns* denken?«

Er senkte den Blick und wirkte dabei leicht erschöpft. »*Unentwegt höre ich sie näher kommen, die geflügelten Rosse der Zeit …*«

---

* Astarte: Fruchtbarkeitsgöttin der Phönizier – *Anm. d. Übers.*

»*Und vor uns liegen die unermesslichen Wüsten der Ewigkeit*«, ergänzte sie. »Eigentlich ist das ein Trost, mein Geliebter.« Sie beugte sich vor und strich ihm mit jener uralten Geste, mit der Frauen und Männer liebevolle Zuneigung ausdrücken, über die Wange.

Wie aus der Larve
ein Schmetterling wird

Der *Große Traum* war ein Riesenerfolg und übertraf
alle Erwartungen bei weitem. Später konnte sich
allerdings niemand mehr genau daran erinnern,
wer das Monument Valley als Schauplatz ausge-
wählt hatte. Die Organisatoren beanspruchten das
Verdienst für sich. Keiner erwähnte Casper Trestle,
der schon wieder verschwunden war.

Genau wie vieles andere.

Trestle verschwand ständig. Drei Jahre zuvor war
er durch Rajasthan gewandert. In dem rauen, schönen Land, in dem früher einmal Rehe zu Füßen der
Radschas gelegen hatten, stieß er auf ein Trocken-
gebiet, das inzwischen aller Tiere und Bäume
beraubt war; die Hütten verfielen, die Menschen
starben an der Dürre . Männer, die nicht älter als
dreißig waren, standen wie skelettartige Vogel-
scheuchen herum und sahen matt und teilnahmslos zu, wie Casper vorbei stapfte; doch er war
daran gewöhnt, dass man ihn nicht weiter beach-
tete. Nur Termiten gediehen in diesem Landstrich,
Termiten und aasfressende Vögel, die über dem
Boden kreisten.

Casper, dem dieses ausgedörrte Land schwer
zusetzte, drang bis zu einer Bergregion vor, in der

wunderbarerweise immer noch Bäume wuchsen und Flüsse dahinströmten. Er ging weiter, in die Richtung, in der das raue Flachland allmählich anstieg und in der Ferne auf die erhabenen Gebirgszüge des Himalaya stieß. Hier blühten Pflanzen in verschiedenen Mauvetönen und rosafarbene Blumen, deren Kelche an viktorianische Lampenschirme erinnerten. Und hier war es auch, wo er dem geheimnisvollen Leigh begegnete, Leigh Tireno. Dieser lag im Halbschatten eines Affenbrotbaums auf einem Felsen und hütete Ziegen, während Bienen eine leise Melodie anstimmten, als wollten sie das kleine Tal in den Schlaf summen.

»Hallo«, sagte Casper.

»Selber hallo«, erwiderte Leigh, der sich auf dem Rücken ausgestreckt und eine Hand über die Stirn geschoben hatte, um seine Augen, goldbraun wie frischer Honig, zu beschirmen. Die Ziege in nächster Nähe hatte ein milchfarbenes Fell und trug ein zerbeultes Glöckchen um den Hals, das melancholisch schepperte, wenn das Tier seine Lenden an Leighs Felsen scheuerte.

Weitere Worte fielen nicht, es war ein heißer Tag.

Doch in dieser Nacht hatte Casper einen köstlichen Traum: Er fand eine wunderbare Guajavefrucht und nahm sie in die Hand, worauf sie sich öffnete. Er senkte sein Gesicht in die Frucht, tastete sich mit der Zunge vor, saugte die Samenkerne ein und schluckte sie.

In Kameredi fand er einen Schlafplatz. Casper war ein Mensch, der überall und nirgends zu

Hause war. Er hatte eine Himmelfahrtsnase, ein teigiges Gesicht und widerspenstiges Haar, dem der ehemalige Bürstenschnitt kaum noch anzusehen war. Niemand hatte ihm je Manieren beigebracht, doch er hatte die Genügsamkeit der vom Leben Gebeutelten. Kameredi, für ihn eine bescheidene Variante des Paradieses, schloss er instinktiv in sein Herz, und nach ein paar Tagen wusste er, dass hier alles seinen wohl geordneten Gang ging.

Kameredi war, was einige Dörfler den »Hort des Gesetzes« nannten. Andere bestritten jedoch, dass dieser Ort überhaupt einen Namen hatte oder brauchte – es reichte doch, dass es der Ort war, in dem sie wohnten. Ihre Häuser standen links und rechts einer gepflasterten Straße, die genauso aufhörte, wie sie anfing – im Erdboden. Weiter oben am Hügel standen auch einige Hütten, und dass sie kleiner als die Häuser wirkten, lag nicht nur an der Perspektive. In der Nähe floss ein kleiner, geschwätziger Wasserlauf vorbei, der sich auf dem Weg ins Tal zwischen Felsblöcken hindurchschlängelte. An seinen Seitenarmen wuchs Wasserkresse.

In Kameredi gab es erstaunlich wenig Kinder. Sie ließen ihre Drachen steigen, veranstalteten untereinander Ringkämpfe, fingen im Fluss kleine silberne Fische und versuchten, auf den sanftmütigen Ziegen zu reiten. Während die Frauen von Kameredi ihre Wäsche im Fluss wuschen und dann gegen die Felsen klatschten, badeten ihre Kinder gleich daneben und machten dabei einen

Riesenlärm. Derweil suchten die Hunde die Gegend wie hungrige Vagabunden nach Essbarem ab, wobei sie hin und wieder eine Pause einlegten, um sich zu kratzen oder zu den Flugdrachen hinauf zu blicken, die über den Strohdächern schwebten.

Gearbeitet wurde nicht viel in Kameredi, zumindest, soweit es die Männer betraf. In ihren Lendentüchern hockten sie beisammen, rauchten, schwatzten und unterstrichen ihre Worte durch Gesten ihrer dürren braunen Arme. Dort, wo sie sich üblicherweise trafen, am Haus von V. K. Bannerji, war der Boden von Betelsaft rot getränkt. Mr. Bannerji war eine Art Dorfvorsteher. Einmal im Monat ging er mit seinen beiden Töchtern ins Tal hinunter, um Geschäfte zu machen. Wenn die drei loszogen, waren sie mit Honigwaben und Käse beladen, und bei der Rückkehr hatten sie Kerosin und Heftpflaster dabei. Casper wohnte bei Mr. Bannerji und schlief auf der zerschlissenen Liege unter der bunten Tonfigur, die Schiwa darstellte, die Gottheit der Zerstörung und persönlichen Erlösung.

Casper war ziemlich am Ende, vor nicht allzu langer Zeit war er noch drogenabhängig gewesen. Im Augenblick wollte er also nur in Ruhe gelassen werden und in der Sonne dösen. Jeden Tag setzte er sich auf einen Felsvorsprung, sah auf die Dorfstraße hinunter und ließ den Blick, vorbei an dem aus Stein gemeißelten Phallus Schiwas, in die Ferne gleiten, wo die indische Hitze die Luft zum Schwingen brachte. Es war ihm mehr als recht, dass er einen Ort gefunden hatte, wo von Männern nicht sonderlich viel Arbeit erwartet wurde. Das Ziegenhüten besorgten die Buben, das Wasser holten die Frauen. Anfangs befiel ihn die altvertraute Nervosität, denn wohin er sich auch wandte, immer lächelten die Menschen ihm zu, ohne dass er eine Ahnung hatte, warum. Genauso wenig konnte er sich erklären, warum es in Kameredi weder Dürre noch Hunger gab.

Mr. Bannerjis Töchter, beide rechte Schönheiten, hatten es ihm angetan, und er genoss es, wenn sie ihn beim Essen schüchtern bedienten. Doch hinter ihren Händen, die sie sich vors Gesicht hielten, kicherten sie so sehr über ihn, dass er ihre weißen Zähne aufblitzen sah. Da er sich nicht entscheiden konnte, welche der jungen Damen er lieber mit ins Bett nehmen würde, machte er keiner von beiden Avancen und ersparte sich dadurch einige Probleme.

Immer wieder musste er an Leigh Tireno denken. Wie über Kameredi musste auch über ihm ein Zauber liegen. Von seinem Felsen aus beobachtete Casper häufig, was Leigh – Leigh mit den nackten Beinen – den lieben langen Tag trieb. Nicht dass er wesentlich aktiver als die anderen gewesen wäre – doch er kletterte von Zeit zu Zeit auf die baumbewachsenen Höhen oberhalb des Dorfes hinauf, um dort für mehrere Tage zu verschwinden. Oder er nahm in Lotusstellung auf seinem Lieblingsfelsen Platz und behielt diese Stellung über Stunden bei, während seine Augen ins Leere starrten. Am Abend legte er seinen Lendenschurz ab, um in einem der

Wasserbecken zu schwimmen, die vom Fluss gespeist wurden.

Irgendwann kam Casper auf die Idee, an dem Becken vorbei zu schlendern, in dem Leigh gerade schwamm. »Hallo«, rief er im Vorübergehen.

»Selber hallo«, erwiderte Leigh, und schwamm seine Runde zu Ende. Casper kann nicht umhin zu bemerken, dass Leigh einen weißen Hintern hatte, während seine Haut überall sonst so sonnenverbrannt war, dass sie wie die eines Einheimischen wirkte. Doch sein Hintern war tatsächlich so weiß wie der Käse, den Mr. Bannerjis Töchter mit ihren schlanken Fingern formten. Das fand Casper sehr sonderbar, es gab ihm zu denken.

Mr. Bannerji hatte durchaus schon etwas von der großen weiten Welt gesehen, zweimal war er sogar bis nach Delhi gereist, und in Kameredi war er, abgesehen von Casper und Leigh, der Einzige, der ein bisschen Englisch sprach. Casper hatte inzwischen ein paar Worte Urdu aufgeschnappt, vor allem solche, die mit Essen und Trinken zu tun hatten. Von Mr. Bannerji erfuhr er, dass Leigh Tireno seit drei Jahren im Dorf wohnte, aus Europa stammte, jedoch staatenlos war. Er sei ein Magier, man dürfe ihn nicht berühren. »Du nicht anfassen dürfen«, wiederholte Mr. Bannerji, während er Casper mit seinen kurzsichtigen Augen eindringlich ansah. »Niggendwo.«

Die beiden jungen Damen des Hauses Bannerji kicherten daraufhin und schälten ihre Bananen auf äußerst provozierende Weise, ehe sie sie in ihre roten Münder schoben.

Ein Magier. Welche Art von Magie übte Leigh ausüben? Als Casper Mr. Bannerji danach fragte, schüttelte dieser nur weise sein Haupt – eine Erklärung konnte oder wollte er nicht geben.

Die Menschen, die zum Monument Valley strömten und Plätze oben auf den Mesas gebucht hatten oder mit Videokameras auf den Busdächern standen, hegten gewisse Zweifel an Leigh Tirenos magischen Fähigkeiten. Was sie anzog, war der ganze öffentliche Rummel. Das fieberhafte Tamtam, das in New York und Kalifornien um dieses Ereignis gemacht wurde, hatte sie so angesteckt, dass sie Leigh für einen neuen Messias hielten.

Vielleicht war es ihnen aber auch egal, ob er nun Magier oder Messias war, und sie fuhren nur deshalb zum Monument Valley, weil die Vorstellung, einer Geschlechtsumwandlung beizuwohnen, sie erregte. Oder weil die Nachbarn hinfuhren.

»Auf alle Fälle ein Wahnsinnsort«, sagten sie.

Wenn die Sonne untergeht, umhüllt die Dunkelheit Kameredi so, als würde es von einem alten Freund umarmt. Es ist eine Dunkelheit, wie sie für das Gebirge typisch ist, eine Dunkelheit, die nichts anderes ist als eine seltene Spielart des Lichts. Es ist die Zeit, in der die Eidechsen ein Versteck suchen und die Geckos ihr Versteck verlassen, während der Ziegenmelker von uralten Abenteuern singt. In den mit Palmstroh gedeckten Hütten und Häusern hält sich der Geruch goldenen Kerosins aus den Lampen so hartnäckig, dass er einen benommen macht. Außerdem riecht es nach ungesäuertem Brot, und darunter mischt sich der Duft von Kochreis und Ziegencurry. Hitze und Kühle wechseln sich untereinander ab, und wenn sie die Haut berühren, ist es so, als strichen feuchte Fingerspitzen darüber. In dieser einen Stunde zwischen Tag und Nacht wird die winzige Welt von Kameredi zum Schauplatz einer Sinnlichkeit, die die Sonne scheut. Bald darauf schlafen alle ein – um bis zum Hahnenschrei in eine andere Welt einzutauchen.

Und in dieser Stunde verstohlener Zärtlichkeiten suchte Leigh Casper Trestle auf. Casper verschlug es fast die Sprache. Halb zurückgelehnt saß er auf seiner Liege, den ungepflegten Kopf in die Hände gestützt. Da stand Leigh nun, blickte auf ihn hinunter und lächelte dabei so geheimnisvoll, dass er der rätselhaftesten Buddha-Statue Konkurrenz machte.

»Hallo«, sagte Casper.

»Selber hallo«, erwiderte Leigh.

Casper stützte sich auf, und während er seine Zehen umklammerte, starrte er zu seinem schönen Besucher empor, unfähig, ein weiteres Wort herauszubringen.

Ohne jegliche weitere Floskeln erklärte Leigh: »Du hältst dich jetzt schon so lange in dieser Welt auf, dass du ein wenig Ahnung davon haben solltest, wie es darin zugeht.«

Da Casper diese Worte als Frage auffasste, nickte er.

»Und du hältst dich jetzt schon so lange in diesem Dorf auf, dass du ein wenig Ahnung davon haben solltest, wie es darin zugeht.« Pause. »Also, dann werde ich dir etwas darüber erzählen.«

Das kam Casper doch ziemlich seltsam vor, auch wenn er beinahe sein ganzes Leben im Umfeld seltsamer Menschen verbracht hatte. »Man darf dich nicht berühren«, sagte er. »Warum nicht?«

Als sich Leighs Mund bewegte, tat er das mit einer ganz eigenen Melodie, wie auch die Laute, die er von sich gab, ganz merkwürdig klangen. »Weil ich ein Traum bin, vielleicht sogar dein Traum. Wenn du mich berührst, könntest du daraus erwachen. Und dann … ja, wo würdest du dann sein?« Ein leises Geräusch drang aus seinem Mund, das sich beinahe wie ein menschliches Lachen anhörte.

»Hm«, machte Casper, »ich nehme an, in New Jersey …«

Woraufhin Leigh mit dem fortfuhr, was er ursprünglich hatte sagen wollen. Er erklärte, die Menschen in Kameredi und einigen Nachbardörfern seien eine besondere Art von Rajputen, sie besäßen eine besondere Geschichte und ein Traum habe diesen Unterschied zu gewöhnlichen Menschen bewirkt. Seit diesem Traum seien zwar schon vierhundert Jahre vergangen, doch er werde aber immer noch gepriesen und der *Traum vom Großen Gesetz* genannt.

»Wie ein Mann aus Kameredi seinen Vater achtet«, sagte Leigh, »so achtet er auch den *Traum vom Großen Gesetz*, nur noch ein bisschen mehr.«

Die Geschichte ging so: Vor vierhundert Jahren lag ein Sadhu, ein heiliger Mann, in Kameredi im Sterben und in seinen letzten Stunden träumte er von einer Reihe von Gesetzen. Er wollte gerade seiner Tochter davon berichten, als der Tod, in einen düsteren Schatten gehüllt, ins Zimmer trat, um ihn nach Wischnu fortzutragen. Wegen der Reinheit ihres Herzens verfügte die Tochter des heiligen Mannes jedoch über besondere Kräfte, so dass es ihr gelang, mit dem Tod einen Handel abzuschließen.

Die Seele des heiligen Mannes verließ schließlich seinen Körper, aber der Tod beugte sich über Vater und Tochter und verharrte dort so lange, bis das Mädchen den Toten zum Reden gebracht und er ihr alle Gesetze seines Traumes anvertraut hatte. Dann entwich Körpergas aus dem Mund des heiligen Mannes, er stöhnte auf und das bleierne Siegel des Todes verschloss ihm die Lippen für immer. Innerhalb einer Stunde wurde er begraben – doch noch ehe die Totenklage angestimmt und der Leichnam bestattet war, begann der Körper zu zerfallen. Da erkannten die Menschen, dass mitten unter ihnen ein Wunder geschehen war.

Die Gesetze blieben also erhalten, denn die Tochter hatte sie auswendig gelernt. Ihr Kopf verwandelte sich in das weise Haupt eines Elefanten, und in dieser Gestalt befahl sie das ganze Dorf zu sich und trug die Gesetze des *Traums vom Großen Gesetz* vor, während ihr alle demütig lauschten und dann sieben Tage lang fasteten.

Seit dieser Zeit befolgten die Menschen diese Gesetze unablässig, waren sie die Richtschnur, an der sie ihr Leben ausrichteten, denn sie betrafen nicht spirituelle, sondern weltliche Dinge – sie unterstellten, dass die Lösung spiritueller Fragen von selbst erfolge, wenn man den weltlichen Angelegenheiten die nötige Beachtung schenkt.

Die Gesetze lehrten die Menschen, wie man glücklich und zufrieden im Kreis der eigenen Familie lebt und den Frieden mit den Nachbarn wahrt. Die Gesetze lehrten sie, Fremden mit Freundlichkeit zu begegnen. Die Gesetze lehrten sie, weltlichen Gütern, die sie nicht brauchten, zu entsagen. Die Gesetze lehrten sie das Überleben.

Von allen Gesetzen, die sie seit dem Tod des Sadhu – seit vierhundert Jahren also – befolgten, hatten sie die Überlebensgesetze stets am strengsten beachtet. Beispielsweise wurden darin Atem und Wasser erwähnt: Atem als Odem des menschlichen, Wasser als Odem allen Lebens. Die Gesetze lehrten die Menschen, wie man sparsam mit Wasser umgeht: Jeden Tag sollten sie nur eine kleine Menge für den menschlichen Bedarf abzweigen und den Rest – eine jeweils bestimmte Literzahl – Tieren, Pflanzen und Bäumen vorbehalten. Die Gesetze lehrten auch, wie man beim Kochen mit Brennstoff und Reis haushält, wie man sich gesund ernährt und in Maßen zum eigenen Vergnügen trinkt.

Was das Maßhalten betraf, so erklärten die Gesetze, das Glück liege oft dort, wo menschliche

Zungen verstummten. Ein glücklicher Seelenzustand fördere die Gesundheit, und Gesundheit sei vor allem für die Frauen als Hüterinnen von Heim und Herd wichtig. Auch sei es nicht empfehlenswert, allzu viele Kinder in die Welt zu setzen, denn dann seien allzu viele Mäuler zu stopfen. In diesem Zusammenhang wurden bestimmte Kiesel erwähnt, die im Flussbett zu finden seien: Wenn die Frauen diese Steine in die Scheide einführten, könnten sie eine Befruchtung verhindern. Diese glatten Steine, die der Schnee von den Bergen des Himalaya ins Tal gebracht hatte, wurden anschließend in allen Einzelheiten, einschließlich ihrer Maße, beschrieben.

Nacktheit galt in den Gesetzen nicht als anstößig – schließlich stünden vor den Göttern alle Menschen nackt da. Auch Verhaltensregeln wurden gegeben: Zwei Tugenden, sagten die Gesetze, seien für das menschliche Glück wesentlich und sollten bereits kleinen Kindern eingeimpft werden – die Selbstverleugnung und die Versöhnlichkeit.

»Liebet die Menschen, die euch nahe stehen, aber auch diejenigen, die euch fern sind«, forderten die Gesetze, »denn dann werdet ihr auch fähig sein, euch selbst zu lieben. Liebt auch die Götter und macht ihnen nichts vor, denn sonst macht ihr euch selbst etwas vor.« Das war alles, was zu spirituellen Dingen gesagt wurde. Die Anweisungen zum Backen von Tschapatas waren sehr viel ausführlicher.

Als letzten Punkt enthielt der *Traum vom Großen Gesetz* deutliche Worte zum Schutz der Bäume:

Man müsse die Bäume hegen und pflegen und dürfe nicht zulassen, dass die Ziegen an Stämmen und Schösslingen knabberten oder auch nur den winzigsten Sämling verzehrten. Kein Baum, der jünger als hundert Jahre sei, dürfe als Brennholz oder Baumaterial verwendet und zu diesem Zweck gefällt werden. Nur die Baumwipfel dürften, sofern sie eine Höhe von mehr als sechs Fuß erreichten, für solche Zwecke genutzt werden. All diese Maßnahmen seien dazu da, in Kameredi und seinen Nachbardörfern für Schatten und ein gesundes Klima zu sorgen und den Vögeln und Tieren der Wildnis, die sonst zugrundegehen würden, das Überleben zu sichern. So könne man vermeiden, dass dieses ländliche Gebiet, seiner Flora und Fauna beraubt, schließlich veröde: »Wenn ihr im Einklang mit den Gesetzen der Natur lebt, wird die Natur auch im Einklang mit euch leben.«

Also sprach der Sadhu in der Stunde des Abschieds von dieser Welt.

Also sprach auch das Haupt des Elefanten, das seine Worte wiedergab.

Also sprach Leigh Tireno und schien dabei das zu werden, was er zu sein behauptet hatte: ein Traum.

Seine Pupillen weiteten sich, die Wimpern glichen mehr und mehr scharfen Dornen, sein schlichtes Gesicht nahm einen feierlichen Ausdruck an, und seine Lippen verwandelten sich in ein Musikinstrument, das Melodien der Weisheit ertönen ließ. »Die Bewohner von Kameredi haben diese Vorschriften stets gewissenhaft befolgt«, erklärte er. »Seit jenem Tag, an dem die Tochter des heiligen Mannes in Gestalt des blauen Elefantenkopfes den *Traum vom Großen Gesetz* überliefert hat.« Auch die Nachbardörfer hätten von den Gesetzen erfahren, sich allerdings nicht darum geschert, ihre Wälder abgeholzt, sich der Völlerei hingegeben, viele Kinder gezeugt und entsprechend viele gefräßige Mäuler zu stopfen gehabt. Ihre Maßlosigkeit habe sie schließlich vernichtet und dem Vergessen anheimfallen lassen, während die Bewohner von Kameredi immer noch glücklich und zufrieden lebten.

»Und wie steht's mit dem Sex?«, wollte Casper wissen.

»Sex – und die Fortpflanzung – sind Gaben Schiwas«, erwiderte Leigh gelassen. »Sie sind unser Bollwerk gegen den Verfall. Aber sie können auch zerstören – genau wie Schiwa.« Er schenkte Casper ein wunderschönes, trauriges Lächeln, verließ Bannerjis Haus und schritt leichtfüßig in die Dunkelheit hinaus. Während er seiner Wege ging, sang ihm der Ziegenmelker ein Lied. Und die Nacht umschmeichelte seine schmalen Schultern.

»Sie wollen Werbung für eine Veranstaltung machen, bei der zwei Verrückte miteinander schlafen?«, fragte man ungläubig in einer New Yorker Werbeagentur. Sie lag am oberen Ende der Fifth Avenue. Nebenan, bei Macy, war mal wieder Ausverkauf.

»Reden wir hier über Heteros, Schwule, Lesben oder was?«

317

»Haben die irgendeine neue Technik? Eine, mit der's schneller klappt oder so?«

»Das können Sie vergessen. Zu Hause, in der Sicherheit der eigenen Wohnung, kann man jeden Abend irgendwelchen Leuten beim Vögeln zusehen.«

»Aber diese beiden vögeln ja nicht nur. Sie haben vor, sich gemeinsam mit einem sehr grundlegenden Traum zu beschäftigen.«

»Haben Sie Traum gesagt? Sie wollen, dass wir Monument Valley ausschließlich zu dem Zweck anmieten, dass dort zwei Schwule irgendwas träumen? Haun Sie bloß ab, verdammt noch mal!«

Als Leigh nackt aus dem Flussbecken stieg, rannen schmale Ströme von seinem Rücken an den langen Beinen herunter. Sein Schamhaar glitzerte wie ein Spinnennetz, in dem sich der Morgentau fing. Casper konnte den Anblick kaum ertragen. Er zitterte, ohne sich erklären zu können, was mit ihm geschah. Wann hatte er je ein solches Verlangen gespürt?

Leigh betrachtete das Gras, um sicherzugehen, dass dort keine Blutegel lauerten, ließ sich schließlich auf einem Felsblock nieder und drückte sich mit einer Hand das Wasser aus dem Haar. Dann seufzte er zufrieden, schloss die Augen und wandte sein makelloses Gesicht der Sonne zu, als wolle er ihr Strahlen erwidern.

»Du siehst wirklich grässlich aus, Casper. Dabei müsste dieser Ort doch eigentlich zu deiner Gesundung und Besserung beitragen und dir helfen, deinen inneren Frieden zu finden.« Es war das erste Mal, dass er in dieser Weise mit Casper sprach.

»Diese Traumgesetze«, sagte Casper, um das Thema zu wechseln. »Die sind doch im Grunde nur so ein indischer Blödsinn, oder?«

»Wir alle haben tief in uns das Gefühl, dass es früher einmal eine goldene Zeit gegeben haben muss – vielleicht in der frühen Kindheit.«

»Ich nicht…«

»Der *Traum vom Großen Gesetz* ist für ein ganzes Dorf das Symbol einer solchen Zeit. Du und ich, mein armer Casper, kommen aus einer Kultur, in der das alles – oder fast alles – verloren gegangen ist. Konsum ist an die Stelle der Kommunikation getreten, Kommerz an die Stelle innerer Zufriedenheit. Habe ich nicht Recht?«

Casper, der mit mürrischer Miene an Ort und Stelle stehen blieb und verstohlen Leighs nackten Körper musterte, erwiderte: »Ich hatte nie etwas zum Konsumieren.«

»Aber du hättest es gern gehabt. Im Herzen bist du voller Gier, Casper!« Leigh setzte sich plötzlich auf. Seine Lider beschatteten die honigfarbenen Augen. »Erinnerst du dich nicht mehr, wie sie zu Hause alles in sich hineinstopfen, und kaum jemals tief durchatmen, den *Atem des Lebens* spüren? Und dass dort dieser sentimentale Kindheitskult existiert, obwohl die Kinder ständig vernachlässigt oder geschlagen werden und man ihnen nur negative Dinge beibringt?«

Casper nickte. »Natürlich erinnere ich mich.« Er betastete die Narbe an seiner Schulter.

»Dort wissen die Menschen nicht, wer sie überhaupt sind, Casper. Sie sind unfähig, sich selbst zu erkennen. Sie sind zwar *informiert*, aber Weisheit erwerben sie nicht. Die meisten haben irgendwelche sexuellen Komplexe: Frauen, die in männlichen Körpern gefangen sind, Schwule, die gern Heteros wären... Die Menschheit ist in einem schlimmen Traum befangen, sie weist das Spirituelle von sich, klammert sich an das Ego, an die niedrigen biologischen Ursprünge.« Leigh öffnete die Augen, um Casper forschend anzusehen. Ganz in der Nähe gurrten Tauben in den Ästen eines Banyanbaumes, so als wollten sie einen spöttischen Kommentar beisteuern.

»Ich bin nicht mehr so verrückt wie früher«, sagte Casper, weil ihm nichts anderes zu sagen einfiel.

»Ich bin hierher gekommen, um das zu entwickeln, was in mir steckt... Wenn man weit genug reist, entdeckt man, wer man ursprünglich war«, sagte Leigh.

»Stimmt. So wie ich wieder ein wenig Gewicht zugelegt habe.«

Leigh hatte offenbar gar nicht hingehört. »Ich bin zu der Auffassung gelangt, dass, genauso wie wir ganz automatisch atmen, auch unser Verhalten automatisch gesteuert wird, wenn wir es zulassen, und zwar von bestimmten Archetypen.«

»Das ist mir zu hoch, Leigh, tut mir leid. Drück dich doch ein bisschen verständlicher aus, ja?«

Leigh reagierte mit seinem typischen milden Lächeln. »Du verstehst sehr wohl, was ich meine, doch du wehrst dich gegen das, was dir fremd ist. Versuche einfach, dir die Archetypen als dominierende männliche oder weibliche Gestalten vorzustellen, wie man ihnen in Märchen begegnet, zum Beispiel in *Die Schöne und das Biest*. Sie lenken unser Verhalten wie Programmierungen einen Computer steuern.«

»Sei nicht kindisch, Leigh! Märchen!«

»Archetypen werden in unserer westlichen Kultur völlig ignoriert. Folglich liegen sie im Clinch mit unserer Oberflächlichkeit. Doch wir brauchen sie. Sie durchdringen die Höhen großer Musik – und die Tiefen unserer Existenz. Die verborgenen Sphären jenseits aller Sprache, so dass unser Ich nur im Traum Zugang zu ihnen erhält.«

Casper kratzte sich im Schritt. Es war ihm peinlich, so angesprochen zu werden, als sei er ein intelligenter Mensch. Bisher war ihm das kaum passiert. »Ich hab noch nie von Archetypen gehört.«

»Aber sie sind dir im Schlaf begegnet – jene Persönlichkeiten, die dich ausmachen und sich dennoch von dir unterscheiden. Die Fremden, mit denen du doch vertraut bist.«

Jetzt kratzte sich Casper am Kinn. »Hältst du Träume denn für derart wichtig?«

Leighs Lachen klang liebenswürdig, nicht so spöttisch wie das der Tauben. »Dieses Dorf beweist das doch. Wenn es nur … wenn es nur irgendeine Möglichkeit für dich und mich gäbe, gemeinsam einen *Traum vom Großen Gesetz* zu träumen. Für das Wohl der ganzen Menschheit.«

»Zusammen schlafen, meinst du? He! Das kannst du doch gar nicht zulassen! Du bist doch tabu.«

»Vielleicht gilt das nur für die sinnliche Berührung ...« Er glitt von dem Stein hinunter und baute sich so vor Casper auf, dass sie einander Auge in Auge gegenüberstanden. »Casper, versuche es! Rette dich selbst. Erlöse dich selbst. Lass zu, dass sich alles ändert, es ist nicht unmöglich. Es ist sogar leichter, als du denkst. Klammere dich nicht an das Stadium der Verpuppung – werde ein Schmetterling!«

Casper Trestle versorgte sich mit Dörrfleisch und frischem Obst und kletterte auf die Berge oberhalb von Kameredi. Dort blieb er, dachte nach und erlebte etwas, was so mancher wohl als Vision bezeichnet hätte.

Einige Tage fastete er. Dabei kam es ihm so vor, als ginge jemand neben ihm durch den Wald. Jemand, der weiser war als er. Jemand, den er sehr gut kannte und doch nicht wiedererkannte. Seine Gedanken, die eigentlich gar keine richtigen Gedanken waren, flossen wie Wasser von ihm ab. Er betrachtete sich selbst in einem stillen Teich. Das Haar reichte ihm jetzt bis zu den Schultern, und er war barfuß. Und während er im Gewebe seiner Gedanken einige Überlegungen miteinander zu verknüpfen versuchte, sagte er sich: »Er ist so wunderbar, dass er die Wahrheit verkörpern muss. Ich selbst bin nur ein Heuchler, ich habe mein ganzes Leben versaut. Oder habe es mir von anderen versauen lassen. Nein, ich muss endlich einen Teil der

Schuld auf mich nehmen, denn nur so kann ich die Verantwortung für mein eigenes Leben übernehmen. Die Opferrolle macht mir keinen Spaß mehr. Ich werde mich verändern. Auch ich kann ein wunderbarer Mensch werden und für einen anderen Menschen einen Traum verkörpern... Bisher habe ich im falschen Traum gesteckt, im selbstgefälligen Traum dieser Zeit. In dem armseligen Traum von einem Reichtum, der so unermesslich groß ist, dass er alle anderen Träume in den Schatten stellt. Doch dabei bin ich verarmt. Irgendetwas ist mit mir geschehen. Von heute an, von diesem Moment an, werde ich ein anderer sein. Natürlich bin ich kurz davor, völlig verrückt zu werden, aber ich werde ein anderer sein, ich werde mich verändern. Ich verändere mich ja jetzt schon, ich bin dabei, mich zu einem Schmetterling zu verpuppen.«

Einige Zeit später, als der Neumond am Himmel aufstieg, machte er sich auf den Weg zum Teich, um noch einmal sein Spiegelbild zu betrachten, und zum ersten Mal entdeckte er dabei so etwas wie Schönheit, wenn sie auch ein wenig zerlumpt daher kam. Er schlang die Arme um sich. Winzige Froschkehlen machten mit ihrem Quaken die Nacht zum Tage. Casper tanzte am Ufer entlang und rief: »Wandelt euch, ihr Kröten! Wenn ich es schaffe, schafft es jeder!« Aber sie hatten den Wandel schon hinter sich ...

Als der Mond in den Schlund der Berge eintauchte, der ihn gerne aufnahm, hörte er in der Ferne ein furchtbares Gebrüll. Es klang so, als kämpften in verlassenen Sümpfen bizarre Geschöpfe auf Leben und Tod miteinander.

Die heiseren Kehlen der Motoren gaben Dieselgestank von sich. Die Genman Nutzholz AG bereitete sich auf einen weiteren Arbeitstag vor. Männer in Jeans und mit Schutzhelmen auf dem Kopf strömten aus der Kantine, schleuderten ihre Zigarettenstummel in den Matsch und machten sich auf den Weg zu ihren Sattelschleppern und Kettensägen. Am Vortag hatten sie im Gebirge oberhalb von Kameredi vier Quadratkilometer Wald abgeholzt. Das Lager der Genman Nutzholz AG bestand aus mobilen Unterkünften, die einen Halbkreis formten. Generatoren dröhnten und versorgten die Baustelle mit Strom und kühler Luft. Riesige Kräne, die man mit großem Aufwand in dieses abgelegene Gebiet gebracht hatte, luden die gefällten Bäume auf Lastwägen.

Und es sollten noch viele weitere Bäume gefällt werden. Reglos standen sie da, warteten auf den Biss der stählernen Zähne. Irgendwann würde man sie, weit weg vom Himalaya-Gebirge, zu Möbeln verarbeiten und in den Ausstellungshallen der öden Gewerbegebiete von Rouen, Atlanta, München oder Madrid zum Verkauf anbieten. Oder sie würden als Holzkisten für Apfelsinen aus Tel-Aviv, Weintrauben aus Cape Province, Tee aus Guangzhou dienen. Vielleicht würde man sie auch für Baugerüste an Hochhäusern in Osaka, Beijing, Budapest oder Manila verwenden. Oder für geschnitzte Figürchen, die man Touristen in Bali, Berlin, Lon-

324

don, Aberdeen und Buenos Aires als echte historische Raritäten verkaufte.

Auf der Baustelle war es noch früh am Tag. Mürrisch zeigte sich die Sonne am Himmel, eingepackt in dichte Nebelschichten. Lautsprecher beschallten das Lager mit Rockmusik. Die Vorarbeiter fluchten. Die Männer wirkten angespannt, als sie ihre Maschinen auf Touren brachten oder herumblödelten, um den Zeitpunkt, an dem sie die strapaziösen Waldarbeiten wieder aufnehmen mussten, ein wenig hinauszuschieben. Dickbäuchige Tanklaster fuhren jetzt an. Die Planierraupen mit dem Firmenzeichen Genman wanden sich in ihrer Kettenspur wie gepeinigte Tiere und warfen reichlich Dreck auf, als sie sich den Weg zu ihren Einsatzorten bahnten. Das ganze Lager war ein Meer aus Schlamm.

Bald würden die Bäume niederstürzen und dabei uralten Lateritboden freilegen. Und irgendjemand würde seinen Gewinn daraus ziehen, jemand in Kalkutta, Kalifornien, Japan, Honolulu, Adelaide, England, Bombay, Zimbabwe, auf den Bermudas oder sonst wo… Kaum hatten die Männer mit der Arbeit begonnen, setzte der Regen ein, den eine heftige Windböe aus Südwesten herantrug. »Scheiße!«, sagten sie, machten jedoch weiter. Sie konnten ja an ihre Sonderzulagen denken.

Der neue Casper schlief. Und hatte einen schrecklichen Traum – anders als jeder frühere Traum. So wie das Leben einem Traum gleicht, glich dieser

Traum dem Leben. Sein Kopf glühte davon. Schon vor Sonnenaufgang stand er auf und machte sich, durch die Waldschneisen stolpernd, auf den Weg nach unten. Zwei Tage und Nächte war er ohne Proviant unterwegs. Dabei sah er alte Paläste im Schlamm versinken, so als wären sie hell erleuchtete Ozeandampfer, die im arktischen Meer untergingen. Er sah Dinge an sich vorbei hasten und riesige Echsen, die neues Leben gebaren. Bernsteinfarbene und himmelblaue Augen, bronzene Brüste begleiteten ihn auf seinem Marsch. Und so gelangte er schließlich zurück nach Kameredi, nur um festzustellen, dass es völlig zerstört war.

Was einst ein harmonisches Dorf gewesen war, in dem Menschen und Tiere friedlich miteinander lebten – inzwischen wusste er, wie selten und kostbar so etwas war –, existierte nicht mehr. Männer, Frauen, Tiere, Gebäude, der kleine Fluss – alles war wie vom Erdboden verschluckt. Es war so, als hätte es Kameredi nie gegeben.

Da oben in den Bergen die Wälder abgeholzt waren und die Erde bloß lag, waren die Gebirgsflüsse nach dem Regen angeschwollen und über die Ufer getreten. Schlammlawinen hatten sich ins Tal ergossen. Und dieser kalte Lavastrom hatte alles mitgerissen, was auf seinem Weg lag. Die Bewohner von Kameredi waren darauf nicht vorbereitet gewesen. *Der Traum vom Großen Gesetz* hatte eine solche Überschwemmung nicht erwähnt. Also riss der Strom sie mit, und sie erstickten im Schlamm, ertranken, versanken.

Casper sah sich selbst dabei zu, wie er über den geschändeten Boden ging und die Leichen musterte, die wie unförmige Pflanzenknollen aus der klebrigen Masse ragten. Gleich darauf merkte er, wie er das Bewusstsein verlor und zu Boden sank.

Im Monument Valley wurden in Windeseile riesige Stadien errichtet. Reservierungen für Sitzplätze wurden entgegengenommen, die es noch gar nicht gab. Es wurde auch für Notausgänge, Anschlagtafeln, Hinweisschilder und öffentliche Toiletten gesorgt. Washington wurde langsam nervös. Groß angelegte Betrugsmanöver unterschiedlichster Art wurden im Vorfeld des Ereignisses inszeniert. Die Vereinigung amerikanischer Ureinwohner veranstaltete Protestkundgebungen. Und ein bekannter italienischer Künstler hüllte eine der Mesas in blassblaue Plastikfolie ein.

Als Casper erwachte, war sein Kopf völlig leer. Er musterte seine Umgebung: Im Zimmer war es dunkel, aber von Leigh Tireno, der neben der Liege stand, schien ein Leuchten auszugehen.

»Hallo«, flüsterte Casper.

»Selber hallo«, erwiderte Leigh. Sie starrten einander an, als staunten sie über Sommerlandschaften voll blühenden Getreides.

»Ähmm, wie wär's mit Sex?«, fragte Casper.

»Sex ist unser Bollwerk gegen den Verfall.«

Casper fragte sich, was überhaupt geschehen war, und als habe er seine Gedanken gelesen, erklärte Leigh: »Wir wussten, dass du im Gebirge warst. Und mir war klar, dass du einen heftigen, schrecklichen Traum durchlebst. Also bin ich dich mit vier Frauen suchen gegangen. Sie haben dich getragen und ins Dorf zurückgebracht. Nun bist du in Sicherheit.«

»In Sicherheit!«, rief Casper, der sich plötzlich erinnerte. Er stieg aus dem Bett und stolperte auf die Tür zu. Richtig, er befand sich in Mr. Bannerjis Haus, das unversehrt war. Und Mr. Bannerjis Töchter waren noch am Leben...

Über dem friedlichen Dorf strahlte die Sonne. Zwischen den Häusern stolzierten Hennen umher, die Kinder spielten mit einem Hündchen und die Männer spuckten Betelsaft aus, während die Frauen wie Statuen am Waschplatz herumstanden. Von Schlamm keine Spur. Und keine Leichen.

»Leigh«, sagte Casper, »ich hatte einen Traum, der so wirklich war wie das Leben selbst. Wenn das Leben ein Traum ist, dann war dieser Traum das Leben. Ich muss ihn Mr. Bannerji erzählen, denn er war eine Warnung. Alle müssen ihr Vieh zusammentreiben und an einen sicheren Ort bringen. Aber werden sie mir glauben?«

Ein ewig langer Monat verging, bis sie endlich einen Ort fanden, an dem sie sich niederlassen konnten. Er lag drei Tagesmärsche vom alten Dorf entfernt oberhalb eines fruchtbaren Tals. Die Frauen beschwerten sich darüber, dass er so steil gelegen war. Doch hier drohte keine Gefahr und es gab

Wasser, Schatten und Bäume. Mr. Bannerji stieg mit ein paar anderen in das nächstgelegene Städtchen hinunter und tauschte Vieh gegen Zement, damit sie Kameredi an neuem Ort wieder aufbauen konnten. Die Frauen klagten allerdings weiterhin, der Gebirgsfluss sei hier viel zu tief. Und die Ziegen fraßen von dem Zement, so dass sie krank wurden.

Eines Abends, als die Sterne wie Edelsteine funkelten und der Mond sich über dem neuen Kameredi rundete und gute Hoffnung ausstrahlte, trug eine uralte Vettel, deren Nasenflügel ein Diamant zierte, der ganzen Dorfgemeinschaft den *Traum vom Großen Gesetz* vor. Nach und nach nahm der neue Ort tatsächlich die Gestalt des vertrauten Kameredi an. Und als die Buben zurückkehrten, die man in Begleitung eines Hundes zur Inspektion des alten Dorfes geschickt hatte, berichteten sie, dass es von einer großen Schlammlawine zerstört worden sei und es dort so ausgesehen habe, als hätte die Erde ihr Innerstes ausgespien.

Alle Dorfbewohner umarmten Casper, dessen Traum sich bewahrheitet hatte, und freuten sich, dass sie so knapp dem Tod entronnen waren. Während im Dorf vierundzwanzig Stunden lang gefeiert und getrunken wurde, begab sich Casper mit den beiden Bannerji-Töchtern ins Bett, verschränkte seine Glieder mit den ihren, schenkte und empfing Körperwärme und tauschte Körpersäfte mit ihnen aus. Wie es in den Gesetzen vorgeschrieben war, hatten die Mädchen glatte Steine in ihre Scheiden eingeführt, die Casper später als Souvenirs, Trophäen und heilige Gedenksteine der Glückseligkeit aufbewahrte.

Eines Tages verschwand Leigh Tireno, und niemand wusste, wo er hingegangen war. Er blieb so lange fort, dass selbst Casper meinte, auch ohne Leigh leben zu können. Nachdem ein weiterer Mond zu- und dann wieder abgenommen hatte, kehrte er schließlich zurück. Sein Haar war gewachsen und hing zu einem Pferdeschwanz gebunden über eine Schulter. Außerdem hatte er sein Gesicht geschminkt und die Lippen gerötet. Er trug einen Sari, unter dem sich Brüste abzeichneten.

»Hallo«, sagte Leigh.

»Selber hallo«, erwiderte Casper und streckte die Arme aus. »Das Leben in Neu-Kameredi hat sich verändert. Auch ich habe eine Wandlung durchgemacht und mich zum Schmetterling verpuppt. Und du siehst schöner aus denn je.«

»Ich habe mich zu dem gewandelt, was ich tatsächlich immer war – eine Frau. Ich habe nur geträumt, ich sei ein Mann. Ein fehlgeleiteter Traum, jedenfalls für mich. Endlich bin ich daraus erwacht.«

Casper stellte fest, dass ihn diese Enthüllung nicht überraschte. Er hatte sich daran gewöhnt, dass das Leben voller Überraschungen steckte.

»Hast du tatsächlich eine Vagina?«, fragte er.

Leigh hob seinen – ihren – Sari und zeigte es ihm. Ihre Vagina wirkte reif wie eine Guajavefrucht.

»Wunderschön. Wie wär es jetzt mit Sex?«

»Sex ist unser Bollwerk gegen den Verfall und ein Geschenk Schiwas, das auch zerstören kann.« Sie lächelte. Ihre Stimme klang weicher als früher. »Wie ich dir ja bereits gesagt habe – übe dich in Geduld.«

»Was ist mit deinem Penis geschehen? Ist er einfach abgefallen?«

»Der ist ins Gebüsch gekrochen. Im Wald hatte ich meine erste Monatsblutung, bei Vollmond, und wo das Blut hin tropfte, ist ein Guajavebaum aus dem Boden gewachsen.«

»Wenn ich den Baum doch nur finden und von seinen Früchten essen könnte ...«

Casper versuchte Leigh zu berühren, doch sie wich zurück. »Casper, vergiss zur Abwechslung mal deine Privatangelegenheiten. Wenn du dich wirklich verändert hast, dann kannst du auch über deinen Horizont hinaus blicken, auf etwas, das weiter und größer ist.«

Casper schämte sich und ließ den Blick zu Boden sinken. Ameisen krabbelten dort herum, wie sie es seit ewigen Zeiten taten – schon vor jener Zeit, als die Götter erwachten und sich die Gesichter blau anmalten. »Entschuldige. Lehre mich also, sei mein Sadhu.«

Leigh ließ sich im Lotussitz zwischen den Ameisen nieder. »In den Bergen fällen sie die Wälder. Aber nicht, weil Holz gebraucht wird, sondern weil es Geld bringt. Das muss aufhören. Und nicht nur der Kahlschlag der Wälder, sondern die ganze Gewinnsucht, die dahinter steckt. Die Missachtung der Würde der Natur.«

Casper kam es so vor, als verlange Leigh da ein bisschen zu viel von ihm. Aber als er Einwände erhob, erwiderte sie nur: »Wir müssen gemeinsam träumen.«

»Wie schafft man das?«

»Wenn wir mehr als nur das kleine Kameredi und uns selbst verändern wollen, brauchen wir einen wirkungsvollen Traum. Einen Traum, der die Welt gesunden lässt – und wir müssen ihn gemeinsam träumen. Wir haben ja schon unabhängig voneinander wirkungsvoll geträumt, und das ist im Grunde nichts anderes. Schließlich haben alle Männer und Frauen Träume – nur träumen sie eben unabhängig voneinander. Doch wir werden gemeinsam träumen.«

»Und einander berühren?«

Leigh lächelte. »Du musst dich noch weiter verändern. Der Wandel ist etwas Stetes. Auf dem Weg zur Vollendung gibt es keine Rast.«

Bei diesen Worten tat Caspers Herz vor Angst und Hoffnung einen Sprung. »Was du alles weißt ... Ich bete dich an.«

»Gut möglich, dass ich eines Tages *dich* anbete.«

Inzwischen hatte man Sondereinheiten der Bundespolizei zur Überwachung der Menschenmassen abgeordnet und halb Utah und Arizona mit Stacheldraht abgesperrt. Außerdem hielten sich Truppen einsatzbereit, die für die Niederschlagung von Ausschreitungen ausgebildet waren. Was Traumproduzenten betraf, konnte man nach Ansicht Washingtons gar nicht vorsichtig genug sein. Überall patrouillierten Panzer, Lastwagen und Mannschaftsbusse mit bewaffneten Polizisten. Aus Anlass der Veranstaltung hatte man sogar spezielle Hochstraßen errichtet, auf denen Polizisten auf Motorrädern entlang brausten, ermächtigt, in die Menge zu schießen, sollte sich dort etwas Bedrohliches zusammenbrauen. Am Himmel kreisten Hubschrauber, die mit Wasserwerfern ausgestattet waren, und der Schauplatz, den sie überwachten, dehnte sich ständig weiter aus und wies alle Merkmale auf, wie sie für die inneren Landschaften einer manischen Depression typisch sind.

»Sieht aus, als wollten sie hier einen Kriegsfilm drehen, der alle früheren in den Schatten stellt«, bemerkte jemand.

Private Kraftfahrzeuge waren nicht zugelassen. Die Besucher waren angehalten, sie auf riesigen, weit entfernten Parkplätzen abzustellen – der nördlichste lag in Blanding, Utah, im Osten war es Shiprock, New Mexico und im Süden Tuba City, Arizona. Die Hopis und Navajos machten einen Riesenumsatz. Jede Menge Cafés, Bars und Restaurants schossen plötzlich wie Pilze aus dem Boden, und an den behördlich genehmigten Zugangsstraßen boomten alle möglichen Unterhaltungsetablissements, die ihre Gäste mit greller Leuchtreklame anlockten, so als habe jemand willkürlich in den Malkasten gelangt. Viele davon zeigten überdimensionale Porträts von Leigh Tireno, die fantastisch wie nie aussah, und darunter warben Buden mit Slogans wie *Wechseln Sie Ihr Geschlecht durch Hypnose – völlig schmerzfrei!*

Casper Trestle wurde nirgendwo erwähnt.

Und wie die Leute auf dem Weg zum Spektakel drängelten und schubsten! Es war furchtbar heiß in der von Menschenmassen okupierten Öde; wie Dunst stieg Schweiß von der Menge auf und waberte über dem Meer aus Schultern. Den Bakterien ging es so gut wie nie. Zahllose Städter, nicht daran gewöhnt, weiter als bis zur nächsten Ecke zu gehen, empfanden die fünfhundert Meter von einem Park & Ride-Platz bis zum Ort der Veranstaltung als Zumutung und brachen in den Feldlazaretten, für die flächendeckend gesorgt war, zusammen. Wer sich hier allerdings ausruhte, musste dafür fünfundzwanzig Dollar pro Stunde zahlen. Einige zogen es daher vor, mit einem Lied auf den Lippen oder auch schluchzend – je nach Gemütsverfassung – weiter zu ziehen.

Die Taschendiebe, die sich durch die Menge schlängelten – wobei sie mitunter fanatische Evangelisten unterschiedlichster Sekten anrempelten – hatten Hochkonjunktur. Die Prediger ergossen sich in Verdammnis-Tiraden. Den armen Menschen, bei denen sich inzwischen Blasen an den Füßen gebildet hatten, fiel es nicht schwer, an den kommenden Weltuntergang zu glauben – oder zumindest daran, dass in diesem Meer des Elends plötzlich ein »Weißer Hai« auftauchen werde. Sie hielten es wohl auch für möglich, Zeuge zu werden, wie das ganze Universum zischend auf einen kleinen weißen Punkt zusammenschrumpfte – ähnlich jenem Phänomen, das man erlebt, wenn man in den trüben Nachtstunden der Bronx, etwa morgens um zwei, den Fernseher abschaltet. Vielleicht war es ja auch das Beste, wenn alles ein Ende hatte… Einem Großteil der Erwachsenen ging jedenfalls derartiges durch den Kopf, während sie wie Vieh einhertrotteten, sich Fast Food in die Münder stopften und süßliche Getränke schlürften. Bei einer dicken, von schwitzenden Leibern einge-zwängten Frau meldeten sich unvermittelt Magen-krämpfe, begleitet von Durchfall – und als sie unter die stampfenden Beine geriet, gingen ihre Schreie in der Musik unter, die in wechselnder Lautstärke aus zahlreichen Gettoblastern dröhnte. Wie bei sol-chen Ereignissen üblich, war jeder Ausweg ver-sperrt.

Wenigstens rauchte niemand. Kopfbekleidun-gen aller Art, die im Gedränge auf- und niedertanzten, wiesen auf Kinder hin, ob groß und stäm-mig oder klein und mickrig, die sich durch die Menge kämpften, um als erste ans Ziel zu gelan-gen, und dabei brüllten, kreischten und Popcorn verschlangen. Was zu Boden fiel, wurde gnaden-los in den Staub getreten, darunter nicht nur bunte Schachteln und biologisch nicht abbaubare Ver-packungen, sondern auch umstürzende Körper, rosa Kaugummiklumpen, abgelegte Kleidungs-stücke, benutzte Tampons und sich ablösende Schuhsohlen. Es war eben ein echtes Mediener-eignis.

Casper hatte dieses ungeheure Vorhaben in Gang gesetzt. Jetzt war er nur noch für sich selbst und für

Leigh zuständig – denn was die menschliche Natur anging, so lag sie jenseits seines Einflussbereichs. Er stand in der Mitte einer sich über Meilen erstreckenden Arena, in der früher einmal John Wayne galoppiert war, als habe er den Teufel im Leib. Neben ihm Mr. V. K. Bannerji, den schon die Welle öffentlicher Aufmerksamkeit in Angst und Schrecken versetzt hatte.

»Wird es klappen?«, fragte er Casper. »Wenn nicht, dann ist hier nämlich die Hölle los.«

Als Punkt sechs Uhr abends eine Glocke ertönte, wurde es schlagartig still. Inzwischen hatten sich die Schatten der riesigen Mesas, die wie stumpfe schwarze Zähne wirkten, über das Land gelegt, und ein leichter Wind war aufgekommen, der die Hitze milderte und viele schweissnasse Achseln kühlte. Die blassblaue Plastikfolie, die eine der Mesas umhüllte, knisterte leise. Ansonsten war endlich alles ruhig – so ruhig, wie es hier in den Jahrtausenden vor dem Auftauchen der menschlichen Spezies gewesen war.

In der Mitte der Arena hatte man auf einem Podest ein riesiges Doppelbett aufgebaut, an dessen Seite Leigh wartete. Ohne jede Koketterie entledigte sie sich ihrer Bekleidung und drehte sich einmal im Kreis, damit alle sehen konnten, dass sie eine Frau war. Dann stieg sie ins Bett. Gleich darauf zog sich Casper aus und drehte sich ebenfalls einmal um sich selbst, um zu zeigen, dass er ein Mann war. Dann legte er sich neben Leigh. Und diesmal ließ sie es zu, dass er sie berührte.

Die Arme umeinander geschlungen, schliefen sie ein, während ein unweit postiertes Bostoner Pop-Orchester sanfte Musik erklingen ließ: den Walzer aus Tschaikowskis »Dornröschen«, der nach Ansicht der Veranstalter besonders gut zu diesem Ereignis passte. Im Publikum, das Millionen von Menschen zählte, begannen Frauen zu schluchzen. Selbst die Kinder bemühten sich, so wenig Geräusche wie möglich zu machen, wenn sie sich übergaben. Und überall in der Welt saßen Menschen nun schluchzend vor ihren Bildschirmen oder übergaben sich in Plastikeimer.

Was sie umfing, war ein uralter Traum – gespeist aus dem innersten Kern des Gehirns. Die Wesen, die über ein urzeitliches Muster von Feldern schritten, trugen formelle, antike Gewänder und hatten uneingeschränkte Macht über das menschliche Verhalten. Eine archetypische Macht.

Der Differenzierung der Geschlechter ging das Leben voraus, das wie Quellwasser an die Oberfläche strebte. Auf die Entwicklung der geschlechtlichen Fortpflanzung folgte die Ausprägung des Bewusstseins. Doch zuvor hatten Träume die Oberhand. Und aus diesen Träumen ist die Sprache der Archetypen gemacht. Die technische Zivilisation jedoch ignorierte und verachtete diese uralten Symbolgestalten. *Was Held, Krieger, Matrone auch einst getan oder Hexe und Mädchen und Weiser Mann: Sie wurden in die Wüste geschickt, die Menschheit war in Fehden verstrickt. Das Chaos kostete unzählige Leben: Krieg, Folter, Besitz galt alles Streben.* Und weiter rief Leigh diese Kräfte in der Traumsprache an: *Wir leisten Abbitte für diese Zeiten. Mögt Ihr Eurerseits ein Ende bereiten den bösen Taten, die Euch verraten – auf dass Männer und Frauen in Frieden leben und künftig nach besseren Träumen streben ...*

Casper kämpfte sich durch die zahlreichen Schichten erdrückenden Schlafs an die Oberfläche und blieb einfach liegen, weil er nicht recht wusste, was mit ihm geschehen war und wo er sich befand. Doch es war ihm klar, *dass* etwas geschehen war und sich ein Wandel im menschlichen Bewusstsein vollzogen hatte. Der dunkelhaarige Kopf jener Frau namens Leigh lag auf seiner Brust. Als er die Augen aufschlug, sah er, dass über ihm ein impressionistischer Himmel loderte: Zimtfarbene und kastanienbraune Banner des Sonnenuntergangs flatterten mit fieberhafter Geschwindigkeit vom nahen bis zum fernen Horizont.

Instinktiv griff er sich in den Schritt – und berührte einen behaarten Spalt und Lippen. Was sie ihm ohne Worte vermittelten, war eine seltsame neue Erfahrung. Er fragte sich, ob er, noch vom Schlaf benommen, aus Versehen Leigh betastete. Sanft schob er sie von seinen Brüsten... seinen *Brüsten*... *ihren* Brüsten.

Als Leigh ihre honigfarbenen Augen öffnete und Casper ansah, war ihr Blick noch ganz weit weg. Langsam kräuselten sich ihre Lippen zu einem Lächeln. »Selber hallo«, bemerkte sie und ließ einen Finger in Caspers Scheide gleiten. »Wie wäre es jetzt damit, ein Bollwerk gegen den Verfall zu errichten?«

Die Menschenmassen strömten aus der Arena, während sich die Hubschrauber wie Adler auf den Rückweg zu ihrem Horst machten, die Panzer zurücksetzten und der italienische Künstler die Mesa wieder auspackte. Mr. Bannerji, der sich zu hören einbildete, wie die Kettensägen in den fernen Wäldern plötzlich verstummten, blieb am Bettrand sitzen, schlug die Hände vor die Augen und weinte vor Freude. Es war jene Art von Freude, die trotz allen Kummers triumphiert.

In Gedanken versunken und ohne zu verstehen, machten sich die Menschen auf den Heimweg. Doch der merkwürdige Traum zeigte bereits Wirkung. Niemand drängelte. Und irgendetwas in ihrer einheitlichen Körperhaltung – hängende Schultern, gesenkte Köpfe – erinnerte an Figuren auf einem uralten Fries.

Hier und da spiegelten eine Wange, ein Augapfel, eine Glatze die majestätischen Farben des Himmels wieder: das eigenwillige Gelb, das für Glück oder Schmerz steht; das Rot, das Feuer oder Leidenschaft symbolisiert; das Blau, das die Nichtigkeit des Seins oder Kontemplation beschwört. Nichts blieb zurück, es gab nur noch die Erde und den Himmel, auf ewig uneins, auf ewig miteinander verbunden. Vor dem Samt des Himmels zeichneten sich die Mesas ab, uralte, nicht von Menschenhand erbaute Festungen, Denkmäler einer längst vergangenen Zeit.

Obwohl sich der Aufbruch der Menschen schweigend vollzog und kein Laut aus ihren Kehlen drang, stieg eine Art Gemurmel aus ihren Reihen auf – die stille, traurige Melodie der Menschlichkeit. Die Farben, die der sterbende Tag verströmte, wurden immer düsterer. Und als die Sonne schließlich unterging, dämmerte ein neues Zeitalter herauf.

Ein weißer Mars
Ein sokratischer Dialog
über kommende Zeiten*

SIE
Wir möchten hier die historischen Entwicklungen
auf dem Mars darstellen und aufzeigen, wie wir in
spiritueller Hinsicht vorangekommen sind. Es ist
eine wunderbare Geschichte voller Überraschungen, die Geschichte einer menschlichen Gesellschaft, die sich selbst neu erschuf. Während ich
mich vom Mars aus an Sie wende, spricht mein
irdischer Avatar von unserem alten Heimatplaneten aus zu Ihnen. Lassen wir unsere Gedanken also
zu jener Zeit vor der großen Veränderung zurück-
schweifen, zum Zeitalter der Entfremdung, als
noch niemand einen Fuß auf den Nachbarplaneten
der Erde gesetzt hatte.

ER
Zurück also in das 21. Jahrhundert, zurück zu
einem kahlen Planeten. Die ersten Mars-Reisenden
fanden eine leere Welt vor, frei von all den Fantasiegestalten, die auf der Erde angeblich immer

---

* Zum Weiterlesen sei der Roman »Weißer Mars – Eine Utopie
  des 21. Jahrhunderts« von Brian Aldiss und Roger Penrose
  (Heyne SF 06/6350) empfohlen. – *Anm. d. Übers.*

noch herumspukten: die Gespenster, leichenfres-
senden Dämonen und langbeinigen Ungeheuer,
die Vampire und Kobolde, Elfen und Feen – jene
Geschöpfe, die die Menschen Leben bedrängten
und dunklen Wäldern, alten Häusern und noch
älteren Gehirnen entsprungen waren.

SIE
Du hast die Götter und Göttinnen vergessen: die
griechischen Gottheiten, die den Sternbildern ihre
Namen verliehen haben, die Baals und Isises, die
römischen Kriegsgötter, den rachsüchtigen Allmächtigen des Alten Testaments, Allah – diese
übermenschlichen Fantasiegestalten, die alle angeblich, das Schicksal der Menschen lenkten. Bis
die Menschheit ihr Schicksal schließlich selbst in
die Hand nahm.

ER
Du hast Recht, ich habe sie vergessen. All diese
Wesen waren nichts anderes als ächzendes Holzge-
bälk in den Kellergewölben unserer Hirne – das
Erbe unserer frühmenschlichen Vergangenheit.
Glücklicherweise war der Mars frei davon, auf
dem Mars konnte man neu anfangen. Allerdings
lässt sich nicht bestreiten, dass die Männer und
Frauen, die auf dem Mars landeten, eine Menge an
Mars-Legenden in den Köpfen hatten ...

SIE
Ach, du spielst wohl auf diese alten Kamellen an,
auf Percival Lowells Mars mit seinen Kanälen und

342

einer sterbenden Kultur. Immer noch denke ich mit leichter Nostalgie an diese großartige Vision zurück, die natürlich nicht der Realität entsprach, aber als Bild ihre eigene Wahrheit besaß. Und dann Edgar Rice Burroughs *Barsoom* ...

ER
Und all diese scheußlichen Wesen, die die Menschen früher erfanden, um den Mars damit zu bevölkern – ich denke dabei an H. G. Wells Invasoren, nicht so sehr an die liebenswürdigen Hrossa und Pfifltriggi in C. S. Lewis' *Malacandra*.

SIE
Leben, verstehen Sie, immer diese Besessenheit vom Leben auf dem Mars, je fantastischer, desto besser. Ein Zeichen für die Unzulänglichkeit unseres eigenen Lebens.

ER
Doch die ersten Menschen, die auf dem Mars landeten, kamen aus einem technologischen Zeitalter, sie hatten anderes im Kopf. Natürlich haben sie gehofft, auf irgendeine Form von Leben zu stoßen – am ehesten haben sie wohl mit uralten Bakterien gerechnet –, doch sie hingen der Vorstellung an, man müsse den Roten Planeten *terraformen*, ihn also in eine Art Abklatsch der Erde verwandeln.

SIE
Da hatten sie es endlich bis zu einem anderen Planeten geschafft und nichts anderes im Kopf, als ihn

der Erde gleich zu machen! Heute kommt uns das ziemlich merkwürdig vor.

ER
Sie waren noch nicht daran gewöhnt, so weit weg von der Erde zu leben. Ihre Wahrnehmungen waren noch nicht auf den Mars eingestellt. Das *Terraformen* war ein typischer Ingenieurstraum. Da standen sie also – und wurden sich zum ersten Mal der gigantischen Aufgabe samt ihrer aggressiven Natur bewusst. Denn jeder Planet hat ja auf seine Weise etwas, das man nicht antasten sollte.

SIE
Selbst in den bewegendsten Momenten unseres Lebens scheint sich in uns eine Stimme zu melden: die Seele, die mit sich selbst kommuniziert. Percy Bysshe Shelley war der erste, der diese Dualität erkannt hat. In einem Gedicht über den Mont Blanc spricht er davon, wie er dasteht und einen Wasserfall betrachtet. Und darin heißt es:
Schwindelerregender Abgrund!
Betrachte ich dich
ist's so, als verliere ich mich
in seltsam schwebender Trance
und ganz eigenen Fantasien des Ich.
Mein menschlicher Geist öffnet sich
um ohne mein Zutun Strom für Strom
in sich aufzunehmen –
in stetem Austausch mit den fassbaren Dingen
die mich umgeben ...

ER

Ja, diese Worte treffen genau den Kern der menschlichen Wahrnehmung. Wie die Phänomenologie zu zeigen versucht, ist es ja der innere Diskurs, der unsere äußere Wahrnehmung bestimmt. Ich möchte Ihnen ins Gedächtnis rufen, dass die Reise zum Mars nicht die erste wissenschaftliche Expedition war, die mit dem Ziel aufbrach, eine neue Welt zu entdecken. Auch vorher gab es bereits schwierige Situationen, die mit der menschlichen Wahrnehmung zu tun hatten.

SIE

Spielst du darauf an, wie die Europäer bei der Besiedlung Nordamerikas vorgegangen sind? Auf das Abschlachten der Indianervölker und die Ausrottung des Büffels? War das nicht auch eine primitive Art des *Terraformens*?

ER

Nein, ich hatte eher Captain James Cooks Südsee-Expedition mit der *Endeavour* im Sinn. Mit diesem 366 Tonnen schweren Holzboot hat Cook nach und nach die ganze Welt umrundet. 1769 wurde die *Endeavour* unter anderem damit beauftragt, zu beobachten, wie die Venus an der Sonne vorüber zieht, und dass ausgerechnet Joseph Banks, damals erst dreiundzwanzig Jahre alt, zum wissenschaftlichen Beobachter bestimmt wurde, war ein wirklicher Glücksfall, denn Banks hatte das geübte Auge eines Experten… Die aufgeklärte Royal Society legte großen Wert darauf, dass die schriftlichen

Berichte über neue Entdeckungen durch akkurate Zeichnungen ergänzt wurden. Banks Zeichner taten sich nicht leicht damit. Zwar bemühten sie sich, mit ihren graphischen Darstellungen von Landschaften, Pflanzen und Tieren dem wissenschaftlichen Anspruch gerecht zu werden, aber sie nahmen sich dennoch gewisse künstlerische Freiheiten heraus. Und aufgrund der zeitgenössischen Vorurteile, die in die Zeichnungen einflossen, spotteten die Abbildungen der pazifischen Eingeborenenvölker jeder wahrheitsgetreuen Darstellung. Allerdings ging Alexander Buchan mit ethnographischem Blick an die Aufgabe heran und verzichtete auf die Konventionen des neoklassischen Stils; Sydney Parkinson hingegen ordnete die Eingeborenengruppen so an, wie es die damaligen Regeln der Flächenaufteilung verlangten. Auf Johann Zoffanys berühmtem Gemälde *Der Tod des Captain Cook* nehmen etliche der Dargestellten klassische Haltungen ein, wohl um den Eindruck einer griechischen Tragödie zu verstärken. Durch Zugeständnisse an althergebrachte Sichtweisen also wurde den Menschen in der Heimat das Fremde schmackhaft gemacht.

SIE

Mhmmm ... Ich verstehe, worauf du hinaus willst. Hinter der Mühe, mit dem Unbekannten zurechtzukommen, verbarg sich ein philosophisches Problem, das typisch für jenes Jahrhundert war: Hatte eine Missachtung des Natürlichen, eine Abkehr vom Naturgesetz jene Katastrophen herbeigeführt, mit denen sich die Menschheit konfrontiert sah? Oder verhielt es sich im Gegenteil so, dass sich die Menschheit nur dadurch über die Rohheit von Tieren erheben konnte, indem sie die Natur verbesserte, den natürlichen Zustand überwand? Sollte das Idealbild der Städter oder der edle Wilde sein?

ER
So ist es. Und die Entdeckung der Gesellschaftsinseln begünstigte die erstgenannte Vorstellung, während die von Neuseeland und Australien die entgegengesetzte Auffassung nährte. Der Anblick der öden Küsten Australiens und Neuseelands gab der Idee, man müsse hier eingreifen, um zu verbessern, und damit dem Fortschrittsglauben Auftrieb. Als dann Captain Arthur Phillip im Jahre 1788 in Port Jackson die erste australische Strafkolonie gründete, schwelgte er in einer Vision des *Terraformens*, wie sie dem achtzehnten Jahrhundert entsprach. Nach dem Motto *Nieder mit den Bäumen, weg mit der Wildnis* – was auch die Ureinwohner miteinschloss – wurde das Gebiet platt gewalzt, so dass Phillips schließlich erklären konnte: »Nach und nach tun sich hier riesige Freiflächen auf, werden Pläne entworfen, Linien gezogen. Deutlich zeichnet sich die Perspektive einer künftigen Ordnung ab, die noch eindrucksvoller ist, wenn man an das frühere Chaos zurückdenkt.« Ach ja, die gerade Linie – das Kennzeichen der Zivilisation, des Kapitalismus! Diese Auffassung, dass es darum gehe, *die Natur zu bezwingen* – uns über die

Natur zu erheben, deren integraler Bestandteil wir doch sind –, behielt mindestens zweihundert Jahre lang die Oberhand.

SIE
Möglicherweise wurde diese Dichotomie in der menschlichen Wahrnehmung durch noch den Dualismus Descartes' verstärkt, denn er unterschied ja scharf zwischen Körper und Geist – und vertrat damit genau jene Richtung, gegen die Shelley zu Felde gezogen war. Metaphorisch gesprochen, wurde der Mensch damit enthauptet …

ER
Da bin ich mir nicht sicher. Du magst Recht haben.

SIE
Wir müssen dabei berücksichtigen, dass sich bestimmte Auffassungen – selbst, wenn sie völlig falsch sind – recht hartnäckig halten können, sobald sie einmal in der Bevölkerung kursieren. Selbst heute noch, in einer Zeit, in der der Verkehr zwischen den Planeten alltäglich geworden ist, ist die Hälfte der Erdbewohner der Auffassung, dass die Sonne um die Erde kreist und nicht umgekehrt. Daraus kann man doch nur schließen, dass die Ignoranz größere Anziehungskraft besitzt als die Weisheit, meinst du nicht?

ER
Vielleicht ist unsere kollektive Prägung auch stärker, als wir glauben möchten …

SIE

Also gut, lass uns jetzt auf den Mars und die ersten Expeditionen dorthin zurückkommen.

ER

Versuchen wir, uns die Situation jener Zeit ins Gedächtnis zu rufen. Aufgrund des wachsenden wirtschaftlichen Einflusses der pazifischen Anrainerstaaten war die internationale Datumsgrenze im 21. Jahrhundert in die Mitte des Atlantiks verlegt worden und der amerikanische Wirtschaftsraum war vom Handelsnetz der asiatischen Nachbarn eingezwängt. Für die Kosten der Mars-Expeditionen kam ein Konsortium auf, das sich aus den Raumfahrtbehörden der USA, der Pazifik-Anrainerstaaten und der EU zusammensetzte. Das Konsortium nannte sich EUPACUS – eine Abkürzung, die heute längst in Vergessenheit geraten ist. Allerdings hatten die Vereinten Nationen, damals von einem einflussreichen und weitsichtigen Generalsekretär namens George Bligh geleitet, wohlweislich dafür gesorgt, dass der Mars in ihrem Zuständigkeitsbereich verblieb. Wer sich auf dem Mars befand, hatte sich also den Gesetzen des Mars zu unterwerfen – die Gesetze der jeweiligen Herkunftsländer besaßen hier keine Gültigkeit.

SIE

Dies war ebenso weitsichtig wie sinnvoll. Man hatte aus jener Zeit gelernt, als bestimmt worden war, die Antarktis der Wissenschaft vorzubehalten.

349

Hin und wieder gelingt es uns also doch, aus der Geschichte zu lernen! Wir wollten den Roten Planeten als *Weißen Mars* erhalten – als einen Planeten, der nur zu wissenschaftlichen Zwecken genutzt werden sollte.

ER
Ein alter Schlachtruf!

SIE
Ja, doch alte Schlachtrufe können ihre Wirkungskraft behalten. Mitte des 21. Jahrhunderts entstand auf der Erde eine Bewegung, die sich APIUM nannte – *Association for the Protection and Integrity of an Unspoilt Mars*. Anfänglich wurde sie als Sammelbecken von Exzentrikern und Grünen betrachtet, denn APIUM wollte den Mars so erhalten, wie er seit Jahrmillionen existierte – als eine Art von Gedenkstätte für die Träume einer vorgeschichtlichen Menschheit. APIUM machte geltend, dass jede natürliche Umwelt ein Recht auf Unversehrtheit habe, dass auf der Erde schon genügend kaputtgemacht worden sei und man jetzt nicht auch noch damit anfangen dürfe, an einem anderen Planeten – einem ganzen Planeten! – herum zu basteln. Allerdings mussten die ersten Menschen, die auf dem Mars landeten, ja irgendwie den riesigen Kostenaufwand für diese Expedition rechtfertigen. Dass ihre Aufgabe darin bestand, die *Terraformung* des Planeten vorzubereiten, hatte also auch mit ihrem recht primitiven Wirtschaftssystem zu tun.

ER

Ach ja, das *Terraformen*! Begriff und Konzept stammten aus der Feder eines Science-Fiction-Autors namens Jack Williamson. Wie verlockend und innovativ die Idee doch wirkte, als sie erstmals ins Spiel gebracht wurde! Es war eine jener Vorstellungen, die im fruchtbaren Boden des menschlichen Geistes mühelos Wurzeln schlagen.

SIE

Stimmt. Die Vorstellung an sich hatte ja auch nichts Verwerfliches. Die Astronauten nahmen sie eben einfach als gegeben hin. Sie war Teil ihrer Mythologie – wenn man unter Mythologie eine alte Denkweise versteht. Sie hatten sich vorgenommen, auf dem Planeten einige Verbesserungen durchzuführen und ihn der Erde ähnlich zu machen. Schließlich gab es da verführerische Computergraphiken in leuchtenden, bunten Farben, die den Mars so zeigten, als habe man die Cotswolds an einem sonnigen Tag vor sich.

ER

Doch sie brachten auch Ansichten mit, die einander widersprachen: Einerseits betrachteten sie den Mars als eine zur Erschließung geeignete Müllhalde, die nicht viel anders aussah als ein von einem Atomschlag verwüstetes Gebiet – der alte Schuldmythos war hier am Werk. Andererseits sahen sie den Mars als beeindruckenden, uralten Himmelskörper, der von Beginn an in Abgeschiedenheit existiert hatte. Es war wie bei Captain

351

Cook, der drei Jahrhunderte zuvor ebenfalls zwei Vorstellungen im Kopf gehabt hatte, die einander ausschlossen. Und ...

SIE
... so blieben sie, nachdem sie ihre Raumschiffe verlassen hatten, wie angewurzelt stehen – wie der tapfere Cortez in Keats Gedicht, dem der Anblick einer Bergspitze am Golf von Darien die Sprache verschlägt. Und diese Reisenden mussten sogar mit dem Anblick eines ganzen Planeten fertig werden und ...

ER
Und?

SIE
Und plötzlich wurde ihnen klar – es war dieses Zwiegespräch zwischen äußerer und innerer Welt, wie Shelley es beschrieben hatte –, wurde ihnen klar, dass das *Terraformen* nichts als eine Traumvorstellung war, ein Computertraum, der sich aus der Ökophobie des irdischen Stadtbewohners gespeist hatte. Ein Traum, dessen Realisierung alles andere als wünschenswert war, weil er – um einen altmodischen Ausdruck zu gebrauchen – eine Blasphemie gegenüber der Natur bedeutete. Und so erkannten sie, dass diese Umwelt nicht zerstört werden durfte, dass sie eine Botschaft für die Menschheit, einen ernsten Appell enthielt: *Denkt um! Ihr habt schon viel erreicht – erreicht jetzt noch mehr: Denkt um!*

ER

Denkt um – und stellt all eure Sinne auf das Neue ein. Tatsächlich war es diese sinnliche Erfahrung, die eine Revolution in ihrem Denken herbeiführte. Als sie dort standen, wurde ihnen bewusst, dass sie sich an einem Wendepunkt der Geschichte befanden. Allerdings sollte man hinzufügen, dass es auch andere Erklärungen für dieses Umdenken gab. Manche behaupten, die Entscheidung, auf das *Terraformen* zu verzichten, sei wesentlich von der eindrucksvollen Rede des Generalsekretärs der Vereinten Nationen George Bligh beeinflusst worden. Mit folgenden, oft zitierten Worten wandte er sich gegen dieses Vorgehen: »Das *Terraformen* ist eine clevere Idee, die sogar realisierbar sein mag. Aber Cleverness zählt nicht so viel wie Ehrfurcht. Wir müssen dem Mars und seiner Ursprünglichkeit Ehrfurcht erweisen. Nur um unserer Cleverness willen dürfen wir seine Jahrmillionen während Existenz in völliger Abgeschiedenheit nicht mit einem Schlag vernichten. Lasst die Hände davon!«

SIE

Und du glaubst, dass die Astronauten Blighs Worte bei ihrer Landung im Kopf hatten?

ER

Irgendwie schon, jedenfalls würde ich es gerne glauben. Denn wenn man vorankommen will, ist es häufig ein besserer, wenn auch längst nicht so populärer Weg, die Hände von etwas zu lassen anstatt davon Besitz zu ergreifen. Jedenfalls haben sie ihre Hände tatsächlich vom Mars gelassen. Und damit begann, wie sich später zeigte, ein Umschwung in den sozialen Verhältnissen. Glücklicherweise gab es auf dem Mars keine natürlichen Ressourcen, die man hätte ausbeuten können – weder Öl noch fossile Brennstoffe, denn dort hatte es nie Wälder gegeben. Auch die unterirdischen Wasserreservoirs waren begrenzt. Es gab eben nur diese verblüffend leere Welt, die so lange Gegenstand menschlicher Träume und Spekulationen gewesen war – Ödland, das seit Ewigkeiten durch den Weltraum trieb.

SIE
Übrigens war damals das Wort *Weltraum* bereits ins etymologische Museum verbannt worden. Mann nannte dieses vor Teilchen wimmelnde Verkehrsnetz nun *Matrix*.

ER
Also gut. Abertausende junge Menschen wollten unbedingt zum Mars, genau wie es sie zweihundert Jahre zuvor quer durch Nordamerika nach Westen gezogen hatte, zu Fuß, mit Kutschen oder auf Pferden. Die Vereinten Nationen mussten also gewisse Regeln aufstellen. Zwei Kategorien von Menschen durften schließlich die höchst unbequeme Reise in den EUPACUS-Raumschiffen antreten: die JAEs und die VES.

SIE

Es war eine sinnvolle Regelung, zumindest eine, die sich in Anbetracht aller Probleme beim Transfer als brauchbar erwies. Die JAEs waren *Junge Aufgeklärte Erwachsene*, die sich durch eine Prüfung qualifizieren mussten. Die VES waren *Verdienstreiche Senioren*, die von ihren Gemeinden ausgesucht wurden. Die Kosten für einen Hin- und Rückflug zum Mars waren beträchtlich. Für die VES kamen ihre jeweiligen Gemeinden auf, während die JAEs den Flug dadurch finanzierten, dass sie vor der Reise ein Jahr lang gemeinnützige Arbeit leisteten.

ER

Auf diese Weise entstanden die riesigen Fischzuchtbecken vor den Galapagos-Inseln und vor Scapa Flow, die Vogelwarten im Norden Kanadas und die Weinberge im Gobi-Gebiet – alles durch freiwillige Arbeit.

SIE

Vergiss nicht die Aufforstung großer Teile Australiens.

ER

Es zog einen riesigen Menschenstrom zum Mars, zu diesem wunderbaren Ayers Rock am Himmel – Menschen, die dort meditieren, forschen, ihre Flitterwochen verbringen oder sich selbst verwirklichen wollten. Und sie alle sahen sich dort oben mit dem Kosmos konfrontiert und spürten voller Ehrfurcht die Gesetze des Universums.

SIE

Eine von ihnen erklärte gar: »Dass ich hier sein und das alles erleben darf, macht mich zum privilegiertesten Geschöpf in der ganzen Galaxis.«

ER

Und dann kam der Zusammenbruch.

SIE

Ja, genau zu dem Zeitpunkt, als überall auf der Erde ein Umdenken begonnen hatte. Der Zusammenbruch kennzeichnete das Aus für ein bestimmtes, rein profitorientiertes Denkmodell. Die Experten des Jahres 2085 sahen darin sogar »das Ende jenes Alptraums, der das 20. Jahrhundert geprägt hat«. Zur Auflösung des EUPACUS-Konsortiums kam es aufgrund interner Korruption – Milliarden von Dollar waren veruntreut worden, und nach der Betriebsprüfung fiel das ganze Unternehmen wie ein Kartenhaus zusammen. Da EUPACUS das Monopol auf alle interplanetaren Reisen innegehabt hatte, kam der Verkehr zwischen Erde und Mars unverzüglich zum Erliegen. Zu diesem Zeitpunkt befanden sich etwa fünftausend Besucher auf dem Mars, darüber hinaus zweitausend Verwaltungsangestellte, Techniker und Wissenschaftler. Wissenschaftler deshalb, weil auf dem Mars ein ausgezeichnetes Observatorium für die Erforschung des Jupiter und seiner Monde errichtet worden war. Siebentausend Menschen – ausgesetzt auf dem Mars!

ER

Ausgesetzt auf einer öden Insel, ja, doch inzwischen hatte sich dort eine komplexe Gemeinschaft herausgebildet, die sich mit wichtigen Arbeiten befasste. Keine Spur von Wildwest-Atmosphäre. Waffen waren auf dem Mars ohnehin nicht erlaubt, ebenso wenig hirnzerfressende Drogen. Auf dem Mars war auch kein Geld in Umlauf, jeder hatte nur einen begrenzten Kredit zur Verfügung.

SIE

Wir sollten auch erwähnen, dass es dort wegen fehlender Weide- und Futtermöglichkeiten keine Tiere gab, bis auf einige Katzen. Die vegetarische Lebensweise, die sich eher positiv als negativ auswirkte, fand auf der Erde viele Nachahmer, und die neu erwachte Anteilnahme am Schicksal der Tiere, die sich in Demonstrationen und Einflussnahme auf die Politiker ausdrückte, brachte viele Regierungen dazu, strenge Tierschutzgesetze zu verabschieden. Es entwickelte sich eine regelrechte Abscheu davor, Tiere nur dafür aufzuziehen, um sie zu schlachten und zu verzehren. Endlich rührte sich das menschliche Gewissen!

ER

Was die Tiere auf dem Mars betrifft, musst du dich irren. Ich erinnere mich an Dokumentarfilme, in denen bunte Vögel durch eure Marskuppeln flogen. Und es gab auch Fische.

SIE

Oh ja, Vögel und Fische gab es tatsächlich, aber keine Säugetiere. Die Vögel waren genetisch veränderte Aras und Papageien, die, anstatt zu kreischen, wunderbar sangen. Sie wurden sehr geschätzt und durften in bestimmten Bereichen der Hauptkuppeln, in denen für die »Touristen«, sogar frei umherfliegen. Und während der ganzen Zeit, in der der Mars von der Außenwelt abgeschnitten war, ist es nicht ein einziges Mal vorgekommen, dass jemand ihnen ihres Fleisches wegen nach dem Leben getrachtet hat.

ER

Die Marsbewohner waren also von der Außenwelt abgeschnitten, glücklicherweise unter einer weisen Leitung. Während dieser Zeit der Isolation wurde das Wasser – das vorsintflutliche Wasser aus den unterirdischen Reservoirs – strengstens rationiert, weil es für die Landwirtschaft benötigt wurde. Außerdem wurde ein Teil davon benutzt, um mittels Elektrolyse den nötigen Sauerstoff bereitzustellen. Die auf dem Mars gestrandete Gemeinschaft hatte wirklich allen Grund zusammenzuhalten, denn ohne Zusammenhalt wäre ein Überleben gar nicht möglich gewesen.

SIE

Der mit Milliardenverlusten verbundene Zusammenbruch von EUPACUS führte in den großen Finanz- und Handelszentren der Erde, in Los

Angeles und Seoul, in Beijing, London, Paris oder Frankfurt, zu massiven Kursverlusten. Und damit einher ging eine Ernüchterung über den Neo-Liberalismus, die so gründlich war, dass das Motto *Lasst die Hände davon!* zum populären Schlachtruf wurde. Lasst die Hände davon, zügelt eure Gier – das galt von Lebensmitteln wie Eis oder Bier bis zum Wunsch nach dem neuen Auto oder neuen Haus. Nach und nach waren die Menschen sogar stolz darauf, sich einzuschränken. Es dauerte ganze fünf Jahre, bis der – allerdings begrenzte – Flugverkehr zum Mars wieder aufgenommen wurde. In der Zwischenzeit hatte sich das Konzept der gemeinnützigen Arbeit weiter und weiter verbreitet und dazu beigetragen, dass man die Weltbevölkerung als Einheit und integralen Bestandteil des natürlichen Lebens auf der Erde zu betrachten begann. Und als bekannt wurde, dass die Gemeinschaft auf dem Mars eine spartanische Art von Utopie verwirklicht hatte, dass dort zwar alle ziemlich mager, aber doch gut in Form waren, wurde das allgemein bejubelt. Fast jede Erdnation hatte einen oder auch mehrere Vertreter, die der Gemeinschaft des Weißen Mars angehörten. Dies beschleunigte auf der Erde den Umschwung von einem rein profitorientierten Kapitalismus zu einem nachhaltigen Wirtschafts- und Sozialsystem. Die Ideologie des *laissez-faire* wurde, wie vor ihr schon der Kommunismus, sozusagen während des Schlafes vom Tod überrascht. Bald darauf setzte die Epoche einer befriedeten Erde ein, deren politische Führung sich darauf konzentrierte, die einzelnen Elemente miteinander in Einklang zu bringen. Allgemein neigten die Politiker inzwischen dazu, sich nicht mehr wie Raubritter sondern eher wie Parkwächter zu verhalten.

SIE
Dann jedoch, als immer mehr JAEs und VES zur heroischen Gemeinschaft des Weißen Mars pilgerten, ging dem Planeten das Wasser aus. Die unterirdischen Reservoirs waren erschöpft, und es sah so aus, als sei die Zivilisation auf dem Mars am Ende.

ER
Ich bin mir nicht sicher, ob es tatsächlich so schlimm stand, denn damals stießen bereits bemannte Sonden weiter ins Sonnensystem vor – in die Sphären der Gasriesen, zum Jupiter, zu Saturn, Uranus und Neptun. Zwischen dem Neptun und seinem Satelliten Triton hatte man unerklärliche Aktivitäten ausgemacht, daher wurde auf dem Jupitermond Ganymed eine Basis errichtet ...

SIE
Ich bin schon schon in Ganymed City gewesen, da ist richtig was los. Die Menschen dort leben nur für das Hier und Heute. Ich fürchte, der Mars gerät mittlerweile ein wenig ins Hintertreffen, weil Ganymed und die anderen Monde so umwerfende Aussichten auf den Jupiter bieten.

ER

Von Ganymed aus war es nur ein Katzensprung zum Nachbarmond Oceania, der früher Europa hieß und von dem der Anblick des Jupiter noch viel atemberaubender ist. Auf der Spitze von kilometerhohem Treibeis wurde eine schwimmende Station errichtet. Man sollte in diesem Zusammenhang erwähnen, dass sich unter der Eiskruste von Oceania ein Meer mit klarem Süßwasser befindet. Leben gab es darin nicht – bevor wir den Keim für Leben legten. In riesigen Blasen wird das Wasser nun auf den Mars befördert, und mittlerweile ist dort bereits ein großer See entstanden, der sich nach und nach in ein Süßwassermeer verwandelt. Das Hauptproblem des Mars ist damit gelöst.

SIE

Und so erlebt der Mars nun doch noch seine *Terraformung*. Die Menschheit ist vorangeschritten und kann auf ein Denkmal für ihre alten Träume und Illusionen verzichten.

ER

Die spartanische Utopie, die damals auf dem Mars verwirklicht wurde, hatte zwar keinen Bestand, aber die Schatten des 20. Jahrhunderts – all die Kriege, Völkermorde, Massenvernichtungen, Ungerechtigkeiten, all die Habgier – haben sich nach und nach gelichtet. Irgendwie fanden wir tatsächlich die Kraft, die Hände davon zu lassen – um es mit Blighs Worten auszudrücken. Die

Menschheit, die nun zu den Sternen aufbricht, ist glücklicher und weniger Qualen ausgesetzt als früher.

SIE
Die Menschheit, die nun zu den Sternen aufbricht, um dort Wesen zu begegnen, von denen wir heute noch gar nichts wissen … vielleicht auch Gott …

ER
Wohl kaum. Gott gehört zu jenem ächzenden Holzgebälk in den Kellergewölben unserer Hirne, das wir hinter uns gelassen haben, als wir auf dem Mars gelandet sind.

SIE
Das kann ich so nicht akzeptieren. Was würde aus der Menschheit werden, wenn es keinen Gott gäbe?

ER
Was ist denn im 20. Jahrhundert aus ihr geworden – als Gott angeblich noch existierte? Ihr Gläubigen könntet natürlich einwenden: *Zumindest hat Gott uns davor bewahrt, uns mit Atomwaffen gegenseitig zu vernichten. Das war sein Wille.* Doch hätten wir uns tatsächlich gegenseitig vernichtet, wäre dieses Zerstörungswerk vermutlich ebenfalls sein Wille gewesen. Es gibt zwar keinen Gott, aber ich kann ihn trotzdem nicht ausstehen. Ich verabscheue die Art und Weise, in der uns die Religion dazu ge-

bracht hat, unsere Energien zu verschwenden und unsere tief verwurzelten Probleme zu verdrängen. Sie hat uns – genau wie Carl Jungs Schatten – an der Erkenntnis gehindert, dass wir aus dem Staub erloschener Sonnen gemacht sind und uns damit abfinden müssen. Dass wir, mit anderen Worten, aus dem Stoff des Universums gemacht, und Teil dieses Universums sind.

SIE
In diesem Punkt muss ich dir, mit Verlaub, ganz energisch widersprechen. Gott ist unsere Erleuchtung gewesen, er hat uns über das rein Stoffliche hinausgehoben. Hast du denn nie all der wunderbaren sakralen Musik gelauscht, die in seinem Namen komponiert wurde? Nie all die großartigen Gemälde betrachtet, die vom Glauben inspiriert wurden?

ER
Es waren Menschen, die diese Gemälde geschaffen haben. Und ich kann dir versichern, dass Gott nicht einmal zur Hälfte an das musikalische Genie eines Johann Sebastian Bach heranreicht. Nein, von dieser trügerischen Hoffnung musst du dich lösen, so tröstlich sie auch sein mag. Sich davon zu lösen, gehört zum Erwachsenwerden.

SIE
Ich begreife dich nicht.

ER
Das heißt, dass du die Evolution nicht begreifst.

SIE
Red keinen Unsinn! Wissenschaft und Religion widersprechen einander doch gar nicht.

ER
Nein – aber Erfahrung und Religion.

SIE
Und was sollen wir ohne Gott anfangen?

ER
Wir müssen lernen, uns und unsere Handlungen selbst zu beurteilen – auch wenn das ein langwieriger Prozess ist. Wir haben ja schon damit begonnen.

SIE
Es wird dir nicht gelingen, meinen Glauben zu erschüttern. Es tut mir leid, dass du nicht glauben kannst.

ER
Glauben? Ein Glaube, der durch Tatsachen nicht zu erschüttern ist? Nein, auf eine solche Blindheit musst du nicht auch noch stolz sein. Denk daran, wie uns die Gottesvorstellung von der übrigen Natur getrennt hat und wir uns über die Tiere erhoben haben. Die Gottesvorstellung hat uns ein Beispiel von Allmacht und Demütigung gegeben und

364

uns damit zu egomanischen Schwachköpfen gemacht.

SIE
Das ist blasphemischer Quatsch. Du klingst beinahe unmenschlich, wenn du solche Dinge von dir gibst.

ER
Nun, wir Raumfahrer sind ja auch schon fast dabei, uns in eine andere Spezies zu verwandeln, denn inzwischen geht der körperliche und geistige Wandel mit Riesenschritten voran. Diese Entwicklung verdanken wir den Errungenschaften jenes schwer gebeutelten 20. Jahrhunderts: der Entdeckung des DNA-Codes und den Fortschritten in der Gentechnik, die damit einhergingen. Die Blasen, die zwischen Oceania und Mars quer durch die Matrix pendeln, sind ebenfalls ein Produkt der Biotechnik – es sind lebende Organismen, die aus dem Blasentang entwickelt wurden.

SIE
Bestimmt erinnerst du dich noch an die Aufregung, als Ganymed mit Hilfe einer Kreuzung aus Pflanzen und Insekten bewohnbar gemacht wurde. Diese pflanzlichen Insekten wurden mit Sonden dorthin befördert, wo sie weich landeten, sich verteilten, sehr schnell reproduzierten und den Mond auf unsere Ankunft vorbereiteten. Und als die Menschen schließlich kamen, war ihre Zeit schon abgelaufen und nur ihre Hüllen waren noch vor-

365

handen, die als Kompost dienten. Etwas derartiges
wäre in den frühen Tagen der Marslandungen gar
nicht denkbar gewesen, weil man damals noch
streng mechanistisch an die Lösung von Proble-
men heranging.

ER
Und spazierte etwa Gott auf Ganymed herum?
Nein, er stand uns nur im Weg! Was war er anderes als der von Carl Jung beschriebene monströse
Schatten, allein dazu da, uns von der Selbster-
kenntnis abzuhalten – von der Erkenntnis, dass
wir in Wahrheit Teil des Kosmos sind, Sternen-
staub ...

SIE
Versuche doch, Gott zu lieben – ob du nun an seine
Existenz glaubst oder nicht – denn dieser Hass
schadet dir nur. Für vergangene Zeitalter war Gott
notwendig – vielleicht sogar lebensnotwendig. Der
Erlöser hat etwas dargestellt, wonach die Menschheit in der lange währenden Epoche der Dunkelheit streben konnte.

ER
Willst du damit sagen, dass wir uns schließlich
selbst erlöst haben?

SIE
Ich sage nur, dass die Vorstellung von einem lie-
bevollen Erlöser uns früher einmal geholfen hat.
Heute allerdings können wir mit Fug und Recht

behaupten, dass es uns gelungen ist, den Hass
zu bezwingen – wie auch die meisten Krankheiten. Die genetischen Verbesserugen haben, gemeinsam mit der Stärkung des Immunsystems, dazu
geführt, dass unsere Köpfe heute klarer sind als
früher.

ER
Was unsere Wahrnehmungen nach der Ankunft
auf dem Mars verändert hat, war die Erkenntnis, dass wir ein nicht loszulösender Teil der
Natur sind. Das hat viel bewirkt. Die nackte Kugel des Mars hat für klare Gedanken gesorgt, und
dadurch, dass wir unsere symbiotische Beziehung
zu pflanzlichem Leben vorangetrieben haben, hat
sich auch unsere äußere Erscheinung radikal verändert. Dieser Epiphyt, der da auf deinem Kopf
wächst und an eine Orchidee erinnert, ist mittlerweile zur Zierde der Frauen geworden. Zugleich sorgt er dafür, dass ihr, wo ihr auch hingeht,
mit einer eigenen Lufthülle, einem Temperatur-
regler und vielen weiteren Sensoren ausgestattet
seid.

SIE
Ja, und dasselbe leisten die Farne, die rund um deinen ehrwürdigen Schädel sprießen. Du hast Recht:
Nun sind wir wahre *Erd*bewohner, halb mensch-
lich, halb pflanzlich, Geschöpfe der Natur, bestens
ausgerüstet, um zu den Sternen zu reisen – die auf
uns warten.

ER

Ja ... Es war schön, mit dir zu sprechen. Doch nun musst du weiterziehen, während mir nur übrig bleibt, mich zur Ruhe zu setzen. Denn zum Reisen werde ich allmählich zu alt. Wir werden uns wohl nicht wieder begegnen. Leb also wohl, lieber Geist!